Maria Kehlenbeck

Beim Küssen sind mir Sterne schnuppe

Roman

Silberburg-Verlag

Maria Kehlenbeck, 1978 geboren, wuchs in einem kleinen Ort im Markgräfler Land auf, studierte Deutsch und katholische Theologie in Freiburg im Breisgau und schloss nach dem Examen ein Magisterstudium an. Nach ihrem Referendariat und zwei Jahren Schuldienst am Fuße des Feldberges zog sie der Liebe wegen von Baden ins Württembergische, wo sie heute als Lehrerin mit Mann, Kindern und Hund lebt.

1. Auflage 2017

Umschlaggestaltung:
Christoph Wöhler, Tübingen.
Coverfoto: © Ekaterina Pokrovsky – Shutterstock.
Druck: Gulde-Druck, Tübingen.
Printed in Germany.

ISBN 978-3-8425-2058-5

1

Ich setzte mich mal etwas vorteilhafter hin. Verführerisch schauen? Lieb lächeln? Oder sollte ich mich lebensfroh und ausgelassen geben? Ich hatte diese Madonna-Zahnlücke oben in der Mitte. Es soll ja Männer geben, die auf fehlerhafte Frauen stehen. Ha! Also lachen. Gut, dass ich vorhin noch einen zweiten Blick in den Spiegel geworfen hatte. So langsam kam ich halt doch in ein Alter, in dem Natürlichkeit nicht mit Schönheit gleichzusetzen ist. Aber verstecken musste ich mich trotzdem nicht. Schon gar nicht heute Abend.

»Hallo? Hörst du mir überhaupt zu?«

Das war mein bester Freund Flo, mit dem ich bei meinem vierten Bier im Brauhaus saß und der mal wieder diverse Lebensfragen hoch und runter diskutierte. Aber bei dem Kellner, der für unseren Tisch zuständig war, konnte es mir ziemlich egal sein, ob die Frau in der Beziehung mehr verdienen durfte als ihr Partner. Der sah aber auch schnuckelig aus! Also nicht der Partner, der Kellner vom »Martin's Bräu«. Mischung italienischer Langzeitstudent. Italiener waren mir zu glatt. Langzeitstudenten zu schluri. Aber die Kreuzung! Hmmmm. Und wenn dieser Mix immer wieder trinkgeldfordernde Blicke zu Flo und mir warf, fragte ich mich schon, ob er versuchte, mit mir zu flirten. Wenn ich ehrlich war, würde mir so eine kleine Ego-Aufbesserung ganz gut tun. Also, nicht dass ich irgendwie frustriert war oder so. Aber was ein ordentlicher Flirt mit einem gutaussehenden Typen bei einer Frau bewirken konnte, muss ich wohl niemandem erklären.

»Wie siehst du das denn, Laura?«

Ach so, ja. Die Freundin mit dem dicken Geldbeutel schien ihm ja wirklich zu schaffen zu machen. Bei Flo war das immer so eine Sache: Er wäre nie jemand, der sich auf eine kurze Affäre einlassen würde. Er war treu, tiefgründig und gewissenhaft. Aber genau deswegen hatte er mindestens sieben Beziehungen pro Jahr, die selten über den Status »Affäre« hinausgingen. Das klang jetzt paradox, doch es traf den Kern der Sache. Er verliebte sich unsterblich, fand den berühmten Deckel zum Topf, war bereit, alles für diese Liebe zu tun, und fing dann an, ebendiese zu hinterfragen: Elf Jahre Altersunterschied bargen Probleme. Sie hatte ein Kind. Sie mochte Katzen, er war mehr der Hundetyp. Ja, und in diesem Fall verdiente sie in der freien Marktwirtschaft eben deutlich mehr als er, obwohl Flo als Physiker sich im Reagenzglas auch eine goldene Nase pantschte. Oder pantschen eher Chemiker? Ach, egal! Und das kratzte an seinem Selbstbewusstsein.

Wir Frauen waren da wirklich einfacher gestrickt: ein kleiner Flirt und schon war das Ego wieder aufgemöbelt. Meine Güte. Ich mochte Florian wirklich gerne. Aber bei diesem Thema nervte er mich ganz gewaltig. Man konnte doch nicht überall Probleme sehen. Sollte er sich doch freuen und sie beim Abendessen zahlen lassen. Oder er buchte mit ihrer Kreditkarte einen Flug auf die Malediven. Mir würde schon etwas einfallen.

Hatte der Kellner schon wieder zu mir geschaut? Vielleicht wollte er auch nur sicherstellen, dass in unseren Bierkrügen noch genug naturtrübe Brühe schwamm? »Hmmmpf«, würde Obelix sagen. Ich war großer Fan des dicken Galliers samt bestem Freund und liebte es, mich mit meinem Bruder Peter stundenlang nur mit Asterix-Zitaten zu unterhalten. Menschen, die etwas auf sich halten, können zur passenden Gelegenheit einen entsprechenden Satz von Goethe einflechten. Ich von Goscinny. So stammt bei mir das Zitat »Du sprichst ein großes Wort gelassen aus« nicht aus Goethes »Iphigenie«, sondern von Brutus in »Asterix als Gladiator«.

Flo schien auf eine Antwort zu warten. Ich merkte das Bier schon ganz ordentlich. Naturtrüb stieg bei mir etwas schneller in den Kopf, als ich das gewohnt war. Wir wollten heute Abend eine gediegene Kneipentour hinlegen und befanden uns eigentlich erst ziemlich am Anfang. Wie sollte ich später über das Kopfsteinpflaster würdevoll zu meinem Fahrrad kommen? Schon im nüchternen Zustand brach man sich gerne mal die Hand oder gleich das Genick, wenn man in Freiburgs Innenstadt zu flink von A nach B huschte. Einer Mitstudentin von früher war das tatsächlich mal passiert, als sie in der Fußgängerzone vor einem rasanten Fahrradfahrer in Deckung gehen wollte, der dort sein Rad eigentlich hätte schieben müssen. Frieda legte ein paar Schritte im Seitgalopp hin und prompt blieb sie an einem hervorstehenden Stein hängen, wodurch es sie selbst hinlegte. Der Mittelhandknochen verweigerte für einige Zeit seinen Dienst.

»Nur Fliegen ist schöner.« (Nullnullsix, der zum Dorf der Gallier geschickt wird, um das Rätsel des Zaubertrankes zu lösen.) Schöner und sicherer, da konnte ich nur beipflichten. In diesem Zusammenhang fiel mir der nette Spruch der Briten ein, der ausnahmsweise nicht aus einem Comic stammte: »Why do you drink and drive when you can smoke and fly?« War ein weiser Spruch, aber vielleicht fuhr ich nachher doch mit der Straßenbahn, holte mein Fahrrad morgen ab und umging so diverse Stolperfallen des tückischen Bodenbelags. Fliegen war heute keine wirkliche Alternative.

Aber erst gab es noch einiges in Sachen Kellner, Florian und Bier zu tun.

»Entschuldige, Flo, ich war gerade etwas abgelenkt.«

»Das bist du heute schon die ganze Zeit. Ist was mit dir?«

Also gut, er wollte es wirklich wissen. Auch auf die Gefahr hin, dass das ein sehr kurzer Samstagabend wurde, hatte Florian es verdient, dass ich ehrlich zu ihm war.

»Das. Thema. Nervt. Ganz. Gewaltig.«

So. Nun war es raus. Aber erstaunlicherweise fühlte ich mich jetzt nicht gerade besser. Selbst der südländische Aushilfskellner war mir ziemlich egal, als ich Flos enttäuschten Blick auffing. War ich zu weit gegangen?

»Ich dachte, du wärst meine Freundin und es interessiert dich, wie es um meine Beziehung steht«, sagte er schnippisch und betrachtete die leicht abgestandene braune Brühe in seinem Glas.

Unsere Freundschaft war durch solche Wortwechsel nicht wirklich gefährdet. Eigentlich wollte Florian immer meine Meinung in Beziehungsfragen, also die einer Frau, aber wenn er sie hatte, wollte er sie eigentlich lieber doch nicht mehr. Bei unbequemen Ratschlägen oder Meinungen von meiner Seite wäre ihm wohl ein höfliches, zustimmendes Nicken lieber gewesen.

»Natürlich bin ich das, aber gerade deswegen musste ich dir mal sagen, dass du dir und anderen das Leben unnötig schwer machst. Freu dich über die gute Partie und genieß das Leben in trauter Zweisamkeit. Du liebst Anja doch. Da kann doch der schnöde Mammon nicht zwischen euch stehen.«

»Eva. Sie heißt Eva.«

Hmmmpf. Na gut, das war nicht ganz ideal gelaufen, aber ansonsten fand ich meine Rede ziemlich beeindruckend. Allein der Ausdruck »Mammon« in Kombination mit »schnöde« nach vier Naturtrüben!

Aber Flo schien noch nicht besänftigt und das holte mich aus den selbstzufriedenen Gedanken.

»Weißt du«, meinte er, »ich habe das Gefühl, bei Eva kommt die Arbeit an erster Stelle. Und bevor ich auftauche, kommt lange nichts. Wie soll ich denn mit dieser Frau eine Familie gründen?«

Innerlich verdrehte ich die Augen bei so viel Sorge um ein ungelegtes Ei, das noch nicht einmal von einem Gockel besamt worden war. Es handelte sich also hier um ein noch nicht vorhandenes Frühstücksei, das gerade zum Problem erhoben wurde. Ich musste aufpassen, dass mein Ton nicht zu zickig klang bei meiner Antwort.

»Ihr seid jetzt etwa drei Monate zusammen. Kannst du das nicht einfach mal abwarten? ›Die Antwort ist irgendwo da draußen, Asterix!‹«

Na toll, meine Flirtlaune war verflogen, ich brauchte jetzt unbedingt einen Orts- und Themenwechsel. Nur dem Getränk wollte ich treu bleiben. Wir zahlten, und um auf andere Gedanken zu kommen, ließen wir die Räder stehen und gingen unserem Lieblingsspiel nach, das normalerweise erst auf dem Rückweg aktuell wurde. Durch Freiburg fließen die sogenannten »Bächle« – wer hineinfällt, heiratet jemanden aus derselben Stadt, ein waschechtes »Bobbele«, so der badische Brauch. Da wir beide von hier kamen und dringendst hier unsere Liebsten finden wollten, riskierten wir alles beim Balancieren auf der Bächlekante.

In der zweiten Kneipe, im »Schlappen«, trafen wir auf Max und Philipp, die – wie jedes Wochenende – nur zwei Themen kannten: die Erste Bundesliga und die Zweite Bundesliga.

Also, für eine Frau war ich schon ziemlich häufig in einem Stadion: Erstens ist das Schwarzwald-Stadion vom Sportclub Freiburg superschön an der Dreisam gelegen und man kann einen gemütlichen Spaziergang an diesem Fluss entlang genießen, bevor man von diversen Fans taubgeschrien wird, und zweitens gibt es dort einige Gründe, die mich leicht überzeugen, mich auch für die Mannschaftsaufstellung zu interessieren: die rote Stadionwurst mit Senf und Zwiebeln, das gezapfte Rothaus-Pils und die Männerquote, die hier so hoch ist wie nirgends. Manchmal muss man auf Quantität setzen. Nicht auf Qualität, die zugegebenermaßen dort nicht so ganz meinem Geschmack entspricht. Naja. Aber was Max und Philipp da an abendlicher Thematik aufweisen konnten, das würde selbst Reiner Calmund langweilen. Und der verträgt pro Kilo Körpergewicht zehn Minuten Fußballtalk. Mindestens. Ich merkte, wie mein Stimmungs- sowie Alkoholpegel rapide in den Keller rauschten, und versuchte, Flo aus dieser brenzligen Situation zu befreien. Aber der wollte gar nicht befreit werden.

»Der Streich hat gegen den Tabellensiebten die gleiche Startformation wie in München gehabt. Taktisch war das nicht clever«, meinte der gerade mit leuchtenden Augen.

Hallooo? Und das Netto-Einkommen von Anja/Eva? Den halben Abend jammerte er mir von dieser ach so ausweglosen Situation vor und jetzt gab er der Bedienung freudestrahlend und mit entsprechend geröteten Wangen ein Zeichen, dass er auch ein Bier wollte, und setzte sich neben Max, der bereitwillig gerutscht war. Als ich mich demonstrativ räusperte, unterbrach Flo kurz seine Diskussion über die SC-Aufstellung im Spiel gegen Stuttgart.

Wie viele Frauen räusperten sich jedes Wochenende wohl demonstrativ und schafften es nicht, die Aufmerksamkeit der anwesenden Männer auf sich zu ziehen? Wahrscheinlich müssten die Damen ganz andere Geschütze auffahren, so in Seide oder Spitze, dass sich nicht mehr alles um den Fußball drehte.

»Mensch, Laura, zieh deine Jacke aus und setz dich. Hier ist es doch warm genug.«

Hmmmpf. Ich kam mir vor wie Troubadix beim Schlussbankett. Nur nicht geknebelt, aber das machte bei diesem Thema keinen großen Unterschied.

»Ich hab so Kopfweh bekommen. Irgendwie vertrag ich das Naturtrübe nicht mehr so richtig«, improvisierte ich, wohl wissend, dass es etwas ganz anderes war, das ich gerade überhaupt nicht vertrug.

»Och, schade«, meinte der beste aller Florians halbherzig, und die anderen beiden Herren waren schon wieder im Gespräch vertieft, nachdem sie meine Aussage zur Kenntnis genommen und ihre Schlussfolgerung daraus gezogen hatten.

Ich stammelte noch ein paar Abschiedsworte in Richtung Flo und hastete nach draußen, ohne wirklich zu wissen, wie der Abend nun weitergehen sollte. Maaaann! Ich hätte schreien können! Die erste Halbzeit mit Mascara und Lidstrich abgekämpft, dreimal umgezogen, mit Vier-Zentimeter-Absätzen aufs Rad geklettert, den italienischen Langzeitstudenten-Aushilfskellner mit Missachtung gestraft, und jetzt wurde ich kurz nach der Halbzeitpause mit Gelb-Rot vom Platz geworfen. Gewissermaßen. Zumindest ins Abseits befördert.

Schnell trat ich zwei Schritte zurück, als mich das Klingeln der Linie 4 aus den Gedanken holte. Freiburg ist sogar wütend noch schön, mit seinem Kopfsteinpflaster, den vielen kleinen Gässchen und verwinkelten Innenhöfen und den alten, zum Teil sehr herrschaftlich wirkenden Häusern. Statt Autolärm hört man in der ganzen Innenstadt nur das Quietschen der alten, rostigen Fahrräder, bei denen es nicht ganz so schmerzt, wenn abends an der Kette nur noch das Vorderrad baumelt. Und Straßenbahnen, die einen noch bis spät in die Nacht in jedes Eckchen der Stadt befördern, seit Neuestem sogar ohne Pause zwischen ein und fünf Uhr.

Meine frühere Studienkollegin Maike wohnte inzwischen in Berlin und liebte die Bundeshauptstadt seit dem ersten Tag mit Leib und Seele. Das hektische Treiben und enorme Angebot an kulturellen Veranstaltungen und Einkaufsmöglichkeiten war zwar gigantisch, aber für mich eine absolute Sinnesüberreizung, die mich völlig überforderte. Das könnte mir demnach nie passieren. Schon gar nicht mit Berlin! Ich hüpfe im Notfall auch aus drei Metern Entfernung ins Bächle, damit ich endlich einen passenden Mann finde, der mit mir an diesem Ort eine Familie gründet und mich liebt, bis wir alt und klapprig sind und unsere Enkel auf der Bächlekante balancieren, um ein »Bobbele« heiraten zu können.

Tatsächlich ist das Projekt in den letzten Jahren schon einen Schritt zuvor gescheitert. Das Hierbleiben war nicht das Problem, vielmehr das Mannfinden.

Mich verfolgt das Pech. Maike hatte ihren rastagelockten Nils neben sich im Bett, und auch wenn sie Zukunftspläne spießig fanden, war ich mir sicher, dass sie ihm noch mit achtzig den ergrauten Bart kraulen wird. Wie glücklich die beiden miteinander waren, konnte ich mit eigenen Augen sehen, als ich meine Freundin an einem Wochenende im vergangenen Jahr besucht hatte. Obwohl es natürlich super war, viele Stunden mit Maike zu verbringen, in denen wir uns gegenseitig über alles Wesentliche und Unwesentliche informierten und die alten Zeiten hochleben ließen, sorgten diese zwei Tage dafür, dass ich um Jahre alterte. Beim Geschäftebummel waren mir zu viele Menschen, in der Kneipe waren mir zu viele Menschen und die Disco, zu der wir am fortgeschrittenen Abend aufbrachen, war rappelvoll, da hier definitiv zu viele Menschen hereingelassen wurden. Für meinen Geschmack.

Wir tranken irgendeinen Drink, der in »der Szene« angesagt war und der so gut schmeckte, dass ich ordentlich zugriff, bis Maike plötzlich über Schwindel klagte und im nächsten Augenblick vom Barhocker kippte. Nils wich nicht von ihrer Seite und gab einen so guten Zivi ab, dass dieser Dienst schon nur wegen ihm wieder in Deutschland eingeführt werden sollte. Als Maike nicht die Einzige blieb, die wie eine Eintagsfliege leblos auf dem Boden gelandet war, stellte sich heraus, dass K.-o.-Tropfen in ihrem Glas gewesen waren.

Während ich mich nach diesem Vorfall kaum beruhigen konnte – allein wegen der Tatsache, dass ein Streifenwagen Einsatz im selben Etablissement hatte, in dem ich mich gerade aufhielt –, zuckte das Paar, das ich deswegen befragt hatte, nur die Schultern und erklärte, das sei hier keine Seltenheit und kein Grund zur Panik.

Hallo? Man stelle sich mal vor, das hätte man den Passagieren der Titanic gesagt: »Das passiert hier öfter, dass Schiffe einen Eisberg rammen. Kein Grund zur Panik!«

Gesundheitlichen Schaden hatten die K.-o.-Tropfen immerhin nicht angerichtet, den kratzenden und beißenden Kater am nächsten Morgen hätte Maike wohl auch sonst gehabt, bei all den anderen Tropfen, die sie an diesem Tag zu sich genommen hatte. Leider würde der Vorfall wohl keine strafrechtlichen Folgen nach sich ziehen, da der Täter nicht erwischt wurde. Ich wollte gar nicht wissen, welches Ziel er verfolgt hatte, als er meiner Freundin das Zeug ins Glas schmuggelte! Hmmmpf. War mir definitiv zu viel Action an einem gewöhnlichen Samstagabend. Vielleicht bin ich ein Landei mit meiner Bächlebalanciererei und den allwöchentlichen Brauhausbesuchen, aber ich war in der Provinz ebenso glücklich wie Nils und Maike mit ihren Szene-Drinks.

Nur eben doch nicht so glücklich, da kein Nils an meiner Seite war.

Meine andere Freundin Suse lebte hier in Freiburg. Seit zehn Jahren wohnte sie mit ihrem Dauerverlobten zusammen, und die einzigen Probleme, die sie wälzten, waren Fragen wie: »Fahren wir am Sonntag an den Bodensee oder ins Elsass?« oder: »Bestellen wir Pizza oder die Nr. 23 und Nr. 54 beim Chinesen?«

Und dann gab es da noch Britta, die mit ihrem Mann und den zwei Jungs in einem furchtbar spießigen und gleichzeitig furchtbar schönen Reihenmittelhaus in der Wiehre wohnte, einem Wohnviertel, in dem es vor Kindern und glücklichen Alternativpärchen nur so wimmelte. Vor kurzem hatte eines dieser Reihenmittelhäuser zum Verkauf gestanden und Klein-Lauras Wunschtraum nach ebendiesem spießigen Leben mit Mann und Kindern wäre ihr fast zum Verhängnis geworden. Ich konnte doch so mutterseelenallein kein Haus kaufen, so verlockend das Angebot auch war!

Und es gab natürlich noch meine Eltern, die schon jetzt das große Fest planten, das sie zu Ehren ihrer Goldenen Hochzeit mit sämtlichen Freunden und Verwandten begehen wollten. Und es gab mich. Punkt.

2

Es ist nicht so, dass ich eine schlechte Partie wäre, sage ich mal ganz unbescheiden: Ich habe eine Taille, die man durchaus als eine solche bezeichnen kann. Meine braunen Locken kringeln sich fröhlich in alle Richtungen und umrahmen ein Gesicht, das mit großen, dunklen Augen, einer kleinen Stupsnase und einem vollen, geschwungenen Mund gar nicht übel ist. Sagt man ja nicht über sich selbst, aber ich kann die Tussen nicht ausstehen, die genau wissen, dass sie mit ihrem Aussehen bei weitem mehr punkten als mit ihrem IQ oder ihrem Charakter, und die dann sagen: »Ach, ich bin ja gar nicht zufrieden mit meinem Aussehen. Findest du mich wirklich hübsch?«

»Bescheidenheit ist eine Zier, doch weiter kommt man ohne ihr!« (Asterix und Latraviata) Das war wohl deren Motto, mit dem ich so gar nichts anfangen konnte. Zumal die Bescheidenheit oft eben nicht echt ist. Und dann ist so ein Satz ja noch dämlicher als ohnehin schon.

Es liegt auch nicht an meinem Wesen, glaube ich zumindest, dass ich chronischer Single bin. Natürlich zicke ich mal herum, und dass ich prinzipiell sage, was sich in meinen Gehirnwindungen abspielt, mag sicher auch nicht jedem recht sein. Aber im Großen und Ganzen bin ich unterhaltsam, kann wirklich zuhören (wenn nicht gutaussehende Kellner dazwischengrätschen) und bin eigentlich so eine Pferdestehl-Freundin. Aber das erkennt kein Mann, weil mich keiner kennenlernt. So einfach ist die Gleichung.

Ich bin inzwischen zweiunddreißig. Tick, tack, tick, tack. Das war meine biologische Uhr. Deren Lautstärke ist inzwischen auf 140 Dezibel angeschwollen und hat damit die Schmerzschwelle deutlich überschritten.

Klingt das jetzt gefrustet? Irgendwie bin ich ja genau das, denn außer absoluten Vollpfosten haben noch keine Männer, die diese Bezeichnung verdienen, mein Leben gekreuzt. Hmmmpf. Da war Ole, der völlig cholerisch war und immer Recht hatte, und Frederik, dessen Niveau ganz ansprechend war, der aber den Rat seiner Mutter sogar bei der Abendgestaltung einholen wollte. Und mit neunundzwanzig kann man die Mama ja schon mal fragen, ob man lieber genoppte oder hauchzarte Kondome überstülpen soll.

Wieder im wahrsten Sinne des Wortes ernüchtert beschloss ich, zu meinem Fahrrad zurückzugehen, das ich zwei Straßen weiter am Eingang des Brauhauses abgestellt hatte. Kurz überkam mich der verlockende Gedanke, dem Abend doch noch eine erfreuliche Wendung zu geben und ein paar feurige Blicke mit il Kellnero bellissimo zu tauschen, doch irgendwie hatte sich meine Flirtbereitschaft in Luft aufgelöst. Das war ja nicht verwunderlich bei dem Verlauf der heutigen Kneipentour!

Ich schloss mein altes Hollandrad auf und schwang mich – so gut es mit meinen ungewohnten Absätzen ging – auf den Sattel.

Ich hatte zwei Möglichkeiten: fünfzehn Minuten über den Radweg entlang der Bismarckallee zur Heinrich-von-Stephan-Straße oder aber hinter dem Sportzentrum abbiegen und ein kleines Stück durch einen unbeleuchteten Park fahren. Natürlich siegte wieder einmal die Faulheit über die Vernunft, und ich trat ordentlich in die Pedale, um von potenziellen Triebtätern nur als Luftzug wahrgenommen zu werden.

An meiner Wohnungstür angekommen stieg ich schnaufend vom Rad und versuchte, genügend Licht von der Straßenlaterne zu erwischen, um die richtige Nummer auf meinem Zahlenschloss einzustellen.

Während ich mich über mein Vorderrad beugte, um mein Einundalles vor Diebstahl zu schützen, bohrte sich etwas leidenschaftlich zwischen meine Schenkel. Nicht, dass ich da generell etwas dagegen hätte, aber so anonym und ungestüm mochte ich es ja nun nicht gerade. Wütend drehte ich mich nach hinten um und blickte in eine tropfende Schnauze und zwei große, dunkle Augen, die zu einem Monstrum von Hund gehörten. Dogge-Irgendwas-Mix, würde ich auf die Schnelle sagen.

Bei dem putzigen Hundeflüsterer im Fernsehen hatte ich gehört, dass Hunde möglichst schnell einen Platz in ihrem Rudel zugewiesen bekommen und erkennen müssen, dass man in der Rangfolge über ihnen steht. Dann sind sie lammfromm und du bist der Chef. Es wurde dem Zuschauer geraten, mit der flachen Hand auf den Kopf des Hundes zu donnern, um so die eigene Dominanz zu verdeutlichen. So nahm ich erneut meinen Mut zusammen und handelte, ehe mich diese sabbernde Furie zerfleischen konnte, indem ich mit Schwung auf den Hundeschädel eindrosch.

Der Hund schien das zu akzeptieren. Wie konnte man nur so still halten, wenn einem ein Fremder auf den Kopf haute? Treuherzig sah mich das Biest von unten an, leicht hechelnd und freudig erregt mit dem Schwanz wedelnd.

Da kein Besitzer weit und breit zu sehen war, tätschelte ich den Kopf ein letztes Mal, kontrollierte das Fahrradschloss und ging die Stufen zu meiner Wohnung hoch. Kurz haderte ich mit mir, ob es meine Aufgabe wäre, die Polizei zu rufen oder zumindest den Hund am Zaun anzubinden, entschied mich dann aber dafür, zunächst mein Leben zu retten. Es gab schließlich sogar Kapitäne, die das sinkende Schiff verließen und sich damit in Sicherheit brachten, ohne sich um die eigene Mannschaft zu kümmern. Da konnte ich ja wohl von Bord springen, wann immer ich wollte. Der Riesenköter war mir noch nicht einmal im Ansatz anvertraut wie die Crew dem Kapitän.

Wohlbehalten im ersten Stock angekommen, überlegte ich beim Blick auf den kleinen, mit Forsythien umrahmten Balkon, wie nett es jetzt wäre, eine Zigarette zu rauchen, und drückte stattdessen auf den Wasserkocher, um mir meinen geliebten Matcha Latte als Nachttrunk zu genehmigen. Trotz angeblich aufputschender Wirkung schlief ich danach immer wie ein Stein. Ich spielte seit acht Jahren mit dem Gedanken, wieder mit dem Rauchen anzufangen. Aber es gab ein paar Gründe, die irgendwie dagegen sprachen. Auch ohne Schwangerschaft.

Bis das Wasser gekocht und auf 80 Grad abgekühlt war, nahm ich mein Handy und las die WhatsApps, die im Laufe des Abends ihre Ankunft mehrfach mit fröhlichem Gepfeife begleitet hatten. In einer kündigte meine Mutter ihren Besuch für Sonntag an, die zweite war von Britta, die mich mit einem Zahnlückenbild ihres Großen beglückte, und die dritte kam wieder von Mama, die es im Grunde nie schaffte, alle Informationen in eine einzige Nachricht zu packen. »Kostet ja nichts«, pflegte sie freudestrahlend zu sagen. Vielleicht verständlich, wenn man an die Preise der Telefoneinheiten vor zwanzig Jahren dachte. »Ich bring Apfelkuchen mit. Die Äpfel sind aus Ehrhardts Garten. Hdl.«

Auf diese Abkürzung war meine Mutter mächtig stolz. Es gab kaum eine Nachricht, die nicht mit diesen drei aussagekräftigen Buchstaben endete. Ich wartete nur auf Buchstabenkombinationen wie »lol« oder »ddgf«, die mit Sicherheit nur von ihr entdeckt werden wollten. Meine Mutter ist die Beste. Aber ihr Ich-versuche-jung-zu-bleiben-Tick nervte gewaltig und wollte so gar nicht zu dieser herzensguten, aber etwas altbackenen und konventionellen Frau passen, die sie nun mal war.

Wie schön wäre es, wenn da mal eine Nachricht auf mich warten würde wie »Ich brauche dich wie die Luft zum Atmen« oder »Schon beim Gedanken an dich wird mir heiß«. Natürlich nicht von meiner Mutter.

»Ich bringe Apfelkuchen mit.« Hmmmpf.

3

Der nächste Tag war ein Samstag, und auch wenn ich einen Stapel roter Diktathefte auf meinem Schreibtisch liegen hatte, der durch bloßes Ansehen nicht kleiner wurde, fing der Morgen verheißungsvoll an. Ich hatte wie ein Murmeltier geschlafen und wurde von Lichtstrahlen geweckt, die sich einen Weg durch die Rollladenschlitze bahnten und gutes Wetter prophezeiten.

Mit einem großen Pott Kaffee (so schwarz wie meine Seele) setzte ich mich auf den Balkon und genoss die Sonne, die Mitte Mai schon ganz ordentlich wärmte. Meine Gedanken wanderten zurück zum gestrigen Abend, und gerade als in meinem Kopf bei der Erinnerung an die verkorkste Kneipentour Wolken aufziehen und mein ganz persönliches Wetter trüben wollten, klingelte das Telefon. Da die Größe meiner Wohnung sehr überschaubar war und ich einen absoluten Retrofimmel hatte, führte ich meine Telefongespräche an einem schwarzen, schnurgebundenen Analog-Apparat. Dementsprechend nervtötend klingelte das Ding auch, anstatt durch angesagte Hits der aktuellen Charts den Anruf zu verkünden. Ein Traum!

Mein Nervenkostüm schien wohl eh zu den widerstandsfähigeren zu gehören. Auch die vierte Klasse der Grundschule Freiburg-Littenweiler, die ich in unterschiedlichen Haupt- und Nebenfächern unterrichtete, konnte ein paar – pädagogisch formuliert – interessante Charaktere aufweisen, die mich aber höchst selten aus der Fassung brachten. Eigentlich lagen mir die sogenannten Chaoten viel mehr als die verwöhnten Mädchen aus diversen akademischen Haushalten. Und es gab eine Menge Lehrer und Rechtsanwälte im Einzugsgebiet dieser Grundschule.

Als ich den Vintage-Hörer abhob, sprudelte mir Suses Stimme entgegen, die nur selten an Lautstärke und Geschwindigkeit einbüßte.

»DuglaubstesnichtwasgesternAbendpassiertist.«

Ich musste lachen, da so eigentlich jedes Telefonat mit ihr begann.

»Jetzt mal Luft holen und noch einmal ganz langsam.«

»DuglaubstesnichtwasgesternAbendpassiertist.«

Moment. Das war anders als sonst. Mir zuliebe drosselte meine Freundin in der Regel beim zweiten Anlauf die Anzahl ihrer Wörter pro Minute erheblich.

»Hendrik hat mir einen Antrag gemacht!«

Und schon war es raus. Alea iacta est – die Würfel sind gefallen. (frei nach Marcus Schmalzlockus im Film »Asterix der Gallier«)

Die nächste Freundin im Hafen der Ehe, bald mit Stammhalter auf dem Arm und verkackten Windeln, und definitiv keine Frau mehr in meinem Freundeskreis, mit der ich zum Singleabend in meine Lieblingsdisco gehen konnte. Wehmütig dachte ich an die grandiose Aktion mit der Zeitungsannonce zurück: Es gab eine Zeit, in der Suse felsenfest davon überzeugt war, dass »halten und weitersuchen« durchaus legitim und moralisch vertretbar war. In diesem Sinn verfassten wir an einem feucht-fröhlichen Abend im Biergarten einen Text für die Rubrik »Sie sucht ihn« in der Badischen Zeitung. Schon das Erstellen dieser paar Zeilen war das pure Vergnügen. Wir kicherten wie die Sechstklässler im Aufklärungsunterricht.

»Suchst du, männlich, gutaussehend und vermögend, die Traumfrau deines Lebens? Tataaaa! Da bin ich!«

So in der Art lautete am Ende der Text, den wir inserierten und daraufhin eine Chiffre-Nummer zugeteilt bekamen. Nach einer Woche erhielten wir das ersehnte Päckchen Briefe von der Zeitung, das uns einen noch viel besseren Abend und viele weitere Lachsalven bescherte. War das ein Spaß, die Briefe zu lesen, über beigelegte Fotos zu lästern, die Schriften zu analysieren und schließlich die Zusendungen in zwei Kategorien einzuordnen: geht gar nicht und geht überhaupt nicht. Letzten Endes war tatsächlich kein potenzieller Partner dabei, weder für Suse noch für mich, aber das war bei diesem Text auch nicht wirklich zu erwarten gewesen. Sollte jetzt alles vorbei sein?

Mensch, Laura, sei nicht ungerecht, ermahnte ich mich im Stillen und gratulierte der künftigen Braut, die erwartungsvoll am anderen Ende der Leitung meine Reaktion abwartete.

»Ach, Suse, das ist wundervoll. Erzähl! Ich will alles hören!«

Ich freute mich wirklich für meine beste Freundin. Suse war in den letzten Monaten nicht müde geworden, sich die romantischsten Kulissen für ihren Antrag auszumalen, und in ihren Träumen war Hendrik bestimmt schon hunderte Mal auf die Knie gesunken und hatte ihr mit betörendem Augenaufschlag ewige Liebe geschworen. Ich holte mir noch einen zweiten Kaffee und machte es mir auf meinem Sofa gemütlich. Bei Suse konnte es dauern. Und in einem solchen Fall ganz besonders.

Die Kurzfassung war folgende: Als Suse am Abend von der Arbeit kam, lief ihr Lieblingslied von Silbermond und ihr Kater Abraxas kam auf sie zu. Aufgrund seines Alters und einer ausgewachsenen Arthrose bewegt er sich ziemlich schwerfällig, in weiße Gardine gewickelt musste es fast unmöglich gewesen sein. Um den Hals trug er – wie originell – eine Schleife, an der ein Verlobungsring baumelte. Zu diesem Zeitpunkt war Suse natürlich schon in Tränen aufgelöst, und als ihr Hendrik dann auf die Knie fiel und mit fester Stimme die magischen vier Worte sprach, war es völlig um sie geschehen.

Beim Erzählen brach ihre Stimme wieder in regelmäßigen Abständen, und man musste Suse nicht wie ich seit dem Kindergarten kennen, um ihr ganzes Glück zu begreifen.

»Es war so romantisch! Henny war selbst ganz nervös, Laura, so habe ich ihn noch nie erlebt.«

»Und – bist du schreiend davongerannt?«

Suse kicherte. Niemand konnte so gut mit meinen flapsigen Bemerkungen umgehen wie sie. »Ich hab geheult und genickt, und dann hat Henny gefragt, ob das ein Ja sei. Dann hab ich noch heftiger geheult und genickt. Steh mir bei in dem ganzen Wahnsinn, Laura. Du bist meine Trauzeugin, da frag ich gar nicht lange.«

Und das alles ohne Frühstück. Es war schon irgendwie immer klar, dass wir nicht ohne die andere vor den Altar treten würden, aber ohne Frühstück und mit zwei Tassen Kaffee intus musste mein Magen diese Nachricht erst einmal verdauen.

Suse machte unbeirrt Pläne: »Und weißt du was, für die Tischdekoration habe ich mir überlegt … Ach, weißt du was? Henny muss Steffen beim Gartenteichanlegen helfen und ist den ganzen Tag verplant. Lass uns doch einfach in der Stadt treffen und wir reden, ja? Mittagsschnitzel im ›Tacheles‹?«

Hmmmpf. Das alles kurz nach dem Aufwachen. Egal.

»Klar treffen wir uns. Falls du früher dort bist als ich, bestell schon mal für mich mit: Jägerschnitzel mit Champignonsoße. Den Salat ohne Kraut. Ist Jägerschnitzel nicht per se mit Champignonsoße? Egal. Du weißt, was du zu tun hast.«

Das Schöne an solchen Frauentreffen war, dass die Zahn- und Haarbürste zwar zum Einsatz kommen musste, aber alle weiteren Schminkutensilien im Badezimmerschrank bleiben konnten. Ich schaute auf meine Post-it-Zettel an der Wohnzimmertür: Diktate korrigieren, Bett frisch beziehen, Elternvertreterin anrufen. Ohne meine Klebezettel wäre ich aufgeschmissen. Zum einen hilft es mir täglich, keine Termine oder wichtige Erledigungen zu vergessen, zum anderen gibt es kaum etwas Befriedigenderes, als den entsprechenden Zettel nach getaner Arbeit abzuziehen, zu zerknüllen und in den Papierkorb zu befördern. Diese drei Punkte waren überschaubar und getrost auf den Sonntag zu schieben, trotz Mama und ihrem Apfelkuchen.

Ich schlüpfte in meine Lieblingsjeans, die ich dank enormen Stretchanteils in Größe 34 tragen konnte. Allein deswegen war sie schon jeden Cent wert. Sie hatte gleichzeitig so viel Schlag am Schienbein, dass ich die Hose beim Radfahren mit silbernen Klammern zusammenhalten musste, damit sie sich nicht in den Speichen verhedderte. Mehr Retro ging nicht. Das blau-weiß gestreifte T-Shirt im Marinelook passte zum Wetter sowie zu meiner Stimmung und sah frisch aus mit dem roten Gürtel und den gleichfarbigen Sneakers.

Auch wenn Suses Eröffnung zunächst befremdlich für mich war, ich freute mich wahnsinnig für sie und auch auf das ganze Trara, das nun kommen würde: Einladungen basteln, Brautkleid kaufen, Musikband suchen, Sektsorte auswählen … Ich konnte mir sicher sein, dass ich organisieren durfte, als wäre es meine eigene Traumhochzeit. Aber davon war ich so weit entfernt wie Kater Abraxas vom Mäusefangen.

Hmmmpf.

4

Der Gute-Laune-Hit-Mix auf meinem Handy reichte von der »Dancing Queen« bis zu Johnny Cashs »Ring of Fire« und war für mich der ideale Begleiter, wenn ich auf meinem Rad in die Stadt fuhr. Es klingt vielleicht merkwürdig, aber ich besaß tatsächlich kein Auto. Weder aus finanziellen noch aus idealistischen Gründen, noch nicht einmal, um mehr Sport in meinen Alltag einzubauen. Ich brauchte schlichtweg keines. Innerhalb der Stadt war ich auf dem Rad am schnellsten unterwegs, und wenn mich der steigende Wasserpegel der Dreisam durch Niederschlag oder der am Wochenende steigende Pegel meinerseits im Brauhaus am Radfahren hinderten, konnte ich problemlos auf Straßenbahn oder Bus umsteigen. Und für den Fall, dass der Apfelkuchen mit den Äpfeln vom Nachbarn nicht zu mir kam, war ich mit dem Zug in einer knappen Stunde bei meinen Eltern. »Da weiß man, was man hat!« (Astronomix zu interessierten Touristen – Asterix und Latraviata)

Mick Jagger sang gerade auf seine unübertreffliche Weise, dass man nicht immer bekommt, was man will, als er jäh unterbrochen wurde. Ich hatte den Park nahe meiner Wohnung fast durchquert, als mich ein mir bereits bekannter Höllenhund am Weiterfahren hinderte. Fluchend hielt ich mein Rad an und stieg ab. Da es schon einmal so wunderbar funktioniert hatte, begann ich mit dem Schädelhauen und kam mir vor wie in einem Film, den ich schon fast vergessen hatte und dessen Held täglich immer wieder dasselbe erleben muss.

»Hören Sie sofort auf damit!«

Meine Güte, wenn das das Herrchen vom Höllenhund war, weiß ich nicht, wer von beiden angsteinflößender aussah. Mit der Leine in der linken Hand kam er auf mich zugestapft. Ich schätzte ihn auf Anfang vierzig und er hätte mit seinem dichten, dunklen Haar und der klassischen Nase – wer Asterix und Kleopatra gelesen hat, weiß, wie bezaubernd Charakternasen wirken können – ganz nett aussehen können. Wäre da nicht sein wütender Blick, der mich zu durchlöchern schien.

»Was fällt Ihnen ein? Wie können Sie nur meinen Hund schlagen? Den Tierschutz sollte man rufen bei Leuten wie Ihnen!«

Hallo? War der Typ noch ganz richtig im Kopf? Sein Hund bedrohte mein Leben – schon das zweite Mal – und anstatt das Vieh an der Leine zu führen, wie es von ihm verlangt wurde, pampte der mich noch an? Da war er aber an die Falsche geraten!

»Sie spinnen ja wohl!«, fing ich an zu zetern, »Sie sollten mal lieber Ihren Pflichten als Hundehalter nachgehen! Sie lassen Ihren Hund frei herumlaufen und es kümmert sie gar nicht, ob jemand Angst hat! Sie sollten sich schämen!«

Arschloch. Wütend schwang ich mich auf mein Rad und rauschte davon, um die verlorene Zeit wieder aufzuholen. Schließlich wartete ein Jägerschnitzel auf mich. Und ein Mensch, mit dem man sich gepflegt unterhalten konnte. Zwar nur über Hochzeitsbräuche und Brautschmuck, aber das war mir deutlich lieber, als mich weiter mit so einem selbstgefälligen Idioten abzugeben.

Wir kamen fast zeitgleich bei unserer Lieblingskneipe an. Suse, die nichts von sportlichen Aktivitäten hielt, stieg gerade aus der Straßenbahn, als ich um die letzte Ecke bog.

»Hey, Kamikaze!«

Suse nannte mich gerne so und bezog sich dabei auf meinen etwas rasanten Fahrstil, der ihrer Meinung nach über kurz oder lang üble Folgen nach sich ziehen würde.

»Hallo, Lieblingsbraut. Lass dich erst mal richtig drücken.«

Ich legte mein Fahrrad in Ermangelung eines Ständers (ein Wort, dass ich in Anwesenheit meiner Schüler nicht benutzen durfte, sonst war an vernünftiges Unterrichten nicht mehr zu denken) auf das Kopfsteinpflaster und nahm meine Freundin in die Arme.

»Noch einmal ganz herzlichen Glückwunsch, du Liebe. Wenn es eine verdient hat, dann bist es du. Wenn ich Hendrik wäre, würde ich dich auch nicht mehr gehen lassen.«

Suse lachte und warf ihre blonde Mähne ausgelassen nach hinten. Sie sah so glücklich aus, dass es mich automatisch ansteckte.

»Komm, lass uns das Rad dort drüben anschließen und einen Tisch suchen. Mein Magen hängt so weit unten, dass ich Angst habe, ich könnte drüberstolpern.«

Suse lachte schon wieder. Sie verstand nicht nur meinen Sarkasmus, Suse lachte auch immer bereitwillig über alles, was nur den Ansatz eines witzigen Kommentars hatte. Und ihre Art zu lachen war sensationell: Es schien ihr völlig egal zu sein, wenn sich die gesamte S-Bahn oder die Damen im Café nach ihr umdrehten. Wenn Suse lachte, polarisierte sie automatisch. Entweder man wurde sofort von ihrer guten Laune angesteckt oder vermutete die Einnahme von gefährlichen Drogen und rief die Polizei. Am Anfang hatte ich dabei den Kopf eingezogen und zischte ein »Suuuse, nicht so laut« in ihre Richtung, doch inzwischen hatte ich gelernt, nicht Everybody's Darling sein zu müssen. Wenn es jemanden störte, dann war das sein ganz eigenes Problem und so sah ich jedem Lachanfall meiner Freundin in freudiger Erwartung entgegen, als Beweis purer Lebensfreude.

Wir entschieden uns für einen Tisch in der Sonne und bestellten zwei große Radler, Suse mit saurem Sprudel, um die Kalorien im Blick zu halten, wie sie mir lachend gestand. Und so waren wir automatisch beim Thema Brautkleid.

»Auf dem Weg zur Haltestelle habe ich einen kleinen Umweg gemacht und mir im Supermarkt eine Zeitschrift mit Brautmode geholt. Laura, du glaubst nicht, wie viele unterschiedliche Magazine es gibt. Wenn es mir schon schwergefallen ist, auch nur eine Zeitschrift auszusuchen, wie wird es dann erst mit dem Kleid?«

»Wann soll denn das große Fest steigen? Habt ihr schon über den Termin gesprochen?«

»Hendrik wünscht sich den 8. August. Seine Eltern haben vor 42 Jahren am gleichen Tag geheiratet, ich glaub sogar schon deren Eltern, und nun ist er für eine Fortsetzung dieser Tradition. Mir soll es recht sein. Ich will sowieso ein schulterfreies Korsagenkleid, und dafür muss es ordentliche Temperaturen haben, zumal die Schuhe vorne offen sein sollen und ich dann keine Strümpfe anziehen kann.«

Ich staunte über die genaue Vorstellung ihres Outfits, für die Suse konkret ja gerade mal eine Nacht Zeit gehabt hatte.

»Aber dann musst du ja nicht auf die Kalorien schielen. Die Korsage schnürt dich doch eh so zusammen, dass nicht viel übrig bleibt«, meinte ich mit vollem Mund.

Das Schnitzel stand inzwischen vor mir und ich hatte keine Lust, es aus Respekt vor dem Thema Kalorien kalt werden zu lassen. Für diese Jägersoße würde ich im Notfall drei Tage vorher fasten. Aber zum Glück hatten es meine Gene gut mit mir gemeint, und ich konnte ziemlich ungehemmt schlemmen. Vielleicht sollte ich sagen, ich konnte *noch* ziemlich ungehemmt schlemmen, denn wenn man meiner Mutter Glauben schenkte, war es ab vierzig mit diesem Luxus vorbei und jeder zusätzlich verzehrte Bissen würde direkt auf Hüften, Schenkel oder wo auch immer hinwandern. Britta, die einige weibliche Rundungen schon vor dieser Altersstufe vorweisen konnte, sagte einmal, dass mich Rubens trotz meines hübschen Gesichtes höchstens als Stifthalter hätte gebrauchen können. Naja, in acht Jahren könnte er mich dann ja malen.

»Aber man sieht die Schultern und Arme. Wie schaut das denn aus, wenn die Taille schlank ist und sich dann zwei Speckwürste oben rausquetschen!«, entgegnete Suse entschlossen.

»Und da ich erst wieder ruhig schlafen kann, wenn ich ein Kleid mit allen nötigen und unnötigen Accessoires im Schrank hängen habe, bist du für später verplant.«

Überrascht schaute ich von meinem Teller auf.

»Ich habe vorhin beim Brautmodengeschäft in der Hegelstraße angerufen und einen Termin vereinbart. Obwohl Samstag ist, hatten die noch etwas Zeit und um 14.30 Uhr können wir kommen.«

Da waren sie wieder, die gefallenen Würfel. Ich verschluckte mich fast an der Mischung aus Pommes und Radler, die sich in meinem Mund zusammengefunden hatten.

»Heute? Willst du nicht erst einmal zehn von diesen Zeitschriften wälzen, im Internet recherchieren und dich vorher um wirklich dringliche Dinge kümmern wie Einladungen schreiben, die geeignete Location wählen oder einen Pfarrer finden?« Ich sah Suse leicht entsetzt an.

Erstens fand ich es tatsächlich viel zu übereilt, sich jetzt schon um ein Kleid zu sorgen, zweitens konnte ich mir nettere Ziele als den Brautmodenladen für einen heutigen Stadtbummel vorstellen. Aber ich hatte längst begriffen, dass Suse keinen Widerspruch duldete und fest mit meiner Unterstützung rechnete. In guten wie in schlechten Zeiten – galt das auch für die beste Freundin? Ich seufzte ergeben und fügte ein »Ja, ich will« in Gedanken hinzu.

»Ich komme aber nur mit, wenn ich als Nachtisch mindestens drei Kugeln beim Venezia bekomme«, war mein kläglicher Versuch, noch das Beste aus dieser Situation zu machen.

Das Brautmodengeschäft lag in einem der schönsten Teile Freiburgs, der Gerberau, in der schon im Mittelalter Handwerker rohe Tierhäute zu Leder verarbeiteten. Man kam sich hier aufgrund der vielen kleinen Flüsse und Brücken vor wie in Venedig, zugegebenermaßen etwas provinzieller und ohne Gondeln. Dennoch liebte ich diese Ecke Freiburgs mit ihrem ganz eigenen Charme, der ohne Zweifel mit dem berühmten italienischen Touristenziel mithalten konnte. Da kam er wieder, mein Lokalpatriotismus! Ich hatte einschlägige Erfahrungen mit dieser Art von Läden: Als Britta kurz vor dem Ja-Wort stand, war ich genauso gottergeben mitgetrottet, da ihre Mutter mit einem Bandscheibenvorfall im Krankenhaus lag und die Trauzeugin zwar für die Hochzeit, aber nicht zur Kleidsuche von Neuseeland anreisen konnte. Ich nickte damals und lächelte und war wohl als Begleitung ganz genehm, bis Britta in einen weißen Alptraum aus Tüll gesteckt werden sollte, der ihre Formen in alles verwandeln würde, aber nicht in eine atemberaubende Braut.

»Britta, das würde ich zurückhängen lassen, probier doch mal das Cremefarbene mit der kleinen Stickerei«, versuchte ich meine Freundin behutsam vom Plan der Verkäuferin abzubringen.

»Doch, sie sollte es schon mal probieren. Es ist ein Kleid von Nastei, das ist etwas ganz Besonderes«, insistierte die Dame und hielt es mit weißen Schutzhandschuhen in die Kabine.

Ich startete einen neuen Versuch. »Aber da gibt es doch viel geeignetere Kleider. Das Nastei-Dings passt doch nicht zu ihrer Figur.«

Das war dann zu viel unqualifizierte Meinung. Die Verkäuferin funkelte mich böse an und hielt mir einen großen Vortrag, dass ich ja wohl keine Ahnung von Brautmode hätte und es gefälligst den Profis überlassen sollte zu entscheiden, wer was tragen könne. Wenn ich meine kritischen Anmerkungen nicht für mich behielte, dann solle ich doch bitte schleunigst den Laden verlassen.

Da riss mir der Geduldsfaden: »Entschuldigen Sie bitte. Aber dafür bin ich doch mitgekommen! Dass ich meine Freundin berate und dafür sorge, dass sie nicht als aufgeblasenes Baiser vor den Traualtar tritt und ihr Zukünftiger die Flucht ergreift!«

Die Gesichtsfarbe des Baisers passte sich inzwischen dem weißen Albtraum immer mehr an, aber als ich tatsächlich ein lebenslanges Hausverbot ausgesprochen bekam, war sie schneller in ihren Kleidern, als man ihr das bei ihrer Leibesfülle zugetraut hätte, und meinte, es gäbe ja wohl noch mehr Geschäfte mit Brautkleidern, in denen wir anders behandelt würden. Und wenn wir bis Stuttgart fahren müssten.

Danke, Britta.

Hausverbot im Hochzeitskleiderladen, das muss man erstmal schaffen.

Auch wenn es sich hier um ein anderes Geschäft handelte, betrat ich es mit einem mulmigen Gefühl. Suse schien davon nichts mitzubekommen und stieß bei jeder Schaufensterpuppe entzückte Laute aus. Geschlagene drei Stunden trank ich in einem Sessel, der mit seinen verschnörkelten altmodischen Lehnen wunderbar in meine Wohnung gepasst hätte, einen Kaffee nach dem anderen, fragte mich, wie viel Koffein am Tag gesundheitlich vertretbar war, und bewunderte meine Freundin in all ihrer Pracht. Obwohl sich Suse beim ersten Anlauf nicht für ein Kleid entscheiden wollte, ließen wir am Ende einen Traum in Spitze zurückhängen, der Hendrik vor dem Altar garantiert umhauen würde.

Mit einem Glas Sekt stießen wir später auf die erfolgreiche Unternehmung an und ließen alle getragenen Kleider Revue passieren.

»Das hat so was von Spaß gemacht«, schwärmte Suse und nahm einen großen Schluck aus ihrem Glas.

Ich wurde immer stiller. »Meinst du, ich werde auch mal so ein Kleid tragen? Irgendwann?«

Suse schaute mich an und wurde ernst. »Ach, Lauralein, für dich finden wir auch noch den Prinzen auf dem Schimmel. Oder Rappen? Hengst halt. Komm doch morgen Abend mit ins Salsa, da gibt es schnucklige Gastherren. Wenn ich Henny nicht hätte, wäre bei denen schon der ein oder andere dabei. Oliver ist frisch getrennt, und ich fress einen Besen, wenn der dir nicht gefällt!«

Wenig begeistert stierte ich auf die junge Frau am Nachbartisch, die sich mit einem Feuerzeug in Bikinioptik eine Zigarette anzündete.

»Tanzen ist nichts für mich, Su, das habe ich doch schon durch«, entgegnete ich und spielte dabei auf einen Anfängerkurs an, in dem wir beide vor Jahren die Grundschritte im Salsa beigebracht bekommen sollten.

Suse hatte sie gelernt, ich eher weniger.

In Erinnerung an die unbeschwerte Zeit gluckste Suse. »Oli führt so gut, dass du gar keine Chance hast, deine eigenwilligen Schrittkombinationen zu machen. Jetzt komm schon. Es wird lustig, wart's ab. Und der Tanzlehrer ist ein Knaller. Wenn der vortanzt, bleibt einem die Spucke weg.«

In Gedanken sah ich meine Wohnzimmertür gespickt mit Post-it-Zetteln, Mama mit Apfelkuchen in den Händen und war mir da nicht so sicher.

»Ich überleg es mir, okay? Ich hab ziemlich Programm morgen und kann einfach nicht versprechen, ob ich am Abend noch die Energie aufbringe, mich wieder auf mein Rad zu schwingen, um Olis kennen zu lernen und Tanzlehrer anzuhimmeln. Ich sag dir morgen Bescheid, in Ordnung?«

Zuversichtlich stimmte Suse zu und bezahlte die zwei Sekt als Dankeschön für meine Beratung als Trauzeugin. Gemeinsam schlenderten wir zur Haltestelle der Linie 2 und warteten auf die nächste Bahn für Suse, ehe ich mich auf mein Fahrrad setzte und nicht den Heimweg antrat, sondern in entgegengesetzter Richtung das größte Modehaus der Stadt ansteuerte. Im Untergeschoss hatten die eine Abteilung mit junger Mode, in der ich übernachten könnte. Ich weiß, dass Frustkäufe entweder das Konto sprengen oder anschließend im Kleiderschrank den hintersten Platz einnehmen. Oder beides. Aber nach drei Stunden Weiß brauchte ich dringend irgendetwas, das mich – wenn schon nicht zur Braut – glücklich machte und ein bisschen Farbe aufwies.

Nach nur wenigen Anproben hatte ich es gefunden: das Kleid, beim Teutates, mit dem ich garantiert morgen Abend nicht ZDF schauen, sondern dem hüftwackelnden Tanzlehrer die Show stehlen würde. Es war so eng wie feuerrot und hatte einen asymmetrischen Schnitt, sodass eine Schulter unbedeckt blieb und frech hervorschaute. Das kräftige Rot ließ meine dunklen Haare leuchten und ich kam mir seit langem mal wieder unglaublich begehrenswert vor.

5

Obwohl ich früher gemeinsam mit meiner Mutter im Kirchenchor gesungen hatte, war für mich der Kirchgang ein Graus. Beim Knien tat mir alles weh, die Predigt war meistens alles andere als inspirierend und die kritischen Blicke der älteren Fraktion, ob man auch genug in den Klingelbeutel geworfen hatte und fromm beim Beten die Augen niederschlug, gingen mir echt auf den Keks. Was ich zu sagen hatte, würde auch vom Balkon aus oben ankommen. Vielleicht sogar besser, so unter freiem Himmel …

Also nutzte ich den Sonntagmorgen, um meine Liste abzuarbeiten. Da ich nicht wusste, ob man um diese Uhrzeit dienstliche Telefonate führen konnte, schrieb ich eine Mail an die Elternvertreterin, mit der Bitte, zu einem Elternabend einzuladen. Für die Klassenfahrt im Juni gab es noch einiges zu organisieren. An meiner Schule war es üblich, mit der vierten Klasse ins Schullandheim zu fahren, und mir fehlte die männliche Begleitperson, die auch mal in der Jungentoilette für Recht und Ordnung sorgen konnte. Nach einem langen Telefonat mit Maike, die von einem chaotischen Abend in der Bundeshauptstadt berichtete, und einer ausgedehnten Dusche setzte ich mich auf den Balkon und sah einem Grünfink beim Nestbau zu.

Ich musste an Britta denken. Ob sie sich diesen Luxus, einfach so dazusitzen und die Seele baumeln zu lassen, überhaupt leisten konnte? Wahrscheinlich musste sie gerade die selbst gebaute Zuglandschaft ihres großen Sohnes Erwin bewundern oder Felix wollte mit seinen vier Jahren den Spielplatz zwei Straßen weiter unsicher machen. Eigentlich war das Leben ohne eigene Familie gar nicht so schlecht.

Naja, ein bisschen eigene Familie hatte ich ja. Mama brachte am Nachmittag den leckersten gedeckten Apfelkuchen mit, den ich je gegessen hatte. Seufzend lehnte ich mich nach dem dritten Stück zurück.

»Aber ohne Schlagsahne ist er nur halb so gut, Laura. Warum hast du denn keine besorgt?«

»Weil du es mir nicht aufgetragen hast. Deshalb. Willst du noch Kaffee?«

Ich hatte keine Lust, mir die gute Laune wegen der fehlenden Sahne kaputt machen zu lassen.

»Wie geht es denn Peter und Myriam? Hast du heute schon mit ihnen telefoniert? Sind die Kinder fit?«, lenkte ich das Gespräch auf ein sicheres Terrain.

Ihre drei Enkel waren Mamas ganzes Glück, und sie wurde nicht müde, jede noch so unwichtige Kleinigkeit von ihnen zu erzählen. Meine Eltern saßen quasi ständig in den Startlöchern, um schon bei der ersten tropfenden Nase auf der Matte zu stehen und sich am Krankenlager um die Enkelkinder zu kümmern. Für Peter und seine Frau Myriam waren solche Großeltern natürlich der Himmel auf Erden.

»Gestern kamen ihre Eltern aus Mannheim. Sie schlafen unten im Gästezimmer und bleiben wohl mindestens vierzehn Tage, weil sie schon so lange nicht mehr bei ihnen waren.«

»Ist doch schön!«, sagte ich gelassen, obwohl ich genau wusste, wie schwer es für meine Mutter war, das Feld zu räumen und ihre geliebten Enkel den anderen Großeltern zu überlassen.

Sie machte ein so unglückliches Gesicht, dass ich Mitleid bekam.

»Schau mal, Mama, das ist doch toll. Jetzt haben wir endlich mal Zeit für ein gemeinsames Kaffeetrinken, Papa und du könnt euch um den Garten kümmern, Freundschaften pflegen, und die Kinder haben mal etwas von den anderen Großeltern. Sobald die wieder in Mannheim sind, startet ihr durch. Ihr wohnt schließlich so nah, dass ihr eure Enkel viel öfter sehen könnt.«

Ich kann nicht sagen, ob das wirklich tröstlich war, aber sie ließ es damit gut sein und zeigte mir, an welchen Stellen die Glyzinie neu an den Draht gebunden werden musste.

Um halb sechs brach meine Mutter schließlich auf und schrieb mir noch vor dem Losfahren eine WhatsApp, in der sie mich erinnerte, die Kuchenreste unbedingt in den Kühlschrank zu stellen, um die Sahne bräuchte ich mich ja nicht zu kümmern.

Hmmmpf. Danke, Mama.

Nachdem ich Suse angekündigt hatte, dass ich zum Salsakurs kommen würde – was ja nun mit dem neuen Kleid ein absolutes Muss war –, putzte ich mir im Bad die Zähne, legte ordentlich Wimperntusche auf und zog den Lidstrich bis in den Augenwinkel, wie ich es bei Audrey Hepburn bewunderte. Dann schlüpfte ich in meine Neuanschaffung und suchte einen Lippenstift, der das Rot des Kleides wieder aufgriff. »Schönes Fräulein, darf ich's wagen?« (Der Sohn des Asterix, aber natürlich von Goethe abgeschrieben …)

Nicht gerade ladylike, aber hochzufrieden schwang ich mich auf mein Rad und fuhr hinaus zum Güterbahnhof, in dem das große Quälen stattfinden sollte.

Suse hatte versprochen, mit Hendrik vor dem Eingang zu warten. Und tatsächlich standen sie, als ich ankam, schon an der Tür, knutschend, als gäbe es kein Morgen. Die Heiratspläne schienen die Liebe neu beflügelt zu haben. Erst als sie mich sahen, ließen sie voneinander ab und wandten sich mir zu.

»Wow, Laura, wenn ich nicht schon einer anderen Frau versprochen …« Weiter kam er nicht, denn ein kräftiger Stoß in die Rippen hinderte Hendrik daran, seinen Satz zu beenden.

»Danke, ich nehme es mal als Kompliment«, lachte ich, während ich mein Gefährt vor Diebstahl schützte, was hier draußen am stillgelegten Bahnhof besonders notwendig war.

Noch immer schnaufend folgte ich dem jungen Glück und zupfte noch einmal an den Enden des Kleides, um sicherzustellen, dass alles am richtigen Platz saß.

»Hey, ihr zwei Hübschen! Schön, dass ihr da seid!« So wurden wir von einem untersetzten Glatzkopf begrüßt, dessen Bauch beachtliche Ausmaße zeigte.

Wir waren zwar drei Hübsche, aber ich wollte mal nicht empfindlich sein.

»Das ist Gerd, unser Tanzlehrer«, flüsterte Suse und zwinkerte mir verschwörerisch dabei zu.

Hallo? Hatten Heiratspläne irgendwelche Auswirkungen auf den Intelligenzquotienten oder den guten Geschmack? Mir waren zwar keine Studien darüber bekannt, ich hielt es aber bei diesem Kommentar durchaus für möglich. Während sich die drei angeregt über das letzte Training unterhielten, nutzte ich die Gelegenheit und ließ meine Blicke durch den Raum wandern: Hinten am Fenster stand ein unscheinbares Pärchen, das schweigend den Beginn des Kurses abwartete, daneben ein anderes, das dafür heftig am Diskutieren war. Spannender für mich war allerdings ein schwarz gekleideter Mann, der lässig am Tresen im hinteren Bereich des Raumes stand. Er war vielleicht Ende dreißig, wobei ich bei solchen Einschätzungen meistens danebenlag. Der Mann musterte mich eingehend, und als sich unsere Blicke trafen, verzog er den Mund zu einem breiten Grinsen. Für meinen Geschmack war in seinem Haar ein bisschen viel Gel zum Einsatz gekommen, aber das Gesicht war gepflegt und ebenmäßig, sein Körperbau der eines Sportlers.

»Dreh dich um«, beschwor ich ihn in Gedanken. Zu gerne hätte ich einen Blick auf die Rückansicht, genauer genommen seinen Hintern, geworfen und hoffte sehr, dass da bei der einen oder anderen Tanzdrehung die Möglichkeit kommen würde.

Vier weitere Paare und zwei Herren waren in der Zwischenzeit dazugestoßen, was den Glatzkopf veranlasste, uns in einen Kreis zu bitten.

»Hallo zusammen, das gilt besonders für diejenigen, die ich noch nicht persönlich begrüßt habe. Wir haben heute einen Gast, den wir herzlich willkommen heißen. Laura, stellst du dich bitte kurz vor?«

Der Typ war echt nicht mehr ganz dicht. War das hier die Selbsthilfegruppe der anonymen Alkoholiker? Ich merkte, wie mir das Blut ins Gesicht schoss. Ich hätte vielleicht ein Glas Bier vorher trinken sollen. Hmmmpf.

»Ich heiße Laura, bin zweiunddreißig Jahre alt, meine Körbchengröße ist 75B und ich bin nicht ganz freiwillig hier.«

Die Hobbytänzer lachten leicht irritiert, aber ich gewann meine Sicherheit zurück. Angriff ist bekanntlich die beste Verteidigung. Aus dem Augenwinkel sah ich, dass Suse leicht genervt die Augen verdrehte, und ich grinste zufrieden. Das geschah ihr gerade recht: Brautmodengeschäft und Tanzstunde an einem Wochenende waren zu viel des Guten.

Der Tanzguru hatte die Sprache wiedergefunden und hielt einen langen Vortrag über seine Liebe zu diesem Tanzstil, den die Anwesenden wahrscheinlich nicht zum ersten Mal hörten.

»Qué es exactamente la salsa?«

So startete er seine Rede, die klang, als hätte er sie bei Wikipedia gelesen und auswendig gelernt. Ich trat von einem Bein auf das andere und überlegte, ob ich mich doch für etwas dezentere Kleidung hätte entscheiden sollen, da fing ich erneut den Blick des schwarz gekleideten Mannes auf, der zielstrebig auf mich zukam, als man sich in Paarformation aufstellen sollte.

»Darf ich bitten?«

Seiner Wirkung bewusst wartete er meine Antwort nicht wirklich ab, sondern nahm meine rechte Hand und legte mir seine Linke auf den Rücken, nahe am Poansatz, was mich ziemlich aus dem Konzept brachte. Mein lieber Scholli, ging dieser Typ ran!

Die ersten Salsatakte kamen aus der Stereoanlage neben dem Glatzkopf, der wie konditioniert mit der Hüfte zu wippen begann und seine Anweisungen säuselte.

»In der Ausgangsposition sind die Füße parallel, auf den ersten Taktschlag bewegen die Herren den linken Fuß nach vorn, das Körpergewicht befindet sich auf dem rechten Fuß. Ja, ihr seid schon richtige Profis, das seh ich sofort. Das rechte Knie wird locker gebeugt, das Gewicht wird auf das andere Bein verlagert. Aber welches Gewicht denn? Haha.«

Ein gekünsteltes Lachen begleitete seine Frage.

»Das nicht vorhandene Gewicht wird zurück auf den rechten Fuß verlagert, der linke Fuß bewegt sich zurück in die Ausgangsposition. Und los, meine Herrschaften. Uuuuund in den Sidestep.«

Während der Guru redete, als ginge es um sein Leben, führte mich mein Tanzpartner unbeirrt durch den Raum und entlockte meinen Füßen doch wirklich so etwas, was nach Salsaschrittfolge aussah. Langsam fing es an, mir Spaß zu machen, und ich schaukelte mit meiner Hüfte nach links und rechts im Takt, was sich in dem knallroten Fummel bestimmt sehen lassen konnte. Der Herr an meiner Hand schien den Stimmungswechsel zu bemerken, grinste breit und führte mich in ein Damensolo, nicht ohne dabei meine Statur und das Kleid, in der sie steckte, genau zu inspizieren. Als ich zurück in die Ausgangsstellung und damit in seine Arme kam, erfuhr ich, dass es sich hier um den wieder im Singledasein angekommenen Oliver handelte, den mir Suse bereits beim Glas Sekt schmackhaft gemacht hatte. Wenn der bei allen Damen ein solches Tempo vorlegte, waren seine Tage als Alleinstehender aber gezählt.

»Lado-Lado, meine Herrschaften«, kam es von vorne, und Oliver führte mich an der leicht verkrampft aussehenden Suse vorbei, die nicht nach Hendriks Pfeife tanzen wollte. Wie wird da erst der bevorstehende Ehealltag aussehen, fragte ich mich im Stillen und genoss, dass ich das Ruder mal ganz aus der Hand geben konnte. Ob Oliver beim Sex auch solche Führungsqualitäten vorweisen konnte? Schnell schüttelte ich diesen Gedanken ab und versuchte, mich ganz dem Rhythmus der Musik hinzugeben.

»Oli und du, ihr scheint euch ja ganz gut verstanden zu haben«, meinte Suse, als wir nach anderthalb Stunden die müden Beine nach draußen beförderten.

»Kommst du noch mit, Laura? Wir gehen danach immer in den ›Walfisch‹. Das Flüssigkeitsdefizit wieder ausgleichen.«

Suse musste mich nicht lange bitten. Ich hatte ausgesprochen gute Laune und musste mein Kleid dringend weiter ausführen. Mein Alltagsoutfit, mit dem ich mich vor die Klasse zu stellen pflegte, sah doch etwas anders aus.

In der urigen Gaststube, die viel eher 400 Meter höher in die Landschaft des Schwarzwaldes gepasst hätte als in eine Großstadt, fanden wir Platz an einem runden Holztisch mit vielen Kerben und ich saß – Zufall oder nicht – neben Oliver, der mir sofort die Bestellung abnahm.

»Auf dich, Laura, Göttin der Nacht«, prostete er mir mit seinem frischgezapften Pils zu, als alle mit Getränken versorgt waren.

Mit ordentlichem Durst von der ungewohnten Anstrengung nahm ich ein paar Schlucke und wandte mich meinem Kavalier zu: »Du hast wirklich keine Angst vor Frauen, oder?«

»Warum auch? Ich kenne viele, und von denen hat mir noch keine etwas zuleide getan.«

Na, das glaubte ich gern, dass der viele kannte!

Ich versuchte das Thema auf ein unverfänglicheres Gebiet zurückzuführen. »Tanzt du schon lange Salsa?«

Oliver erzählte bereitwillig von seinen beiden Hobbys, Tanzen und Go-Kart-Fahren, und war nach eigener Einschätzung der absolute Leistungsträger in seinem Team. Ich war ziemlich beeindruckt, ob von seinen Begabungen oder seinem Selbstbewusstsein, konnte ich nicht genau sagen. Ich amüsierte mich auch im zweiten Teil des Abends hervorragend und merkte gar nicht, wie schnell die Zeit vergangen war. Als wir aufbrachen, waren Hendrik, Suse und die anderen längst gegangen.

»Kommst du nächsten Sonntag wieder?«, fragte mein Begleiter mit heiserer Stimme, als wir vor der Tür im Schein der Straßenlaterne standen und ich in meiner Jackentasche nach dem Fahrradschlüssel suchte.

Ich öffnete das Schloss, und während ich mich wieder aufrichtete, zog mich Oliver an sich heran.

»Habe ich mir eine kleine Belohnung verdient?«

Wofür, war mir nicht ganz klar, aber seine Worte, diese Umklammerung und überhaupt die ganze Situation lösten absolutes Chaos in meinem Kopf aus. Ich kannte ihn doch gar nicht! Aber mein letzter Kuss war schon … oh Gott … eine Ewigkeit her. Mein Zögern wurde wohl als Zustimmung gedeutet, denn Oli zog mich noch enger an sich und näherte sich meinem Gesicht, den Mund erwartungsvoll geöffnet. Schnell drehte ich meinen Kopf zur Seite, sodass seine Lippen meine Wange trafen und einen feuchten Abdruck hinterließen.

Hastig murmelte ich ein »Tschüss dann« und fuhr in einer Geschwindigkeit los, die meinem unweiblichen Spitznamen »Kamikaze« alle Ehre machte.

6

Am nächsten Morgen fühlte ich mich, als wäre mir der Himmel auf den Kopf gefallen. Diese Hauptsorge des berühmten gallischen Dorfes war bei mir Realität geworden.

Es war nach ein Uhr gewesen, als ich mich in meiner Wohnung aus dem Kleid geschält, die Kriegsbemalung entfernt und meinen Lieblingspyjama angezogen hatte. Zu oft hatte Oliver die Bedienung ermuntert, unsere leeren Gläser durch volle zu ersetzen, und so war mein Zustand bei der Heimfahrt mehr als bedenklich, um nicht zu sagen kritisch gewesen. Zu allem Überfluss lag ich anschließend stundenlang wach, unfähig, meine Gedanken zu ordnen. Oli hatte mich mehr aus dem Konzept gebracht, als ich es mir zunächst eingestehen wollte. Es war nicht sein attraktives Äußeres (natürlich hatte ich eine Möglichkeit gefunden, die Rückansicht genauer zu begutachten), das mich nicht losließ, auch nicht die geschmeidigen Bewegungen, die er an meiner Seite aufs Parkett gelegt hatte. Er hatte mich als Frau wahrgenommen, und mehr als das. Ich war schon lange nicht mehr so umworben worden. Ich ging in Gedanken nach und nach alle Schmeicheleien durch, die ich aufgesogen hatte wie ausgedörrte Erde den ersten Regenschauer. Meine letzte Beziehung war nun fünf Jahre her und Verehrer in der Zwischenzeit eher Mangelware.

Die Partnerschaft mit Frederik war von Grund auf solide gewesen. Ich lebte damals in einer kleinen Ein-Zimmer-Wohnung in Pfaffenweiler, einem urigen Ort nahe der Stadt, und absolvierte den Referendariatsdienst, der mir einiges abverlangte. Meine zuständige Mentorin kümmerte sich nicht um meine anfänglichen Schwierigkeiten bei der Unterrichtsplanung. Sie war voll und ganz mit sich und ihren privaten Baustellen beschäftigt, und die zahlreichen Prüfungen überforderten mich regelrecht. Ausgleich fand ich im Schwimmtraining, zu dem ich mich und meine müden Knochen zweimal die Woche quälte, um dadurch wenigstens etwas Stress abzubauen. Vier Bahnen waren im Freischwimmerbereich des Westbades für unseren Verein reserviert, wobei wir donnerstags die abgetrennte Zone mit den Herren teilen mussten. Das »mussten« wurde aber schnell zu einem »durften«. Maike, die zwar damals schon fest liiert, aber einem Flirt nie abgeneigt war, und ich genossen es, bei jeder gekraulten Bahn einen Blick auf die Muskelspiele der männlichen Vereinskollegen zu erhaschen. Einer dieser Herren war mein Frederik. Obwohl Schwimmbrillen ein Gesicht nicht gerade hübscher machen, ließ er sich kein Training und damit keine Gelegenheit entgehen, interessierte Blicke zurückzuwerfen. Aus dem Augenkontakt wurden kurze Wortwechsel, und mit der Zeit waren wir so vertraut miteinander, dass eine Beziehung nur logische Konsequenz war. Meine Schulfreundin Britta war bereits glücklich verheiratet, hatte ihr erstes Kind bekommen, und auch Maike befand sich schon mehrere Jahre in einer festen Beziehung. Ich fühlte mich wohl mit einem Partner an meiner Seite; auch wenn die romantischen Augenblicke eher spärlich waren, schätzte ich Frederiks Verlässlichkeit. Wir hatten ähnliche – leicht spießige – Vorstellungen von unserer Zukunft, wollten eine große, kinderreiche Familie und ein Häuschen im Grünen. Gemeinsam fuhren wir nach Zentralspanien, flogen an die

Türkische Riviera und zelteten mit dem Schwimmverein im mittelfränkischen Niemandsland. Es waren eigentlich zwei schöne Jahre, die ohne weltbewegende Highlights oder Tiefschläge so dahinplätscherten, um in der Sprache der Wasserwelt zu bleiben. Nur beim Sex herrschte irgendwie Wellengang. Nicht wie bei Windstärke neun, aber es waren doch kleine Wellen mit Schaumkrone, die verlässlich ans Land rollten. Meine Freundin Maike meinte einmal bei einem Weiberabend im »Tacheles«, Vorspiel bedeute für Nils die Frage: »Sollen wir jetzt poppen oder nach dem Abendessen?« Da konnte ich mich damals mit Frederik wirklich nicht beschweren. Über Stunden kümmerte er sich erst um meinen verspannten Nacken, massierte hingebungsvoll den Rücken mit Öl, bis ich so abschalten konnte, dass ich die Zuwendungen weiter unten voll und ganz genießen konnte.

Frederik war das, was man eine »ehrliche Haut« nannte. Aber es gab zwei gute Gründe, warum ich mich damals dringend häuten musste. Seine Mutter war immer und überall zugegen. »Mama kommt nachher noch eben vorbei und bringt uns vom Sonntagsbraten.« – »Mama sagt, dass es morgen zu kalt zum Picknicken wird.« – »Mama wählt nächsten Sonntag die CDU, weil sie da schon seit zweiundvierzig Jahren ihr Kreuzchen macht.« – »Mama ist in Sorge wegen Frau Hefter, die gestern aufgrund akuter Atemnot ins Krankenhaus gebracht wurde.« Aaaaahhhh! Mir stellten sich heute noch die Haare auf, wenn ich an meine Ex-Schwiegermutter in spe dachte. Dabei konnte sie eigentlich gar nicht viel dafür, dass sie von mir so abgrundtief gehasst wurde. Wir Frauen mussten uns in der heutigen Zeit schon genug auf dem Arbeitsmarkt und wo sonst noch überall behaupten – für Frederiks Emanzipation von seinen Eltern konnte ich nicht auch noch zuständig sein.

Der zweite Grund war aber noch viel schwerwiegender. Wie schon gesagt, plätscherte mein Leben einfach so dahin, mir fehlte einfach alles, wovon ich als kleines Mädchen geträumt hatte. Sein Lachen steckte mich nicht an, seine Gesprächsthemen waren nicht meine, unsere gemeinsamen Bekannten interessierten mich reichlich wenig, und wenn wir beim Italiener saßen, dann um zu essen und nicht, weil wir bei Kerzenschein verliebte Blicke wechseln wollten.

Frederik fiel aus allen Wolken, als ich einen Schlussstrich unter die Beziehung zog. So sehr mir auch der Lass-uns-Freunde-bleiben-Satz auf der Zunge brannte und ich es mir kaum vorstellen konnte, diesen guten Menschen aus meinem Leben zu verbannen, sahen wir uns nach unserer Trennung nie wieder. Über ein soziales Netzwerk wusste Maike, dass er inzwischen verheiratet und das zweite Kind unterwegs war.

Hmmmpf.

Seitdem verhungerte ich komplimentemäßig am ausgestreckten Arm.

An meiner Schule war der Männeranteil mit zehn Prozent relativ hoch. Das würde in einem großen Konzern sicherlich eine ganz gute Auswahl ermöglichen. De facto kam man aber bei einer Grundschule mit 210 Kindern dabei auf die Zahl eins. Und Siggi war glücklich verheiratet, hatte drei erwachsene Töchter und ging nächstes Jahr in Ruhestand.

Möglichkeiten, auf natürlichem Wege zu einer Männerbekanntschaft zu kommen, gab es für mich auch anderswo kaum. Meine Freundinnen waren seit langem glücklich liiert und gingen nur höchst selten am Samstagabend mit mir auf die Piste. Und schon gar nicht zum Singleabend. Flo war zwar durch seinen ständig wechselnden Beziehungsstatus eher dabei, es machte aber nicht wirklich Sinn mit einem Mann, der definitiv nicht von der schwulen Sorte war, auf Männerfang zu gehen. Da entschied ich mich lieber für den einen oder anderen Brauhausabend mit meinem besten Freund.

An diesem Morgen tat aber schon der Gedanke an den naturtrüben Gerstensaft weh. Durch meinen Kopf fuhr gefühlt die Spielzeugeisenbahn meiner Neffen, und wieder einmal schwor ich mir absolute Enthaltsamkeit in der nächsten Zeit.

Ich stellte den Wecker aus und setzte mich auf die Bettkante, wohl wissend, dass dieser Tag grauenhaft werden würde. Erst vierzig Minuten flussaufwärts bis zur Arbeit strampeln, um fünf Schulstunden in meiner vierten Klasse zu halten, im Anschluss eine Gesamtlehrerkonferenz abzusitzen, den Unterricht für den nächsten Tag vorzubereiten und mit dem Rad wieder – immerhin flussabwärts – heimzurollen. Hmmmpf.

Wie ich das bewerkstelligen sollte, war mir ein absolutes Rätsel. Ich konnte mit gutem Gewissen behaupten, dass ich zu der Fraktion gehörte, die mit Freude und Hingabe ihren Beruf ausübte. Aber doch nicht mit einem ausgewachsenen Kater! Kurz spielte ich mit dem Gedanken, mich heute krankzumelden, was ja irgendwie auch nicht gelogen wäre. Mit einem Influenzavirus in der Blutbahn konnte man sich kaum schlechter fühlen, aber die Erziehung meines Vaters zu Pflichtgefühl und Verantwortung hatte Spuren hinterlassen. »Wer feiern kann, kann auch arbeiten«, hörte ich seine Stimme in meinem geplagten Hirn.

Ich ging ins Bad, nahm meine Zahnbürste aus dem Becher und musste mir beim Blick in den Spiegel eingestehen, dass mir jeder Schluck von gestern Abend ins Gesicht geschrieben stand. Seufzend versuchte ich, die abrissreife Fassade zu restaurieren.

»Mensch, Laura, du siehst aber gar nicht gut aus. Hat es dich auch erwischt?«

Diese aufbauenden Worte kamen von Gertrud, die Klassenlehrerin in der 1b war und über alles und jeden Bescheid wissen musste. Das fing ja gut an.

»Irgendwie fühle ich mich heute echt nicht so toll. Aber wird schon gehen«, wehrte ich ab und versuchte, mich an ihrem ausladenden Busen vorbeizuquetschen.

»Der Häußler ist ja schon wieder krank. Der hat sich direkt für die gesamte Woche abgemeldet. Also, wenn du mich fragst, hat der Burnout. Ist ja auch kein Wunder bei dem Gesicht, das er immer zieht. Dem ist jede kleinste Aufgabe schon zu lästig.«

Erstens zog ich auch gleich so ein Gesicht, wenn die nicht augenblicklich den Mund hielt, und zweitens war dem Kollegen sicher nur eine Person lästig. Ich konnte es überhaupt nicht leiden, wenn über Dritte gesprochen wurde, die obendrein nicht einmal anwesend waren. Und der Häußler hieß Siggi. Wenn schon, dann Herr Häußler. Das alles müsste ich der doofen Kuh in ihre dumpfbackige Visage schleudern, anstatt es nur zu denken. Das Hauptproblem an Gertrud aber war, dass sie als einzige Kollegin einen guten Draht zum Chef hatte, was gewiss auch nicht für sie sprach, sie aber potentiell gefährlich machte. So wurde es unserer Männerquote wahrscheinlich einfach zu viel bei uns, wobei ich die Schuld nicht seinen Schülern in die Schuhe schieben würde. Hier gab es einige ganz spezielle Damen, die meisten aber immerhin ohne Einfluss auf die obere Etage.

»Keine Ahnung«, brummte ich unfreundlich und hatte es endlich geschafft, mich Richtung Lehrerzimmer durchzukämpfen.

Am Kopierer hing das allseits gefürchtete Defekt-Schild. Ich stöhnte genervt auf und flitzte, so gut es mein hämmernder Kopf zuließ, zum Computer, um meine Arbeitsblätter als Klassensatz auszudrucken. Natürlich klappte das auch nicht, weil das alte Ding in der Regel schon beim Hochfahren kapitulierte. Dieser Tag war wirklich umwerfend – im wahrsten Sinne des Wortes. Wie jede Schule hatten auch wir einen Hausmeister, der kaputte Stühle reparierte und Kaugummis unter den Tischen wegkratzte, aber mit technischen Geräten war er komplett überfordert. Und da machte er auch kein Geheimnis draus. In regelmäßigen Abständen wurde die Geschichte vom letzten defekten Drucker im Lehrerzimmer zum Besten gegeben: Verzweifelt hatte eine Kollegin unseren Hausmeister um Hilfe gebeten, weil sie in der nächsten Stunde einen aufwändigen Lernzirkel geplant hatte und dafür noch ein Arbeitsblatt fehlte. Hausmeister Paulsen kam, sah und siegte so wenig, wie man das bei Cäsar wohl nie erlebt hatte. Er nahm den Drucker in beide Hände, rappelte und schüttelte ihn konzentriert und als er dann, oh Wunder, immer noch nicht funktionierte, wurde Herr Paulsen so wütend, dass er das Gerät mit Schwung an die Wand schmiss. Die Macke in der Tapete erinnerte uns nach drei Jahren immer noch daran, wie gefühlvoll technische Defekte angegangen werden konnten. Natürlich schmückten wir die Geschichte mit immer mehr Details aus, je länger sie her war. In einem Jahr würde der arme Herr Paulsen wahrscheinlich noch Schaum vor dem Mund haben, wenn er den Drucker malträtierte.

Im Morgenkreis durften die Kinder erzählen, welche großen und kleinen Abenteuer sie am Wochenende erlebt hatten. Ein Schüler war mit den Eltern zum Wandern im Elsass gewesen, zwei befreundete Jungen aus der Klasse hatten sich am Samstag getroffen, um eine Hütte im nahegelegenen Wald zu bauen, und ein anderes Mädchen war mit den Großeltern in den Affenwald gefahren. Meine Aufgabe bestand darin, das Erzählte mit ausreichend »Ahs« und gut platzierten »Boahs« zu würdigen. Normalerweise gab es diverse Regeln, an die sich die Kinder beim Berichten halten mussten. Zum Beispiel durften sie sich einen erzählwürdigen Aspekt heraussuchen, nicht drei. Schließlich wollten alle an die Reihe kommen, und das Tagespensum an Lernstoff sollte noch geschafft werden. Nicht heute. Die Schülerinnen und Schüler plauderten und schwatzten, und ich war froh, auf diese Weise zumindest die erste Stunde stressfrei herumzubekommen.

In Gedanken war ich beim gestrigen Abend. War ich für Oliver nur eine nette Gelegenheit für einen kleinen Flirt? Ein bisschen Ego-Aufmöbeln nach einer gescheiterten Beziehung? Würde er versuchen, in den nächsten Tagen Kontakt mit mir aufzunehmen?

»Mensch, klasse«, kommentierte ich gerade geistesabwesend Ann-Sophies Beitrag, als ich merkte, dass etwas schiefgelaufen war. Mit vor Entsetzen geweiteten Augen starrte mich das kleinste Mädchen der Klasse an. »Nein? Nicht gut?«, versuchte ich zaghaft und weniger euphorisch den Fehler zu erkennen.

Doch es war zu spät. Ann-Sophies Augen füllten sich bereits mit Tränen, ob aus Kummer oder Wut, war mir zu diesem Zeitpunkt noch nicht ganz klar.

Ihre Mitschüler waren ungewöhnlich ruhig, als sie mich mit leiser Stimme aufklärte. »Es ist gar nicht klasse, dass Hannibal gestorben ist.«

Hannibal war ihr Meerschweinchen, von dem verlässlich jeden Montag erzählt wurde. Hannibal durfte frei in der Küche laufen, Hannibal kackte nur in die zwei hinteren Stallecken, Hannibal hatte Mama in den Finger gebissen. Jetzt war Hannibal tot. Hmmmpf. Es dauerte den Rest der Unterrichtsstunde, das Mädchen zu trösten und meinen Fauxpas zumindest ansatzweise auszubügeln. So ging die Zeit natürlich auch rum.

In den Stunden darauf riss ich mich zusammen, übte die Silbentrennung und hielt einen Vortrag über Medien als zeitgeschichtliche Informationsquellen und als Mittel der Kommunikation, der nur wenig Interesse bei den Kindern weckte.

In der Mittagspause stahl ich mich aus dem Gebäude, holte ein Fleischkäsebrötchen beim ansässigen Metzger und setzte mich auf das Gras hinter dem Schulgelände.

»Hi Süße! Seid ihr noch lange geblieben? Was ist da zwischen Oli und dir?«

Das war die erste von fünf Nachrichten, die auf meinem Handy darauf warteten, gelesen zu werden. War ja irgendwie klar, dass Suse auf den neusten Stand gebracht werden wollte. Da sie als grafische Zeichnerin ihre eigene Chefin war und sich ihre Pausen entsprechend nach eigenem Ermessen nehmen konnte, tippte ich ihren Namen im Adressbuch an, in der Hoffnung, bei ihr ein offenes

Ohr für mein Gefühlschaos zu finden. Ich hatte sie als »Asuse« im Handy abgespeichert, um nicht lange nach ihrem Namen suchen zu müssen, sondern direkt den ersten Kontakt anwählen zu können. Gelegentlich hatte ich tatsächlich richtige Geistesblitze.

»Hey, Laura, schön, dass du mich aus meinem Loch rausholst. Ehrlich, ich hab 'ne absolute Schaffenskrise. Ich krieg heute gar nichts auf die Reihe«, lamentierte mein Handy schon nach dem zweiten Klingeln.

»Frag mich mal«, seufzte ich und erzählte von meinem verkorksten Vormittag.

»Interessiert mich nicht«, unterbrach mich meine beste Freundin, die diese Auszeichnung vielleicht gar nicht verdient hatte. »Ich will den Namen Oli hören. In Kombination mit deinem eigenen«, forderte sie mich ungerührt auf.

Und da meine Gedankengänge heute eh nur in Olivers Richtung führten, erzählte ich ausführlich von den vielen Komplimenten und verbalen Streicheleinheiten, die mir mein Tanzpartner hatte zukommen lassen. »Und dann bin ich mit dem Rad vor meinen eigenen Gefühlen davongerast«, beendete ich meinen Bericht.

Wow! Das hatte ich aber gut gesagt – für meinen Zustand.

»Jetzt warte es doch einfach ab. Sei entspannt, relaxt. Lass die nächsten Treffen einfach auf dich zukommen.«

Sehr witzig. War ich beim Yoga? Oder Tai Chi?

»Ich hab ihm heute Morgen übrigens deine Nummer gegeben. Er hat mich schon kurz nach neun angerufen. War doch okay, oder?«

Hatte die eine Vollmeise? Ich verstand die Welt nicht mehr und meine Freundin schon gar nicht.

»Das sagst du mir erst jetzt? Mann, Suse, da reden wir die halbe Mittagspause und du sagst mir nichts davon?«

Mein Blick glitt über das Handgelenk und blieb am Ziffernblatt der Armbanduhr von Fossil hängen, die ich mir von meinem ersten Gehalt gekauft hatte und mir immer noch gut gefiel.

»Scheiße, Su, ich muss los. Die Konferenz fängt gleich an, und ich bin noch hinter dem Gebäude. Ich melde mich, ja?« Ich wartete keine Antwort ab, tippte das Gespräch weg und rannte los, ohne Rücksicht auf meine pochenden Schläfen. Au Mann, Alkohol und wenig Schlaf sind ein echtes Dreamteam.

Gerade noch rechtzeitig huschte ich in das schon jetzt stickige Lehrerzimmer, ehe mein Rektor mit arrogant hochgezogenem Mundwinkel die Tür hinter mir schloss. Ich zählte ihn nie zum Kollegium und somit auch nicht zu unserer imposanten Männerquote, die ja heute nicht anwesend war. Wäre er nicht mein Vorgesetzter, ich würde ihn mit keiner Silbe erwähnen. Aber so hatte er mehr Einfluss auf mein Arbeitsleben, als mir lieb war.

Rainer Rastler, dessen Name so lächerlich klang, als wäre er ein Happy Hippo der Überraschungseikollektion, war das mieseste Sackgesicht der Nation. Nach einer Karriere bei der Bundeswehr meinte er wohl, für noch wichtigere Aufgaben berufen zu sein, studierte im zweiten Bildungsweg auf Lehramt und bellte sich so durch den Beamtendschungel, dass die gar nicht anders konnten, als ihm eine Rektorenstelle anzubieten. Ha! War ihm eigentlich klar, wie unbedeutend und winzig unsere Grundschule war und welche unwichtige Rolle damit der Chef der Anstalt hatte? Er wusste es augenscheinlich nicht, denn er plusterte sich jeden Tag aufs Neue auf, als wäre er der Bildungsminister persönlich. Am übelsten aber war seine Einstellung gegenüber dem weiblichen Geschlecht. Von Gertrud – von wem auch sonst – wusste ich, dass seine Gattin nach der Aufzucht der vier Kinder weiter am Herd versauerte, und im Grunde gab er auch mir jeden Tag aufs Neue zu verstehen, welche Aufgaben mir im Leben eigentlich zuteil wurden: gut aussehen, um das männliche Geschlecht zu erfreuen, dasselbe bewundern und gegebenenfalls ehrfürchtig verstummen, wenn notwendig. Was dachte sich der Rastler bitteschön? Dass er Majestix wäre und wir die namenlosen Schildträger? In den großen Pausen machte er sich im Lehrerzimmer breit, stieß der Männerquote verschwörerisch in die Seite und verbündete sich mit ihm gegen die zahlenmäßig überlegene Frauenfront, obwohl jeder an Siggis unglücklichem Gesicht sehen konnte, an wessen Seite er lieber kämpfen würde.

Bei schlechtem Wetter nahm ich notgedrungen den Bus zur Arbeit. Darum hatte ich einmal am Anfang meines Berufslebens eine solche Gelegenheit genutzt und mich am Morgen für Kleidung entschieden, die zwar seriös, aber fürs Radfahren völlig ungeeignet war. Seit der Rastler an diesem Tag zum dritten Mal mit seinen schmierigen, hageren Spinnenfingern »die Qualität der Strumpfhose überprüft« hatte, sah mich das Kollegium nur noch in Jeans und Cordhosen. Dieser Aufzug schützte allerdings nur sehr bedingt vor seinen Blicken, die Jeans und Cordhosen wie mit Röntgenaugen zu durchdringen schienen.

Ich setzte mich neben eine nette Kollegin mit mütterlicher Ausstrahlung, deren verlässliche, unaufgeregte Art ich immer mehr zu schätzen wusste, und ließ die Konferenz ziemlich passiv über mich ergehen.

7

Erst daheim erinnerte ich mich an die anderen Nachrichten, die mein Smartphone in der Mittagspause angezeigt und für die ich keine Zeit gefunden hatte. Eine war von Flo, der mal wieder freundschaftlichen Rat benötigte. Meine Mutter wollte wissen, ob ich schon ein Geschenk für Peters Geburtstag besorgt hatte, und Britta fragte, was man gegen chronisch nervige Söhne machen könne, wie eigentlich jeden Tag.

Mit Britta wollte ich gerade wirklich nicht tauschen: Ihr Mann war beruflich viel unterwegs (der wusste, wieso) und die beiden Jungs durchlebten gerade eine etwas schwierige Phase, die Streiten und Trotzen beinhaltete. Kein Wunder also, dass Britta am liebsten alles hinschmeißen würde. Ich nahm mir fest vor, sie mal wieder zu besuchen und etwas zu entlasten, schließlich hatte sie keine Eltern oder Schwiegerleute, die bei jedem Pups auf der Matte standen und bereitwillig Rotznasen abwischten.

Die vierte SMS war von einer mir unbekannten Nummer. Augenblicklich raste mein Puls und ließ meinen Kopf, der sich eigentlich langsam beruhigt hatte, schier platzen.

Erst aufs Klo.

Erst noch eine Tasse Tee.

Erst noch eine bequemere Hose anziehen.

Als mir keine Übersprungshandlung mehr einfiel, öffnete ich die Nachricht mit klopfendem Herzen: »Hallo Schöne, wann sehe ich dich wieder? Kann es kaum erwarten …«

Pfffffff. Langsam ließ ich die Luft entweichen, die ich, ohne es zu merken, die ganze Zeit angehalten hatte. Nicht nur, dass er sich meine Telefonnummer besorgt hatte, auch was er schrieb, war zum Niederknien!

Ich wischte meine leicht klebrigen Hände an der Jogginghose ab und wollte gerade eine Antwort tippen, als mir die oberste Flirtregel einfiel: Männer zappeln lassen. Wenn ich jetzt antwortete, sah es vielleicht so aus, als hätte ich sehnlichst auf ein Lebenszeichen von Oliver gewartet. Dann sah es so aus, als hätte ich es nötig. Hallo? Ich. Hatte. Es. Nötig. Im Ernst, ich fragte mich, wer hier am Zappeln war.

Im Laufe des Abends war ich immer wieder versucht, Oliver auf seine charmante Frage zu antworten. Ich las die Nachricht dutzende Male und legte im Anschluss wieder seufzend das Handy zur Seite. Selbstbeherrschung ist mein zweiter Vorname. Hmmmpf. Stattdessen lackierte ich mir die Nägel in einem frühlingshaften Pastellton und aß von der frischen Ananas im Kühlschrank, deren Enzyme sich um die letzten alkoholischen Teilchen in meinem Körper kümmern sollten. Da ich nach der Konferenz nur noch weggewollt hatte, setzte ich mich nun an den Schreibtisch, um die Unterrichtsstunden für morgen besonders gewissenhaft vorzubereiten.

Ich malte gerade ein vierblättriges Kleeblatt in die unterste Ecke des Arbeitsblattes, als mein Handy lauthals den Plan verkündete, nur noch schnell die Welt retten und 148 Mails lesen zu müssen. Die Ausreden von Tim Bendzko waren eindeutig besser als mein Klogang und das Anziehen einer Jogginghose.

»Laura Bernfeld?« Schnell kritzelte ich noch ein »Viel Glück« um das Kleeblatt und legte zufrieden den Kugelschreiber beiseite.

»Hi, Süße. Hier ist Oli.«

Konzentriert auf meine Schreibtischarbeit hatte ich tatsächlich mal eine Weile nicht an ihn gedacht. Sofort sprang mein Puls wieder an und lief auf Hochtouren. Von null auf hundert in einer Nanosekunde.

»Hi«, stotterte ich und überlegte, an welches Thema von gestern Abend gut angeknüpft werden könnte.

»Ist meine SMS angekommen? Du hast nicht geantwortet, und da habe ich gedacht, du hättest sie vielleicht nicht bekommen?«

Seine Ungeduld schmeichelte mir.

»Doch, ich habe sie vorhin gelesen, aber heute war so viel los, und ich habe es noch nicht geschafft zu antworten.«

»Ich habe für Freitagabend einen Tisch bei meinem Lieblingsitaliener bestellt. Auf acht Uhr. Ich hoffe, du hast Zeit?«

Ich sah ihn und sein siegessicheres Grinsen förmlich vor mir. Meine Herren, legte der Kerl ein Tempo an den Tag!

»Also, eigentlich«, begann ich, unsicher, was ich sagen sollte.

Britta nahm sich jeden ersten Freitag im Monat eine Auszeit und zog mit mir um die Häuser, selbst der Arbeitsplan ihres Mannes musste sich nach diesem Vorhaben richten. Aber wenn ich Oliver jetzt einen Korb gab, versuchte er es vielleicht kein zweites Mal. Darauf konnte ich es nicht ankommen lassen.

»Also gut«, willigte ich deswegen ein.

Wir hatten uns gestern über diverse Lokale der Stadt unterhalten, und so wusste ich, wo mein erstes Date seit der Erfindung des Stroms stattfinden würde. Heute war Montag. Ich hatte also noch vier Tage, um mich auf dieses Treffen vorzubereiten.

Um mein Gewissen zu erleichtern, rief ich Britta an. Sie ließ das Telefon oft einfach klingeln, wenn Erwin und Felix sie mal wieder in Beschlag nahmen oder ihr schlichtweg die Energie für einen fröhlichen Plausch fehlte. Ich konnte das auch ohne Nachwuchs gut verstehen und hinterließ leicht zerknirscht eine Nachricht auf ihrem Anrufbeantworter.

8

Als ich zwei Tage später aus der Schule kam, wäre ich fast vom Fahrrad gestürzt. Ich musste den Lenker mit Schwung zur Seite reißen, um einem großen, widerlichen Hundehaufen auszuweichen, der mitten auf dem Radweg platziert war. Wer ließ seinen Vierbeiner auf die Straße kacken? Und wer nahm dann noch nicht einmal einen Plastikbeutel, um das Malheur zu beseitigen? Wütend fuhr ich die letzten Meter und stieg vor meiner Wohnung ab. Der Größe des Haufens nach zu urteilen kam da nur der Höllenhund in Frage, dieser Doggenmix, dessen Herrchen ich am liebsten gleich mit im Plastiksack entsorgt hätte. Es war mir letztlich auch völlig egal, welche Rasse sich hier entleert hatte. Der Typ machte mich wahnsinnig.

Beim Anblick einer mir vertrauten Gestalt verflog meine Wut aber augenblicklich. Britta saß auf den Eingangsstufen, den Kopf auf ihren Knien. Beim Geräusch meines Fahrradschlosses schaute sie auf und eröffnete mir ein Bild des Grauens: Brittas Haare waren zerzaust, ihr Gesicht völlig verquollen, die Augen blutunterlaufen. Sie sah entsetzlich aus.

So schnell ich konnte, lief ich die Treppe zur Eingangstür hinauf und blieb vor ihr stehen. »Britta! Was machst du hier? Wo sind die Jungs? Wie siehst du denn aus?«

Die Fragen sprudelten nur so aus mir heraus, schon mit der Vorahnung, dass die Erklärung nicht schön sein würde. Doch es kam keine Antwort. Völlig geistesabwesend starrte meine Freundin durch mich hindurch, als hätte sie mich gar nicht wahrgenommen.

Ich startete einen neuen Versuch. »Britta?«

Unschlüssig, was ich tun sollte, blieb ich neben ihr stehen. »Etwas Falsches tun ist besser als nichts tun«, pflegte meine Mutter immer mit wichtigem Gesichtsausdruck zu sagen. Und auch, wenn man über diese Lebensweisheit gewiss unterschiedlicher Ansicht sein konnte, wurde mir klar, dass ich irgendetwas tun musste. Unter anderen Umständen würde ich jetzt die Situation mit einem klugen Spruch aus Gallien auflockern, aber mein Einfühlungsvermögen reichte in dem Fall aus, um zu erkennen, dass diese Vorgehensweise nicht die richtige wäre.

Ich setzte mich neben Britta auf die Stufen und legte meinen Arm um ihren mächtigen Körper. Das reichte aus, um sie aus ihrer Starre zu lösen. Die Schultern meiner Freundin fingen an zu zittern, und schließlich war das Häufchen Elend neben mir ein einziges Schluchzen. Während sie weinte, streichelte ich ihren Rücken, immer auf und ab, und begleitete diese monotone, fast meditative Bewegung mit ruhigem Zuspruch. »Ist gut, Britta. Weine ruhig. Ich bin bei dir.«

Wie lange wir dort saßen, konnte ich kaum sagen. Irgendwann wurden die Abstände der Weinkrämpfe größer und schließlich verebbte der Tränenfluss ganz. Erschöpft legte Britta ihren Kopf auf meine Schulter.

Nachdem sie sich in meinem Bad etwas frisch gemacht hatte, setzte sich Britta auf das grüne Samtsofa, eine französische Reproduktion des 18. Jahrhunderts, legte sich ein Kissen auf den Schoß und begann zu erzählen.

»Erwin und Felix sind bei Ella und Martin aus der linken Hausseite. Sie grillen Würstchen für die Jungs und stecken sie dann ins Bett. Im alten Kinderzimmer ihrer Jüngsten steht eine Ausziehcouch, und morgen früh bringt Ella die Jungs zum Kindi und in die Schule. So muss ich nicht zurück und ihm unter die Augen treten.«

Mein Gesicht war ein einziges Fragezeichen. Wem wollte sie nicht begegnen? Und warum? Diese Art von Rückfragen war aber unnötig, denn Britta hatte einen enormen Redebedarf und fuhr ohne Pause fort.

»Du kannst dir gar nicht vorstellen, wie enttäuscht ich von Thomas bin. Das hätte ich ihm nie und nimmer zugetraut. Ich mein, ich weiß schon, dass ich mich in den letzten Monaten hab gehen lassen, und seit der Geburt von Felix zeigt die Waage noch mal zwölf Kilo mehr an, anstatt dass ich die Schwangerschaftspfunde wieder losgeworden bin. Aber sehe ich denn so schrecklich aus?« Britta sah mich verzweifelt an.

Ich überlegte, ob man ihr sagen sollte, dass sie so verheult und zerzaust tatsächlich furchtbar aussah. Aber sie meinte wohl eher generell und so schüttelte ich heftig den Kopf. Aber war sie in einem solchen Gefühlschaos wegen zwölf weiteren Kilos? Hatte Thomas ihr gesagt, dass sie ihm so nicht gefiel? Das fragte ich Britta, die nur verächtlich schnaubte.

»Das Arschloch betrügt mich! Ich hock mit den zwei Nervensägen daheim rum, halte das Haus in Ordnung und bügle auch noch seine bescheuerten Hemden, damit er für die Scheißkuh gut aussieht! Und er genießt das Leben in vollen Zügen!« Ihre Stimme überschlug sich beinahe.

Puh, in einem solchen Fall würde ich wohl auch eine ganze Menge an Kraftausdrücken verwenden. Das hätte ich auch nicht von Thomas gedacht. Ich fand ihn zwar immer ein bisschen langweilig und mein Traummann wäre er mit seiner unsportlichen Figur und dem lichten rötlichen Haar sicher nicht, aber ich hatte ihn durchaus für integer gehalten. Langweilig und untreu, das war ja die Höhe!

Ich holte uns Apfelsaft aus dem Kühlschrank und füllte kleine, einzeln abgepackte Schokoriegel in meine Lieblingsschüssel. In einer solchen Situation musste Britta nun wirklich nicht über das Abnehmen nachdenken.

Thomas war Unternehmensberater und musste immer wieder zu unterschiedlichen Firmen, um ihre Abläufe zu optimieren und ihnen aufzuzeigen, an welchen Stellen gespart werden konnte. Das war das Einzige, was ich wirklich von seinem Arbeitsalltag verstanden hatte, als er mir davon erzählte. In ganz Deutschland wurde er zu verschiedenen Unternehmen bestellt, weshalb ihm sein Arbeitgeber eine BahnCard 100 gekauft hatte, die ihm ständige Autobahnfahrten und stundenlanges Staustehen ersparte. Hatte er sich in einem Hotel auf seiner letzten Dienstreise vergnügt? War es eine regelrechte Affäre oder ein einmaliger Ausrutscher gewesen? Ich konnte Brittas Wut und Enttäuschung so gut nachvollziehen und merkte selbst, wie meine alten Wunden wieder aufbrachen.

Mein erster Freund Ole, mit dem ich fast zwei Jahre zusammen gewesen war, hatte mich mit meiner Studienkollegin Katrin betrogen, die einen ziemlich einschlägigen Ruf gehabt hatte. Bis zu diesem Zeitpunkt kannte ich drei Studenten, die mit ihr in der Kiste gelandet waren. Viele Wochen lief die Geschichte mit Katrin nebenher, ohne dass ich auch nur misstrauisch wurde. Naiv, wie ich war, kam mir gar nicht der Gedanke, Ole könnte untreu und seine Liebesbekundungen unecht sein. Irgendwann hielt meine Kommilitonin wohl das falsche Spiel nicht mehr aus. Ob sie es mir aus schlechtem Gewissen beichtete oder um Ole ganz für sich zu haben, weiß ich nicht.

Das Gefühl, vom eigenen Partner hintergangen worden zu sein, ist bis heute noch gegenwärtig. Wie schlimm musste es erst sein, wenn der Ehering am Finger steckte und man die Wäsche dieses Mannes und der beiden gemeinsamen Kinder zusammenlegte?

Den leeren Folien nach zu urteilen war Britta bei ihrem siebten Schokoriegel mit Karamell, Erdnüssen und weißem Nougat. Wenn Liebe durch den Magen ging, war der Appetit bei Liebeskummer genauso beachtlich.

Eine Lösung musste her. In Gedanken war ich schon am Planen: Britta und die Kinder sollten unbedingt im vertrauten Umfeld bleiben, Thomas musste auf Abstand gehen und seiner Frau genug Zeit geben, ihre Gedanken und Gefühle zu ordnen.

»Wie hast du denn von der anderen Frau erfahren? Hat er es dir gesagt oder hast du es selbst herausgefunden?«

Wenn ich nach einer Lösung suchte, musste ich die ganze traurige Wahrheit kennen.

Brittas Augen füllten sich erneut mit Tränen, aber sie fing sich und erzählte mir von ihrer Entdeckung.

»Ich habe Thomas heute Mittag auf seinem Handy angerufen. Erwin sollte gegen FSME geimpft werden, und ich war mir ein bisschen unsicher, weil er gestern noch Fieber hatte und immer noch mit einer Rotznase durch die Gegend lief. Der Kinderarzt meinte, das sei gar kein Problem, aber ich wollte die Entscheidung nicht alleine treffen. Ich hab vor ein paar Tagen von einer anderen Mutter im PEKIP gehört, dass ihre Tochter … ach, egal. Auf jeden Fall habe ich versucht, Thomas auf seinem Handy zu erreichen, und er hatte es aus.«

»Aber das ist ja kein Beweis für Untreue«, unterbrach ich meine Freundin. »Thomas muss doch sein Telefon abschalten, wenn er mit irgendwelchen großen Haien zusammensitzt und reformiert oder was er da macht.«

Der arme Kerl. Man konnte ja so einige Schwächen bei Brittas Mann finden, aber dass er beim Arbeiten nicht gestört werden wollte?

»Jetzt wart halt ab«, schnauzte mich Britta an, »ich bin ja noch nicht fertig! Heute und morgen ist er gar nicht woanders, sondern arbeitet im Büro. Und dort habe ich angerufen, weil ich ihn ja vor dem Termin bei Dr. Nielmeier sprechen musste. Stell dir mal vor, Erwin würde die Spritze in den Arm gerammt bekommen, den Impfstoff nicht vertragen und ich hätte es nicht mit Thomas vorher abgesprochen. Dann würde er mir aber ganz schön Vorwürfe machen. Und sein Arbeitskollege hat gesagt, dass er schon längst weg sei. Ich hab ihn gefragt, ob er wüsste, wo Thomas hingegangen sei und wie ich ihn erreichen könne, und er hat nur gemeint, er glaube, er wollte ins ›Dattler‹. In dem edlen Schuppen waren wir ein einziges Mal, und das war nach unserer standesamtlichen Trauung, wenn du dich erinnerst.«

Jetzt sah meine Freundin gar nicht mehr aus wie ein Häufchen Elend, sondern vielmehr wie Gutemine, wenn sie ihren Majestix anschnauzt und keine »gute Miene« zu seinen neuen Plänen macht.

»Ich hab die Jungs von Kindergarten und Schule abgeholt und bin zum Schlossberg durchgestartet. Durch die Scheibe hab ich ihn gesehen. Mit der Scheißtussi! Sie haben sich angelächelt und mit Sekt auf ihr tolles Treffen angestoßen. Ich hätte kotzen können!«

»Und wie hat er reagiert?«

Britta stieß einen grellen Schrei aus, der mich zusammenfahren ließ. »Du glaubst doch nicht im Ernst, dass ich da rein bin! Was hätte ich denn sagen sollen? ›Hallo, darf ich mich vorstellen, ich bin die betrogene Ehefrau, über die ihr wahrscheinlich schon seit Wochen lacht und die tatsächlich nichts gemerkt hat?‹«

Hmmmpf. Ich hatte keine Ahnung, wie ich an ihrer Stelle reagiert hätte. Die Vorstellung, bei den beiden am Tisch zu stehen und sich fadenscheinige Ausreden anhören zu müssen, war nicht wirklich prickelnd.

»Haben sich Erwin und Felix nicht gewundert, warum da ihr Papa mit einer fremden Frau sitzt und sie ihm nicht hallo sagen dürfen?«

Ich hatte zwar keine eigenen Kinder, aber der Nachwuchs von meinem Bruder hätte da bestimmt nachgebohrt.

»Es war echt knapp. Ich hatte sie mit der Aussicht auf ein Eis erst in mein Auto und dann zum Restaurant gelockt. Sie waren bei den Enten am Teich stehen geblieben, und deswegen bin ich die paar Schritte bis zum Fenster alleine gegangen. Ich bin dann schnell zu ihnen und hab gesagt, dass es in der Eisdiele in der Innenstadt viel tollere Eisbecher gebe und ich auch noch gerne etwas Vernünftiges vorher essen würde. Und dann sind wir wieder zum Auto.«

Erschöpft von diesem grauenvollen Tag und der Erinnerung daran ließ sich Britta in die Kissen plumpsen, nachdem sie sich mit einer weiteren Zuckerration eingedeckt hatte. Mir selbst schwirrte der Kopf. Im Nachhinein wunderte es mich nicht, dass mich Ole damals nach Strich und Faden betrogen hatte. Sein Charakter war einfach mies gewesen. Aber dass sich Thomas zu gut war für das Reihenhäuschen und seine etwas in die Breite gegangene Ehefrau, war für mich ein echter Schock.

»Und wie sah sie aus?« Ich legte den Finger noch tiefer in die Wunde.

»Super«, nuschelte Britta, während sie sich Erdnussreste aus den oberen Backenzähnen pulte. »Marke Top-Business. Graues Jackett mit weißer Bluse, Hammerfigur, dezent geschminkt. Super halt. Ob Hose oder Rock, konnte ich nicht erkennen. Sie saß ja.«

Ich wusste lange nicht, was ich Tröstliches sagen konnte. Nach einer Weile stand ich auf, bezog eine weitere Steppdecke und kramte eine unbenutzte Zahnbürste aus meinem Kosmetikschrank über dem Waschbecken.

»Jetzt bleibst du erst einmal hier. Das Bett ist breit genug für uns beide. Die Kinder sind ja versorgt, und du kannst eine Nacht über den Schock schlafen. Morgen sehen wir weiter. Soll ich Thomas eine Nachricht schicken, dass du bei mir bist, damit er sich keine Sorgen macht?« Diese Frage wurde mit wütendem Schnauben quittiert.

Ich sprang noch schnell unter die Dusche und wusch den ganzen Stress der letzten zwei Tage von mir ab. Zum ersten Mal seit dem Nachmittag gingen meine Gedanken zu Oliver und obwohl mir die Geschichte mit Britta ganz schön in den Knochen saß, spürte ich ein leichtes Kribbeln in der Bauchgegend, als ich an unser bevorstehendes Treffen dachte.

Ich ließ noch immer das dampfende Wasser auf meinen verspannten Nacken prasseln, als das Telefon klingelte. Wäre es ein praktisches Gerät, würde ich Britta bitten, es mir zu bringen. Wie schon erwähnt zog ich die nostalgische Variante aber vor und war durch das Kabel gezwungen, das Telefon in der Nähe des Schreibtisches stehen zu lassen. Britta beantwortete ihre eigenen Anrufe ja schon selten, da konnte ich nicht viel Unterstützung von ihr erwarten. Natürlich hätte ich es auch einfach ignorieren können, aber die Vorstellung, eventuell ein Telefonat mit Oli zu verpassen, war schlichtweg unerträglich. Ich stellte das Wasser ab, warf ein Handtuch vor mich auf den Boden, um auf den spiegelglatten Fliesen nicht auszurutschen, und hechtete tropfend und frierend in Richtung Wohnzimmer. Britta hatte mich schon oft genug bei gemeinsamen Sauna-Besuchen nackt gesehen und würde sich wohl kaum an meinem Anblick stören. Der Anrufer schien geduldig, denn der Apparat klingelte noch immer, als ich ihn erreichte und den Hörer abhob.

»Laura Bernfeld?«

Erst da fiel mir ein, dass Oli ja nur meine Handynummer von Suse bekommen hatte und ich mir so den Sprint hätte sparen können. Er konnte es definitiv nicht sein.

»Laura? Hier ist Thomas. Entschuldige, dass ich dich noch so spät anrufe, aber weißt du vielleicht, wo Britta und die Kinder sind? Ich warte jetzt schon mehrere Stunden. Wenn sie bei einer anderen Familie zum Spielen waren oder auf dem Kickplatz, müssten sie doch längst zurück sein.«

»Thomas!«, rief ich unangemessen laut, um Britta zu verstehen zu geben, wen ich hier am anderen Ende der Leitung hatte.

Meine Freundin stand inzwischen in meiner Nähe und schüttelte heftig ihren braunen Bob, der sowohl Schnitt als auch Farbe dringend nötig gehabt hätte.

»Ja, ich weiß mehr, als dir lieb ist. Die Jungs sind bei den Nachbarn und deine Frau ist bei mir. Aber ehe du fragst, sie will dich definitiv nicht sprechen. Tut mir leid, Thomas. Tschüss dann.«

Schnell legte ich den schweren Hörer auf die Gabel, um keinen weiteren Fragen oder Erklärungen ausgesetzt zu sein. Was bildete der sich eigentlich ein? Machte mit Miss Perfect herum und wunderte sich dann, wenn seine Familie weg war? Wütend drehte ich mich zu Britta um, die sich wieder in das Häufchen Elend von heute Mittag verwandelt hatte.

Das Telefon klingelte noch viele Male, wurde aber von uns mit Bruce Springsteens Greatest Hits übertönt.

Der Abend war lang, die Nacht kurz, und als mich der Wecker am nächsten Morgen aus dem Schlaf holte, musste ich feststellen, dass nicht nur Alkohol einen Brummschädel machte, sondern auch Liebeskummer. Wenngleich er noch nicht einmal der eigene war.

Ich ließ Britta in meinem Bett liegen, legte einen Hausschlüssel mit einer kurzen Notiz neben ihren Kleiderberg und schlich mich hinaus.

Heute war Donnerstag. Morgen musste ich aussehen, als wäre ich einem Katalog entsprungen. Zumindest annähernd.

Ich trat ordentlich in die Pedale und genoss den kühlen Fahrtwind in meinem Gesicht. Das gleichmäßige Strampeln half mir jeden Tag, meine Gedanken zu sortieren. Ich musste mich noch bei Florian zurückmelden, mit der Organisation der Klassenfahrt weitermachen, für meinen Bruder Peter ein Geburtstagsgeschenk besorgen und mich weiter um Britta kümmern. So gut ich eben konnte. Tja, und mich mit Oli treffen. Das war auf meiner Prioritätenliste ziemlich weit oben.

Gerade kam ich an einer Stelle der Dreisam vorbei, die mit ihrer blauen Holzbank und dem Schattenbaum zum Verweilen einlud und mich jeden Tag aufs Neue zum Schmunzeln brachte. Hier hatten Maike und ich gesessen und einen der besten Tage verbracht, die unsere Studentenzeit zu bieten gehabt hatte, darin waren wir uns beide einig. Während das rechtschaffene Volk an diesem 1. Mai wie jedes Jahr seine Wanderschuhe geschnürt oder anderweitig einen Ausflug ins Grüne gestartet hatte, waren wir beide im Vorfeld in den nächsten Supermarkt gezogen, um uns mit Chips und ausreichender Bierration einzudecken. Die zweite Vorbereitung hatte aus der Herstellung von je elf Pappschildern bestanden, die wir mit den Zahlen von null bis zehn beschriftet hatten. Nach dem Ausschlafen, also so gegen Mittag, hatten wir pflichtbewusst unsere festen Schuhe angezogen und waren – immerhin – etwa eine Viertelstunde von unserem Studentenwohnheim, in dem wir damals ein kleines Zimmer gemietet hatten, bis zu dieser Stelle gelaufen, hatten uns auf die blaue Bank platziert, das erste, zu diesem Zeitpunkt noch kühle Bier aufgeploppt (ich war eine der wenigen Frauen, die es mit dem Feuerzeug oder an der Tischkante aufbekamen) und die weitere Vorgehensweise festgelegt. Im Grunde waren wir die Erfinder von Sendungen wie dem »perfekten Dinner« oder »Shopping Queen«, Guido möge mir diese Behauptung verzeihen. Nur ohne Kochen, denn das konnten wir definitiv niemandem zumuten, oder Kleidung shoppen. Wir hatten ganz andere Kategorien: Figur, Gesicht, Haarschnitt, Gangbild, Kleidung und die allgemeine Ausstrahlung. Natürlich nur beim männlichen Geschlecht. Sobald also ein Mann im annehmbaren Alter an uns vorbeikam, und am 1. Mai waren das viele, vergaben wir meist intuitiv oder eben nach den entsprechenden Faktoren unsere Punkte und ließen ihn unsere Bewertung durch das Hochhalten der Schilder wissen. Die Reaktion der Jungs war sehr unterschiedlich und ging von tiefster Verärgerung bis zum heißesten Flirt. Für uns war es auf jeden Fall eine Riesengaudi, die dringend nach Wiederholung verlangte. Zumindest sorgte die blaue Bank jedes Mal für ein verstohlenes Grinsen auf meinem Gesicht, wenn ich am Morgen und auf dem Rückweg wieder an ihr vorbeikam.

Ich kannte also die Strecke wie meine Westentasche und musste mich kaum auf den Weg konzentrieren. Trotzdem nahm ich die Landschaft um mich herum wahr, die mich jedes Mal aufs Neue faszinierte, wenn ich den Radweg entlang des Flusses nutzte. Früher trieb das Dreisamwasser Mühlen an und lieferte Energie für Gewerbebetriebe wie Edelsteinschleifereien und Gerbereien. Heute gab es zwar auch vereinzelte kleine Flusskraftwerke, in erster Linie wurden das Wasser und seine Wiesen aber zum Spazierengehen, Grillen und Baden genutzt. Manchmal sah ich sogar Männer, die sich der Freikörperkultur verschrieben hatten, ein Blick lohnte sich aber in den wenigsten Fällen und sie wären von Maike und mir im Bereich von null bis drei bewertet worden. Da war es schon spannender, wenn das jährliche »Entenrennen« auf der Dreisam stattfand. Für einen guten Zweck traten tausende nummerierte Plastikenten gegeneinander an. Sie wurden an einer höheren Stelle in den Fluss gekippt und weiter abwärts wieder herausgeangelt. Ich liebte meine Stadt für solche kindischen Aktionen.

Kein Wunder: Für kindische Aktionen wurde ich sogar bezahlt und sie machten mir eine Riesenfreude. Eine von ihnen hatte ich für die erste Stunde in meiner vierten Klasse geplant: Eine Arbeit im Fach Religion stand morgen an.

Unter dem Stichwort Weltreligionen hatte ich mir in den letzten Wochen den Islam herausgepickt, weil zwei muslimische Mädchen in die Klasse gingen und ich den Kindern ein bisschen Verständnis für die andere Glaubensrichtung und eine ordentliche Portion Toleranz mitgeben wollte. Özge war dafür mit in den Reliunterricht gekommen und hatte von ihrem religiösen Alltag und den diversen Festen erzählt. Es war eine spannende Unterrichtseinheit gewesen, und jetzt sollte sie mit einem Spiel, das die Kinder noch nicht kannten und sicher witzig finden würden, abgeschlossen werden. Dafür hatte ich Kärtchen mit Begriffen wie »Moschee«, »Minarett« und »Fünf Säulen des Islam« beschrieben, die die Schüler mit Malerkrepp an die Stirn geklebt bekommen sollten. Da sie die Wörter vorher nicht lesen durften, gingen sie anschließend im Klassenzimmer herum und versuchten herauszufinden, welche Person, Gegenstand oder Begriff sie gerade waren. »Was bin ich«, das heitere Berufe-Raten mit Robert Lembke, hatten meine Eltern früher im Fernsehen gerne geschaut, und wenn ich brav war, durfte ich mich auch schon mal dazusetzen und miträtseln. Letztes Jahr war ich über Silvester zu Maike nach Berlin gefahren. Wir hatten bis zum Umfallen gespielt und einen Riesenspaß dabei gehabt. Als ich die Marylin Monroe auf der Stirn kleben hatte, war es kurz vor Mitternacht gewesen, und wir mussten die Gläser füllen, um pünktlich auf das neue Jahr anstoßen zu können. Erraten hatte ich sie danach nicht mehr, was mir aber reichlich egal gewesen war.

So liefen meine Schützlinge an Stühlen und Tischen vorbei und hatten große Freude an der Sache. »Bin ich eine religiöse Vorschrift?« »Bin ich ein Turm?« »Bin ich ein bestimmter Tag?« Ich verteilte Punkte für erratene Begriffe (nach der Aktion mit Maike lag mir das wohl im Blut) und fand meinen Job einfach beneidenswert – als Erik zu röcheln begann. Ich rannte an zwei anderen Schülern vorbei, riss seine Arme in die Höhe und bat ein Mädchen, die Fenster weit aufzumachen. Erik hatte Asthma und solche Attacken waren für mich nichts Neues. Ich wusste genau, in welcher Außentasche seines Schulranzens das Kortisonspray zu finden und wie viele Pumpstöße nötig waren, um ihn wieder normal atmen zu lassen. Aber in letzter Zeit hatten sich die Anfälle gehäuft. Ich fing an, mir Sorgen um den jungen Mann zu machen.

In meiner Familie lästerten alle über mein Interesse an medizinischen Fragen, Erkenntnissen und Entwicklungen, die in diesem Bereich rasant fortschritten. Demnach hatte ich immer einen Grund, in der nahegelegenen Apotheke eine Kleinigkeit zu kaufen, wenn die neue Ausgabe der dort angebotenen Zeitschrift erschienen war, die mein Bruder Peter spöttisch als »Rentnerbravo« bezeichnete. Bei jedem eitrigen Abszess oder einer Überdehnung der Bänder bei einem Familienmitglied oder im Freundeskreis klingelte mein Telefon. Ich habe aber die berechtigte Vermutung, dass man sich über mich lustig machte, wenn nach einer adäquaten Behandlung gefragt wurde und tatsächlich keiner meinen Rat einholen wollte. Trotzdem. Könnte ich Blut sehen und die Phase im Studium überstehen, in der an toten Körpern rumgeschnibbelt wird, hätte ich liebend gerne Medizin studiert. Hmmmpf. Mein Notendurchschnitt hätte dafür wohl auch anders sein müssen. Aber das Interesse war definitiv groß bei mir, sowohl an den medizinischen Fragen als auch den Personen, die es betraf. Aber mal ganz ehrlich: Wozu Röntgengeräte, Computertomographen und Operationssäle, wenn einfach ein Schluck Zaubertrank genügen würde …

Ich hatte inzwischen mehrfach bei Erik zuhause aufs Band gesprochen und um einen zeitnahen Rückruf gebeten, aber es hatte sich niemand gemeldet. Ich mochte den Jungen ganz besonders. Er war ruhig, machte seine Aufgaben gewissenhaft, war umgänglich und freundlich. Besonders aber bewunderte ich Eriks Fantasie, die sich in eigenen Geschichten zeigte, oder wenn die Kinder überlegen sollten, wie eine Erzählung weitergehen könnte.

»Geht's wieder?«, fragte ich ihn, nachdem das Schlimmste überstanden zu sein schien.

Er nickte und ein kleines Lächeln deutete sich auf seinem Gesicht an. »Klar. In der Schule sind Sie ja immer für mich da.«

Diese Aussage rührte mich. Von wegen die heutige Jugend ist egoistisch und undankbar. Ich konnte das Geschwätz manchmal echt nicht mehr hören. Meine Klasse war super. Aber was bedeutete Eriks Satz? Dass sich außerhalb der Schule niemand um ihn kümmerte? In Gedanken schrieb ich ein weiteres Post-it für meine Wohnzimmertür: Eriks Mutter anrufen.

9

Als ich meine Wohnungstür aufschloss und müde die Tasche in die Ecke schmiss, traf mich fast der Schlag. Im Flur standen zwei große Reisekoffer, daneben zahlreiche Taschen und Rucksäcke. Ein ohrenbetäubender Lärm drang vom Wohnzimmer zu mir in den Flur. In böser Vorahnung zog ich meine Halbschuhe aus.

»Britta? Bist du da?«

Blöde Frage. Wie viele Leute hatten denn sonst noch einen Schlüssel von meiner Wohnung?

Den Geräuschen nach zu urteilen waren es noch mindestens dreißig. Ich hängte meine Jacke über den Haken neben dem Spiegel und machte misstrauisch die Wohnzimmertür auf. Erwin hopste ausgelassen auf meinem Sofa herum, Felix hatte ein Spielzeugflugzeug in der Hand, das Loopings vollführte, während Britta seelenruhig am Tisch saß und in meinem Fotoalbum blätterte.

»Hallo, Laura! Schon Feierabend?«

Mir blieb der Mund offen stehen.

»Wir bleiben erstmal hier. Du musst mir noch sagen, wo ich die Taschen hinstellen soll, damit sie nicht im Weg stehen. So stolpert man ja fast drüber, wenn man reinkommt.«

Ach nee. So langsam kam ich wieder zu mir.

»Hast du etwas von Thomas gehört?«, fragte ich, um vorsichtig herauszubekommen, ob Brittas Gefühlslage einen Wutanfall meinerseits verkraften würde.

»Der Blödmann kann mir gestohlen bleiben. Dauernd hinterlässt er Nachrichten auf meiner Mailbox. Auf deinem Anrufbeantworter ist er auch schon zig Mal.

Den brauchst du gar nicht abzuhören. Kannst du direkt löschen.«

»Und was sagt er?«

»Nur belangloses Zeug: Er wüsste nicht, was mit mir los sei. Und ich solle mit ihm reden. Der hat doch 'ne Vollmeise!«

Naja, wenn man mich fragen würde, war das der beste Vorschlag seit langem. Miteinander reden wäre ja mal ein Anfang. Und hierbleiben kam eh nicht in Frage. Ich mochte Britta sehr, und sie hatte mein vollstes Mitgefühl, aber meine kleine Bude war mit Sicherheit nicht für vier Personen gemacht. Für zwei Kinder von diesem Format schon gar nicht. Das sagte ich Britta dann auch wahrheitsgemäß, aber meine Freundin blieb völlig ungerührt.

»Nee, Laura, wir können doch sonst nirgends hin. Ich würde ja zu meinen Eltern fahren, aber Erwin hat morgen wieder Schule. Wie sollte denn das gehen?«

Das Argument war einleuchtend. Hmmmpf.

Fieberhaft suchte ich nach einer Möglichkeit, die Situation zu retten. Ich stellte den Wasserkocher an, um mir erst einmal einen nervenstärkenden Matcha-Tee zu kochen, den ich mir oft als Belohnung nach der Arbeit gönnte. Einen Grund sollte es schon geben, wenn viele Hollywood-Stars während ihrer zahlreichen Beautykuren auf das Trendgetränk schworen. Und irgendwie mussten die 100 000 Antioxidantien, die angeblich in dem Getränk enthalten waren, mich bis übermorgen zu einer hinreißenden Schönheit zaubern. Trotz Stress und ohrenbetäubendem Kinderlärm in meinem Wohnzimmer.

Mir fiel auf, dass ich nicht wirklich viel über Oli wusste, nur dass er zum Niederknien Salsa tanzte und im Gokart-Fahren ein Ass war. Auf welchen Frauentyp er wohl stand? Er hatte erzählt, dass er viele Frauen kannte. Bei der Vorstellung krampfte sich mein Magen zusammen. »Laura, jetzt sei nicht bescheuert«, ermahnte ich mich im Stillen. Das konnte ja wohl nicht angehen, dass ich noch vor dem ersten richtigen Date schon eifersüchtig wurde. Aber er sah einfach zum Anbeißen aus.

Vorher musste ich mich aber erst einmal um eine andere Baustelle kümmern.

Ausgerechnet auf dem Klo kam mir der rettende Gedanke. Ich würde mir eine Ausrede zurechtlegen, zu Thomas fahren und das tun, was in meinen Augen Britta längst hätte machen sollen: ihn zur Rede stellen. Und dann würde man sehen, wie es mit Britta und den Jungs weiterging. Wenn der Architekt dieser Baustelle nicht arbeitsfähig war, dann würde ich als Vorarbeiter die Pläne zeichnen. Oder so.

Ich nuschelte etwas von »frischer Luft« und »nochmal raus«, schlüpfte in meine bequemen Vans und eilte aus der Wohnung, ehe sich Britta über meinen plötzlichen Aufbruch wundern konnte. Sie wäre mit Sicherheit von meinem Vorhaben nicht begeistert gewesen.

Hallo? War ich begeistert von den zwei Nervensägen bei mir daheim? Außerdem musste jetzt mal Klarheit geschaffen werden: Wollte Thomas seine Frau zurückerobern oder war die Ehe für ihn beendet? »Glücklich, wem es gelang, den Dingen auf den Grund zu sehen!« (Asterix auf Korsika)

Wie schön wäre es, dachte ich auf dem unbequemen Fahrradsitz, wenn ich mich gerade einfach nur um mich selbst kümmern könnte. Um meine Arbeit und mein erstes Date seit Monaten, ach was, Jahren. Aber vielleicht war es auch ganz gut, wenn ich gedanklich so abgelenkt wurde. Nervös würde ich schon noch früh genug werden. Was sollte ich überhaupt anziehen? Mit dieser Frage musste ich mich noch gehörig auseinandersetzen. Schließlich hatte er mich im roten Kleid als selbstbewussten Vamp kennengelernt – was, wenn ihm die Laura in Jeans und Pulli gar nicht gefiel? Vielleicht war ich ihm viel zu gewöhnlich?

Unbewusst zog sich meine Stirn in Falten. Mama meinte, ich käme jetzt langsam in ein Alter, in dem ich möglichst nicht mehr so viel nachdenken sollte, weil jede Grübelei ihre Spuren hinterließ. Und in zwanzig Jahren würde ich mich über jeden Gedanken, der zu viel gedacht worden war, beim Blick in den Spiegel ärgern. Danke, Mama! Dein Gesicht war auch von genügend Rillen und Falten durchzogen, obwohl du sicher prozentual gesehen nicht zu vielen Gedanken nachgegangen bist.

War das gehässig? Ich liebte meine Eltern, aber Mama konnte mir mit ihren Lebensweisheiten, mit denen sie sehr spendabel umging, echt auf die Nerven gehen. Mein Bruder Peter war in dieser Beziehung die Ruhe selbst. Bei ihm prallten die weisen Worte unserer Mutter ab, wie die Titanic am Eisberg. Nur ohne Untergehen. Wenn ihm ihr Vortrag zu lange ging, lachte er oft, nahm sie in den Arm und sagte: »Ach, Mama, wenn ich dich nicht hätte«. Hmmmpf. Musste ich wohl noch lernen.

Meine Denkerfalten glätteten sich schlagartig bei dem Anblick, der sich mir in diesem Moment bot. Um zu Thomas zu kommen, musste ich durch den Park, der an meine Wohnung angrenzte. Ich hatte ihn fast durchquert, als ich den Höllenhund sah. Diesmal war er an der Leine, aber sein Herrchen nicht. Der rannte hinter dem blöden Vieh her, das aber Besseres zu tun hatte, als sich wieder einfangen zu lassen. Ich brach in schallendes Gelächter aus und wäre fast mit einem älteren Ehepaar zusammengestoßen, das mir auf dem Schotterweg entgegenzuckelte. Dem Besitzer des Riesenviechs schien meine Belustigung nicht entgangen zu sein, denn er fand im Sprint noch die Zeit, mir einen wütenden Blick zuzuwerfen. Ach, die Welt kannte doch so etwas wie Gerechtigkeit. Mir fiel der Spruch ein, den Peter manchmal zum Besten gab, wenn das Thema Gesundheit auf den Tisch kam: »Ach, die Welt ist ungerecht! Mir geht's gut und dir geht's schlecht. Wär die Welt etwas gerechter, ging's mir besser und dir schlechter.«

Fröhlich kichernd trat ich in die Pedale.

Thomas öffnete schon nach dem ersten Klingeln. Er sah nicht besonders gut aus. Also, tat er eigentlich nie. Jetzt kniff er seine Augen sorgenvoll zu kleinen Schlitzen zusammen. Der Kummer der letzten Stunden war ihm ins Gesicht geschrieben, die roten Haare standen wirr vom Kopf ab. Nicht wirklich überrascht bat er mich herein und ging voraus in die Sitzecke, in der mehrere leere Flaschen Bier standen. Er nahm einen großen Schluck und schaute mich fragend an. Ich deutete die Frage mal zu meinem Vorteil, nickte und hatte kurze Zeit später ein kaltes Getränk in meiner Hand. Was ich dann zu hören bekam, machte noch ein zweites und drittes Bier nötig.

Es stellte sich heraus, dass Thomas schon seit langem auf der Suche nach einem Job gewesen war, der ihm die vielen Reisen und Hotelübernachtungen ersparen würde und er so seiner Frau etwas mehr unter die Arme greifen könnte. Er hatte gemerkt, wie gestresst sie von den beiden

Söhnen und der Arbeit in Haus und Garten war und wie sehr sie unter seiner Abwesenheit gelitten hatte.

»Sie war immer nur schlecht gelaunt und gereizt, ich konnte ihr nichts recht machen. Das durfte doch so nicht weitergehen.«

Moment! Hielt der mich für bescheuert?

»Ach ja? Und warum fängst du dann eine Affäre mit einer anderen an? Meinst du, das entstresst Britta?« Wütend funkelte ich ihn an.

Wollte der jetzt sein Fremdgehen mit der Sorge um seine Frau rechtfertigen? Das schlug doch dem Fass den Boden aus!

Thomas schien jetzt völlig verzweifelt zu sein. Schauspielern konnte er, das musste man ihm lassen. Ich überlegte, ob es ein Fehler war herzukommen.

»Welche andere Frau denn? Ich dreh noch durch!«

Ich versuchte, nicht genau das zu tun, und half ihm ein bisschen auf die Sprünge, indem ich Thomas erzählte, was ich von meiner Freundin erfahren hatte.

»Und deswegen ist sie jetzt mit Erwin und Felix bei mir. Und da wird sie wohl auch bleiben müssen, wenn ich mir deine dreisten Lügen so anhöre. Es sei denn, du hast noch einen Funken Anstand, überlässt den dreien das Haus und nimmst dir irgendwo ein Zimmer. Da kannst du ja dann machen, was du willst«, endete ich und schaute ihn herausfordernd an.

Es war mir völlig egal, ob ich über das Ziel hinausgeschossen war und er nie wieder ein Wort mit mir reden würde. Da blieb ich lieber ewiger Single, als wie Britta mit so einem Lügner das Leben zu teilen.

Zu meiner Überraschung schien Thomas das alles auf einmal höchst amüsant zu finden, denn er brach in schallendes Gelächter aus. Sich zu verhalten, wie er es tat, war ja schon die Höhe, aber auch noch zu lachen, nachdem man ihn durchschaut hatte!

Ich stand auf und wandte mich zum Gehen.

»Halt, Laura! Bleib bitte da! Bin ich froh, dass du mir von Brittas Befürchtungen erzählt hast!« Jetzt wieder ernst, sprang Thomas auf und hielt mich am Ärmel zurück. »Komm, setz dich wieder hin. Ich erkläre dir alles.« Thomas nahm einen großen Schluck aus seiner Flasche und räusperte sich. »Schon seit einigen Wochen stehe ich mit einer großen Firma in Kontakt. Sie suchen dauerhaft jemanden, der das Unternehmen so organisiert und strukturiert, dass es größtmögliche Gewinne abwirft. Die Aufgabe ist optimal für mich: im Umkreis von Freiburg, fester Arbeitsvertrag, gute Bezahlung. Gestern habe ich mir einen Tag frei genommen und das Ganze dingfest gemacht. Der Vertrag ist unterschrieben, September geht's los.« Zufrieden lehnte sich Thomas zurück.

»Aber warum hast du Britta kein Sterbenswörtchen davon gesagt? Wenn du tatsächlich keine Affäre hast ...«

Wieder musste er lauthals lachen. »Nie im Leben! Nie im Leben kommt eine andere Frau in mein Bett. Und nie im Leben hätte ich ihr von dem neuen Job erzählt. Ich will mir Britta gar nicht vorstellen, wenn sie von meinem Vorhaben gewusst hätte. Und stell dir einmal vor, es hätte aus irgendwelchen Gründen nicht geklappt! Die Enttäuschung wollte ich ihr nun wirklich ersparen.«

Hmmmpf. Jetzt hatte ich mich so in meine Wut auf Thomas hineingesteigert, dass ich an eine solche Möglichkeit gar nicht gedacht hatte. Ich war gar nicht auf die Idee gekommen, dass Brittas Mann unschuldig sein könnte. An der Richtigkeit seiner Version bestand für mich jedoch kein Zweifel. Brittas Verdacht war schlichtweg falsch gewesen. Und meiner dann auch. »Im Zweifel für den Angeklagten« – das stand auf einer Kerkerwand in irgendeinem Asterix-Heft. In Gedanken hatten wir Thomas schon den Löwen zum Fraß vorgeworfen. Aber der Angeklagte hatte überlebt, die Zweifel waren ausgeräumt. Wer Britta kannte, verstand den armen Kerl nur zu gut.

Es war schon nach neun, als Thomas das Rad in den Kofferraum seines Passats hievte und wir uns auf den Weg zu meiner Wohnung machten. Ich bat ihn, zunächst im Auto zu warten, bis ich seine Chancen in etwa einschätzen konnte.

Stille. Das Erste, was mir auffiel, als die Tür aufsprang, war Stille. Der Grund dafür war schnell zu erkennen. Die Jungs lagen auf Isomatten in meinem Schlafzimmer und schliefen friedlich. In diesem Zustand mochte ich die beiden sogar. Irgendwie. Britta hatte auch schon den Pyjama an, ihr Blick war müde und resigniert.

»Wo warst du denn so lange?« Ihre Stimme klang dabei nicht vorwurfsvoll, eher ziemlich traurig.

»Mooooment.«

Mein Plan war so simpel wie brutal: Thomas holen, zu seiner Frau ins Zimmer schieben, abschließen, bei Versöhnung wieder öffnen.

Ich lief zum Auto, klärte Thomas über mein Vorhaben auf und überließ die beiden ihrem Schicksal. Jetzt war mein Schlafzimmer belegt, das Wohnzimmer auch, und in die Besenkammer ließ ich lieber diverse Promis. An die Boris-Becker-Nummer im Abstellraum konnte ich mich noch gerade so erinnern. Mir blieb nur noch das Badezimmer, in das ich mich zurückziehen konnte. Wenn das so weiterging, schrumpelte meine Haut bestimmt zusammen wie ein Apfel nach falscher Lagerung.

Ich ließ mir alle Zeit der Welt, benutzte Zahnseide, legte eine Feuchtigkeitsmaske auf und kümmerte mich um Körperteile, die aus Bequemlichkeit und Zeitmangel in der Regel nicht beachtet wurden. Sicher kein Fehler, wenn ich an meine morgige Verabredung dachte.

Als sogar der Hornhautschleifer keine Aufgabe mehr zu erfüllen hatte, öffnete ich die Badezimmertür einen Spalt und horchte. Sollten sie sich angebrüllt und zerfleischt haben, hatte ich durch das prasselnde Wasser der Dusche nichts mitbekommen.

Nichts zu hören.

Vorsichtig linste ich durch den Türspalt – und wurde für alle Mühen mit einem Schlag mehr als belohnt! Ich würde wieder kinderlos durch die nächste Zeit gehen! Eng umschlungen saßen die beiden Streithähne auf dem Sofa und nahmen kaum Notiz von mir, so beschäftigt waren sie mit Glücklichsein.

Mein Fahrrad kam aus dem Auto raus, die schlafenden Kinder rein und Britta nahm mich dankbar in die Arme. Einen Vorteil hatten die zwölf Kilo mehr: Britta war so unglaublich weich und kuschelig, dass ich mich in ihren Armen nur noch nach meinem Bett sehnte.

10

Ich hatte tatsächlich neun ganze Stunden geschlafen. Meine Wärmflasche Wilma, die an ein kleines, leicht deformiertes Schaf erinnerte und die ich seit meiner Kindheit innig liebte, lag noch an der gleichen Stelle des unteren Rückens wie am Abend zuvor. So tief war mein Schlaf selten, erst recht nicht vor einem Tag wie heute.

Ich schlüpfte in meine Schlaghose vom Vortag, zog passend zu meiner Laune das Lieblingsshirt im Leo-Print an und einen leichten Cardigan darüber. Als Eyecatcher diente der breite lederne Gürtel, den ich in Amsterdam auf einem antiken Trödelmarkt gekauft hatte und dessen goldene Schnalle der absolute Knaller war. Einen Kaffee und etwas zum Frühstück holte ich mir in der Regel beim Bäcker nahe der Schule. So konnte ich einschätzen, wie ich zeitlich lag, weil ja der ganze Weg mit dem Fahrrad schon hinter mir lag und ich nur noch eine Armeslänge von meinem Klassenzimmer entfernt war. Da konnte keine Reifenpanne mehr dazwischenkommen.

In einer SMS bat Flo schon etwas eindringlicher um Rückruf und ich versprach in einer kurzen Antwort, mich nach der Schule bei ihm zu melden. Britta hatte mich in den letzten zwei Tagen ganz schön auf Trab gehalten und meine anderen Freunde waren wohl etwas zu kurz gekommen. Auch Suse hatte ich längst meine Hilfe bei den Einladungen für ihre Hochzeit anbieten wollen. Manchmal wünschte ich mir Tage mit sechsunddreißig Stunden. Seufzend machte ich mich auf den Weg zur Arbeit.

Eigentlich war es ein Schulmorgen wie viele andere auch: Zunächst ließ ich die Klassenarbeit in Religion schreiben, in der ersten großen Pause zog Melanie ihrer Erzfeindin so fest an den langen, blonden Haaren, dass danach ein dickes Büschel in ihren Fingern hing und die Geschädigte mit dem Anwalt der Eltern drohte. Olaf bekam im Sportunterricht einen Basketball an den Kopf gezimmert und hatte eine Platzwunde, aus der das Blut nur so quoll. Ich setzte ihn ins Lehrerzimmer und war heilfroh, dass ich mich nicht darum kümmern musste, sondern meine Kolleginnen jetzt für ihn zuständig waren. Erik erlitt wieder einen heftigen Asthmaanfall, bei dem ich mich an das Vorhaben erinnerte, seine Mutter anzurufen und mit ihr über den gesundheitlichen Zustand ihres Sohnes zu sprechen.

In der vierten Stunde geschah etwas, das ich am liebsten aus meinem persönlichen Tagesprotokoll gestrichen hätte. Ich stand am Overhead-Projektor in meinem Klassenzimmer, setzte mit Hilfe der Kinder starke und schwache Verben in die Vergangenheit und schrieb sie mit einem Folienstift in die Textlücken. Als das Kitzeln am linken Bein begann, schaffte ich es erfolgreich, diese Tatsache zu ignorieren. Es wurde aber immer stärker, und etwas begann, an meinem Bein entlangzurutschen. Meine Klasse hatte längst bemerkt, dass etwas nicht stimmte, und starrte wie gebannt auf mein Zappeln. Ha! So aufmerksam hätte ich sie gerne öfter.

Und dann war mir klar, was da passierte: Aus meiner Schlaghose rutschte die Unterhose vom Vortag. Es war die mit rosa Herzchen. Hmmmpf. Ich war am Abend müde und schon halb im Schlaf aus Hose und Unterhose gestiegen, ohne sie im Anschluss wieder voneinander zu trennen. Ja, und heute Morgen hatte ich mir eben eine frische Unterhose angezogen und war damit in die Jeans gestiegen, ohne an das Relikt des letzten Tages zu denken. Und da die Jeans am Oberschenkel so eng ist und erst ab dem Knie weiter wird, war die Unterwäsche wohl eine Zeitlang geblieben, wo sie war. Tja, jetzt wollte sie wohl raus. Au Mann, das wünschte man ja noch nicht mal seinem ärgsten Feind! Weder Gertrud noch dem Rektor.

»Wahnsinn, was ist denn das?«, rief ich begeistert aus und zeigte aus dem großen Fenster an der linken Zimmerseite.

Alle Blicke ließen von mir ab und schossen reflexartig in die von mir angezeigte Richtung. Blitzschnell bückte ich mich, zog das Herzchenunheil aus der Hose und stopfte es in meine Tasche, wo es vor den Augen der Schüler sicher war. Ich merkte, wie mir der Schweiß auf der Stirn stand.

»Da ist ja gar nichts!«, riefen die Kinder verwirrt.

Mein Zappeln hatten sie anscheinend vergessen. Puh!

»Doch, ich dachte, ich hätte ein Häschen am Fenster entlanghoppeln sehen«, schwindelte ich und machte innerlich zehn Kreuzzeichen.

Das Unterhosen-Erlebnis hatte mir die Augen geöffnet. So ohne Partner war es mir reichlich egal gewesen, was ich unter Lieblingsshirt und Jeans trug. »Außen hui und drunter pfui«, oder wie dieser Spruch hieß, der meiner ganz persönlichen Wahrheit beim Kleidungsstil wohl ziemlich nahe kam. Wenn ich aber an den bevorstehenden Abend dachte und mir vorstellte, ein Baumwollschlüpfer mit Herzchen würde beim Abendessen über den Bund meiner verrutschten Jeans blitzen ... nicht auszudenken! Vom Vorbeilaufen wusste ich, wo mir in einer großen Wäscheabteilung ausreichend Auswahl geboten wurde, und so machte ich auf dem Rückweg von der Schule Halt in der Innenstadt. Ich hasste es. Obwohl ich wirklich keine Problemfigur hatte, zeigten die Spiegel in Umkleidekabinen erbarmungslos sämtliche kleinen Dellen und Pickelchen. Nach jedem Kleiderkauf musste mein Selbstwertgefühl ganz schön aufpoliert werden. Unterwäsche war dabei die Krönung. Ich durfte mir gar nicht vorstellen, wie jemand mit Brittas Statur aus dem Geschäft kam.

Eine hübsche Verkäuferin kam auf mich zu. »Kann ich Ihnen helfen?«

In diesem Modehaus gab es keine Dienstleistungswüste, von der in Deutschland so oft die Rede war.

Aber was sollte ich sagen? »Ich brauche ein Equipment für meine Verabredung?« Das klang, als wollte ich mich an Oliver ranschmeißen.

»Ich brauche Unterwäsche ohne Herzchen und Elefanten.«

Das war doch schon mal eine Aussage.

Die Verkäuferin lachte und zeigte dabei eine Reihe makelloser Zähne. »Na, das kriegen wir hin. Die Höschen in Größe 36? Und obenherum?«

Na, die wollte ja alle privaten Einzelheiten. Gleich noch meinem aktuellen Kontostand!

Aber die Fragerei der Verkäuferin zahlte sich aus. In meiner Tüte waren drei unterschiedliche Garnituren an Wäsche, die nicht nur hinreißend ausgesehen hatten, sondern tatsächlich an keiner Stelle piekten und kratzten. Ich hatte noch nie so feine Spitze an meinem Körper getragen und war mir ziemlich edel vorgekommen. Und weil ich schon mal am Geldausgeben war, fuhr ich mit der Rolltreppe in die Abteilung, in der ich vor einigen Tagen schon das rote Kleid erstanden hatte. Hier war auch sofort ein Herr an meiner Seite, dessen weibliche Art zu sprechen und zu laufen eindeutige Rückschlüsse zuließ. Er war der Knaller. Ausrufe wie »Um Gottes willen, das macht doch die Beine ganz kurz!« kamen im Wechsel mit »Zum Anbeißen!« und »Broadwaytauglich!« und führten mich hervorragend durch die verschiedenen Marken und Styles. Es war ein Riesenspaß. Wenn mein Selbstbewusstsein durch die erbarmungslosen Spiegel etwas gelitten hatte, machte es dieser Herr wieder doppelt und dreifach wett. Er erklärte meine Kleidersuche zu seinem ganz eigenen Problem und hätte mich wahrscheinlich nie aus dem Geschäft entlassen, wenn er nicht mit meinem Look zufrieden gewesen wäre. Sein Blick und das begeisterte Händeklatschen waren Balsam für jede Frauenseele, als ich mit meinem letzten Outfit aus der Kabine kam.

»Magnifique!«

Ich verstand nur den hinteren Teil des französischen Ausspruchs. Sollte mir recht sein in Bezug auf heute Abend. So entschied ich mich für diese Begeisterung auslösende Kombination einer kurzen Stoffhose (so ein Hotpants-Dingens im Anzugstoff) mit schwarzen Stiefeln, einer blickdichten Strumpfhose und dem mit Spitze verzierten Top.

Bei einem großen Krokantbecher in der nahegelegenen Eisdiele vertröstete ich Florian mal wieder auf den nächsten Tag und feierte im Stillen meine Beute. Jetzt konnte der Abend kommen.

Um meine Pflichten zu erfüllen und die Tür zum Wohnzimmer wieder zettelfrei zu kriegen, wählte ich

Eriks Nummer von der Klassenliste, erreichte aber wieder mal niemanden und hinterließ eine Nachricht. Was ich tun würde, wenn mein Anruf wieder ohne Folgen bliebe, wusste ich noch nicht.

Mein Kosmetikmarathon war tatsächlich irgendwann beendet. Ich konnte es mir nicht verkneifen, ein Selfie an sämtliche Freundinnen zu schicken, die nur teilweise von meiner Abendgestaltung wussten, aber auf diese Weise sicher neugierig auf die neuesten Entwicklungen wurden. Schöne Erlebnisse wurden doch eigentlich erst dann richtig gut, wenn man sie am nächsten Tag akribisch mit den Freundinnen durchkauen konnte. Im Idealfall auf dem Balkon mit einer Flasche Sekt. Es tat so gut, sich wirklich wichtig zu fühlen.

Das Rad ließ ich am Zaun stehen, schließlich wusste ich nicht, in welche Promilleliga mich der Abend führen würde. Ein bisschen Vorbild musste in meinem Job schon sein.

Der Zeitpunkt war perfekt. Sieben Minuten nach der vereinbarten Zeit kam ich bei der Pizzeria an. Wie war das? Männer warten und zappeln lassen? Ich hatte mir noch eine Weile die veralteten Plakate an der Straßenbahnhaltestelle angeschaut und beschäftigt in meiner Handtasche gekramt, um ja etwas zu spät zu erscheinen.

Aber da zappelte niemand. Das Lokal war brechend voll mit Studenten und jungen Paaren, die keine Lust zum Kochen hatten, Oliver jedoch war weit und breit nicht zu sehen. Gerade spielte ich mit dem Gedanken, das sinkende Schiff zu verlassen, als er um die Ecke gerannt kam. Er sah leicht gehetzt, aber einfach zum Anbeißen gut aus. Die Haare hatten etwas weniger Gel als am Sonntag erwischt und fielen ihm in leichten Wellen in die Stirn. Auch wenn es nicht optimal gelaufen war, dass er mich warten ließ, dieser Anblick entschädigte mich definitiv.

Er hatte auf den Namen Rosenberg einen Tisch reserviert, der weit hinten im Raum lag und um den die Hektik der Kellner einen Bogen machte. Oli nahm mir, ganz Kavalier, den schwarzen Mantel, der nur zu besonderen Anlässen ausgeführt wurde, ab und rückte mir den Stuhl nach hinten, während der italienische Kellner die Kerze anzündete.

Ich schmolz schon jetzt dahin.

Bei uns Frauen ist das ja so eine Sache. Wir wollen gleiche Berufschancen und am Ende des Monats einen ähnlichen Betrag auf dem Konto haben, aber die Tür vom Auto können uns die Männer schon noch aufhalten. Da geht sonst die Emanzipation zu weit.

»Du siehst umwerfend aus, Königin der Nacht«, sagte Oli lächelnd, als uns die Speisekarten gebracht wurden.

»Danke. Ich hatte schon Sorge, dass dir das rote Kleid fehlen könnte.«

»Bei dir würde mir kein Kleidungsstück fehlen«, entgegnete meine Begleitung und zog eine Augenbraue vielsagend in die Höhe.

Sein Blick war aufreizend und ziemlich provokant. Der hatte wirklich keine Angst vor Frauen. Aber wenn er flirten wollte – an mir sollte es nicht scheitern.

»Wäre es dir tatsächlich recht, wenn ich heute Abend auf alle Kleidungsstücke verzichtet hätte?«

»Klar wäre mir das recht gewesen. Dann wäre ich nur nicht mit dir zum Italiener.«

Puh. Mir wurde ganz anders. Trotz des leichten Oberteils merkte ich, wie eine Schweißperle über den Rücken rollte. Einen solchen Schlagabtausch war ich nun wirklich nicht mehr gewohnt.

Das konnte so nicht weitergehen, beschloss ich und wechselte abrupt das Thema. »Welche Pizza kannst du mir denn empfehlen? Bei den Getränken weiß ich es schon. Ich nehme den Weißburgunder, der ist eigentlich überall ganz gut.«

Dunkler Vino Rosso hätte zum Kerzenschein und der abgeschiedenen Lage des Tisches natürlich besser gepasst, aber Florian hatte vor kurzem ein Foto von mir gemacht, das mich echt geschockt hatte. Wir saßen bei ihm auf dem Sofa und schauten einen Tarantino-Streifen an, bei dem wir schon mitsprechen konnten, so oft hatten wir ihn bereits zusammen gesehen. Mit Decke, Chips und trockenem Rotwein. Herrlich! Bis er mir den Schnappschuss zeigte, den er zwischendurch von mir gemacht hatte: Meine Zähne waren so dunkel verfärbt, dass ich in dem Kinostreifen die Hauptrolle als Zombie hätte spielen können. Meine Entstellung war mit keinem Wort erwähnt worden, vielleicht war sie ihm noch nicht einmal aufgefallen. Mir aber. Und seit diesem Abend hatte ich mir geschworen, um alle Gerbstoffe einen großen Bogen zu machen, erst recht beim ersten Date mit einem Mann wie Oliver. Ich ließ ihn bestellen und bewunderte seine souveräne Art, als er dem Kellner in dessen Muttersprache unsere Wünsche mitteilte.

»Una pizza quattro stagioni, una pizza funghi e due bicchieri di vino bianco, per favore.«

»Si, va bene.« Der Kellner entfernte sich mit einem Kopfnicken.

»Wow, woher kannst du so gut Italienisch? Das Einzige, was ich in dieser Sprache vorweisen kann, ist ein Frühlingslied für Kinder.«

Oliver sah recht geschmeichelt aus, entgegnete aber bescheiden: »I wo, ich sehe es nur als Herausforderung an, mein Essen in der entsprechenden Landessprache zu bestellen.«

»Und beim Griechen? Und das Chop Suey oder Bami Goreng?«

Hierauf bekam ich als Antwort nur ein mehrdeutiges Lächeln. Wahnsinn, der Typ! Ich saß hier nicht nur mit dem »Sexiest Man Alive«, sondern auch mit einem Sprachgenie zusammen, einem bescheidenen noch dazu.

Wir stießen mit unseren Gläsern an und sahen uns dabei tief in die Augen. Seine waren blaugrau, mit langen, schwarzen Wimpern umrahmt, bei denen jede Frau vor Neid erblassen würde. Aus Erfahrung wusste ich, dass es bei Männern extrem gut ankam, wenn man sie von ihren Interessen und Begabungen erzählen ließ, und so führte ich das Thema zurück auf das Tanzen, das ihm viel zu bedeuten schien. Oliver redete von Tanzwettbewerben, an denen er teilgenommen hatte, und von verschiedenen Partnerinnen, bei deren Erwähnung sich mein Magen wieder leicht zusammenzog.

»Partnerinnen oder Partnerinnen?« Diese Frage konnte ich mir nicht verkneifen.

»Natürlich hatte sich die eine oder andere in mich verliebt, das lässt sich nicht vermeiden. Aber ich trenne ganz strikt zwischen Beruflichem und Privatem.«

War er professioneller Tänzer? Ich kam aus dem Staunen gar nicht mehr heraus. Wir sprachen über das Gokart-Fahren, seinen besten Freund Uli, dessen Freundin und Olis Leidenschaft fürs Skifahren, während die Kerze kürzer und kürzer wurde.

Oliver gab dem Kellner schließlich ein Zeichen – »Il conto, per favore!« – und beglich die Rechnung, auf der mehr Gläser Wein standen, als ich zunächst vermutet hatte. Als wir an die frische Luft kamen, merkte ich den Schwips aber ganz ordentlich und hakte mich kurzerhand bei meinem Begleiter ein. Der schien nichts dagegen zu haben.

Wir sprachen nicht viel, als er mich am Martinstor vorbei in Richtung Stadttheater führte und vor einer Bar stehenblieb, die für mich noch keine besondere Rolle in der Abendgestaltung gespielt hatte. Die »Passage46« erinnerte beim Eintreten mehr an eine Lagerhalle. Heiße Latino-Rhythmen kamen uns entgegen. Ich begriff langsam, was sein Plan war.

Wir gingen zum Tresen vor und bestellten Mojito, der hier laut Oli einen »besonderen Hauch Extravaganz« hatte. Zwar schmeckte der Cocktail für mich nicht anders als sonst auch, aber er war da sicher versierter und hatte eine feinere Zunge. Apropos Zunge, meine war tatsächlich so locker, dass nicht nur der Smalltalk bestens funktionieren würde.

Beim Hereinkommen hatte ich mich in der Bar umgesehen und realistischerweise festgestellt, dass ich es hier wohl beim Reden belassen sollte. Einige Latinos tanzten alleine mit geschlossenen Augen, als gäbe es außer der Musik nichts und niemanden um sie herum. Zwei Paare bewegten sich so hingebungsvoll und leidenschaftlich, dass ich es förmlich knistern hörte. Mit offenem Mund beobachtete ich dieses Schauspiel und hätte fast vergessen, wem ich meine Aufmerksamkeit schenken sollte. Ich drehte mich wieder zur Seite und sah einen verlassenen Mojito vor mir auf dem Tresen stehen. Mein Blick glitt wieder zur Tanzfläche, wo sich ein drittes Paar eingefunden hatte und kunstvolle Bewegungen vollführte. Der Mann kam mir ziemlich bekannt vor. Bewundernd verfolgte ich Olivers Bewegungen, die perfekt mit denen seiner Tanzpartnerin harmonierten. Das Ziehen in der Bauchgegend setzte wieder ein, diesmal heftiger und schmerzhafter. Der Gesichtsausdruck der fremden Frau war ernst und erotisch zugleich, das erkannte ich auch mit zwei X-Chromosomen. Bei ausgefallenen Schrittkombinationen trafen sich elektrisierende Blicke.

Hmmmpf.

Da ich genauso verlassen war wie Olivers Mojito, kümmerte ich mich aufopferungsvoll auch um sein Glas.

»Mi señorita, darf ich um den nächsten Tanz bitten?«

Oli zog mich auf die Tanzfläche und ich kicherte verlegen, als ich unbeholfen die ersten Schritte machte. Doch der Alkohol hatte Beine und Kopf locker gemacht. Vielleicht konnte ich nicht tanzen wie meine Vorgängerin, aber das spielte keine Rolle mehr. Ich warf den Kopf in den Nacken, lachte befreit auf und ließ mich von Oli in sämtliche Figuren führen. »Around the macho« – beim Salsa klang selbst ein popeliges Damensolo prickelnd!

Ich hab keine Ahnung, wie lange ich von meinem Kavalier über das nicht vorhandene Parkett gefegt wurde, aber wir waren beide völlig verschwitzt, als wir später ins Freie traten. Ohne darüber gesprochen zu haben, war völlig klar, dass der Abend noch nicht zu Ende war. Hand in Hand liefen wir von der Tanzfläche schnurstracks zu seiner Wohnung, die nicht weit von der »Passage46« entfernt war, und hielten erst an, als wir im dritten Stock eines schönen Altbaus angekommen waren.

Der Schlüssel steckte noch im Schloss, als mich Oliver zielstrebig in den Wohnungsflur schob. Seine Hände umfassten mein Gesicht, der Atem roch nach Weißwein, Knoblauch und Mojito und ging jetzt schneller und ungleichmäßiger. Das lag wohl nicht an den Treppenstufen, die wir hinter uns hatten. Eilig dankte ich dem Schicksal, mir zu neuer Unterwäsche verholfen zu haben, und schloss die Augen in freudiger Erwartung. Sein Mund umschloss sanft meine Lippen und knabberte verspielt an ihren Rändern. Unwillkürlich entrutschte mir ein wohliger Seufzer, der Oli anzufachen schien. Sein Körper drückte mich enger an die Wand. Die Küsse wurden leidenschaftlicher, seine Körperhaltung drängender. Olis Hände fuhren durch meine dunklen Locken und arbeiteten sich am Hals entlang, den er hingebungsvoll mit Küssen bedeckte. Lass mich nur nicht mit Knutschfleck in die Schule kommen, war der letzte rationale Gedanke an diesem Abend. Was dann geschah, stellte das Gehirn weitestgehend ab.

11

Ich tastete mit meiner Hand zur linken Bettseite hinüber, aber Olis Platz war leer. Prüfend sog ich die Luft ein in der Hoffnung auf Brötchen- und Kaffeeduft, der in meine Nase wandern könnte. Fehlanzeige. Hmmmpf.

»If you want to have breakfast in bed, sleep in the kitchen«, pflegte mein Bruder Peter in solchen Fällen vorzuschlagen. Da auch kein Geschirrklappern aus der offenen Küche zu hören war, stieg ich schwerfällig aus dem Bett und zog mir den blau-weiß gestreiften Bademantel über, der am Haken hinter der Schlafzimmertür hing. Auf nackten Füßen lief ich zunächst ins Bad und kontrollierte die Spuren der vergangenen Nacht. Ich sah zwar etwas übermüdet, ansonsten aber ganz brauchbar aus. Zum Abschminken war ich gestern nun wirklich nicht mehr gekommen, sodass die Reste der Wimperntusche noch ihren Zweck erfüllten.

Erneut lief mir ein wohliger Schauer über den Körper, als ich an die Stunden mit Oliver dachte. Seine Hände waren überall gewesen und hatten Gefühle in mir entfacht, die lange Zeit verschüttet gewesen waren. Hatte ich einen so perfekten Mann überhaupt verdient? Würde ich ihm das Wasser auf irgendeine Weise reichen können? Nicht wirklich! Peter hatte auch dazu eine weise Frage parat: »Kann mir eigentlich irgendjemand mal das Wasser reichen?« Er hatte diesen Spruch mal auf einem Frühstücksbrettchen in einem Buchladen gesehen und in sein flapsiges Repertoire aufgenommen.

Mit ein paar Bürstenstrichen versuchte ich, etwas Ordnung auf meinem Kopf zu schaffen, und durch das

Mundwasser auf dem Abstelltisch fühlte ich mich frisch genug, um Oli unter die Augen zu treten. Zumindest frisch genug nach einer ereignisreichen Nacht wie dieser. Und wer weiß, vielleicht gab es ja eine Fortsetzung in der Horizontalen? Bei diesem verlockenden Gedanken machte sich ein Lächeln auf meinem Gesicht breit.

Ich verließ das Bad nach einem letzten kritischen Blick in den Spiegel und tappte auf den Steinfliesen in Richtung Küche. Im Essensbereich und dem angrenzenden Wohnzimmer empfing mich gähnende Leere.

»Oli?«

Ich sah sogar auf dem kleinen Balkon in der Essecke nach, aber von Oliver war weit und breit keine Spur zu entdecken. Vielleicht hatte sein Kühlschrank nichts für ein opulentes Frühstück hergegeben? Schließlich war er ja auch nicht auf Damenbesuch eingestellt gewesen. Oder er war eben Brötchen holen. Ich musste mir eingestehen, dass ich eigentlich gar nicht so unglücklich über den kleinen Aufschub unserer Zweisamkeit war. So blieb mir genügend Zeit, seine Wohnung etwas genauer unter die Lupe zu nehmen. Die Einrichtung und Gestaltung von Zimmern sagte meiner Meinung nach viel über den Besitzer aus.

Britta war beispielsweise sehr klassisch eingerichtet, hatte viel Geld in schwedischen Möbelhäusern ausgegeben und legte großen Wert darauf, dass der Wohnzimmerteppich farblich zur Gardine passte. Bei Maike hingegen gehörte kein Stuhl zum anderen, der Tisch konnte in Ermangelung eines vollständigen Services nie einheitlich gedeckt werden und ihre Möbel entstammten vielen unterschiedlichen Stilrichtungen und zeitlichen Epochen. Es war ihr schlichtweg egal, wie es in ihrer Drei-Zimmer-

Wohnung aussah. Florian wiederum war im Gegensatz dazu charakterlich völlig geradlinig, straight. Das spiegelten seine Räume auf den ersten Blick wider: viel Schwarz, Chrom, Purismus pur. Da stand kein alter Bierkrug vom Oktoberfest im Regal, kein Foto war einfach gegen eine Bücherwand gelehnt, sondern sorgfältig in einen seriösen Bilderrahmen verpackt und aufgehängt. Was die Einrichtung meiner Wohnung über mich aussagen würde, darüber wollte ich lieber nicht nachdenken. War ich in die Jahre gekommen? Völlig aus der Mode? Hmmmpf.

Aus Olis Behausung konnte ich nicht viele Rückschlüsse ziehen. Sie war ordentlich und sauber, gut ausgestattet in Küche wie Wohnzimmer, aber eher unpersönlich, vielleicht sogar ein bisschen langweilig. Und das war Oli ja definitiv nicht. Er hatte so viele unterschiedliche Interessen, war so unterhaltsam und charmant, dass ich an meiner Wohnungstheorie zu zweifeln begann.

Ich war mir nicht ganz sicher, ob es mir erlaubt war, alles genau zu inspizieren, aber die Neugier hatte Oberhand gewonnen. Ich ging durch das Wohnzimmer und betrachtete eingehend die Fotos und Urkunden an den Wänden. Einige Gokart-Rennen hatte Oli für sich entschieden und er war beim Tanzen ausgezeichnet worden. Die Fotos zeigten ihn auf dem Parkett, vor dem Brandenburger Tor oder auf dem Petersplatz in Rom. Besonders aber gefielen mir die Schwarzweiß-Porträts, die Oli hervorragend in Szene setzten. Was für ein schöner Mann! Ich stand vor den Bildern und dachte an seine Hände, die meinen Körper in der vergangenen Nacht erkundet hatten. Wie schön wäre es, wenn wir jetzt wieder in die Kissen sinken könnten. Aber aufgeschoben war bekanntlich nicht aufgehoben.

Um die Wartezeit zu überbrücken, fing ich an, den Tisch mit Porzellan zu decken, das ich im rechten Küchenschrank gesehen hatte. Butter und Marmelade fand ich im Kühlschrank, eigentlich hätte mir das für einen kleinen Imbiss völlig gereicht. Wie rührend es von Oli war, mir ein reichhaltiges Frühstück bieten zu wollen. Um ehrlich zu sein, war ich eher auf anderen Gebieten ausgehungert. Im Begriff, die Kaffeemaschine zum Laufen zu bringen, blieben meine Augen an einem Papier hängen, das wohl an mich adressiert sein sollte.

Guten Morgen, Königin der Nacht!

War geil mit dir. Musste leider weg. Zieh doch die Tür kräftig hinter dir zu, wenn du gehst. Die klemmt manchmal.

Oli.

Nach den ganzen sportlichen Aktivitäten der letzten Nacht waren meine Beine etwas zittrig. Leicht wackelig setzte ich mich auf einen der Barhocker, die neben mir am Küchentresen standen. Das klang nicht nach Brötchen holen. Auch nicht nach einem gemeinsamen Frühstück. Und erst recht nicht nach … Pffffff. Ich ließ die Luft mit einem langen Ton entweichen.

Die Charakterschrift passte auf jeden Fall zu ihm, ich kannte niemanden, der das »g« so schwungvoll unter die anderen Buchstaben zog. Es musste ihm etwas Wichtiges dazwischengekommen sein, und irgendwie war es ja ziemlich lieb von ihm, dass er mich hatte schlafen lassen. Eigentlich war es ja ein großer Vertrauensbeweis, mich hier alleine in seinen ganz privaten Räumen zu lassen. Getröstet durch diese Erkenntnis räumte ich Marmelade, Butter und Geschirr wieder zurück, zog mich an und verließ seine Wohnung, nicht ohne mich zu vergewissern, dass die Tür richtig zu war. Olis Vertrauen in mich sollte nicht enttäuscht werden.

Auf dem Weg zur nächsten Haltestelle der Linie 2 holte ich mir einen Milchkaffee und ein Nusshörnchen beim Bäcker, um mich wenigstens ein bisschen für das entgangene Frühstück zu entschädigen. Als die Straßenbahn kam, setzte ich mich genüsslich kauend auf einen Fensterplatz und dachte an die Entwicklung der letzten Tage. Waren Oli und ich jetzt ein Paar? Ich wusste ja noch nicht einmal, ob er ähnlich empfand wie ich. Mein Herz wummerte wie eine komplette Stereo-Anlage mit Subwoofer-Boxen, wenn ich nur an seine männliche Figur und das makellose Gesicht dachte. Die Natur hatte es schon gut mit ihm gemeint.

»Die Fahrkarten, bitte!«

Scheiße. Ich war mit den Gedanken überall gewesen, aber nicht beim Abstempeln meines Tickets. Schwarzfahren fand ich prinzipiell nicht in Ordnung, und es würde mir wirklich nie in den Sinn kommen, nicht für die Dienstleistung, die ich gerade in Anspruch nahm, auch zu zahlen. Ich bezahlte ja auch das Jägerschnitzel, das ich aß. Oder den Milchkaffee in meiner Hand. Aber diese ehrenwerte Einstellung nahm mir doch kein Schaffner ab, wenn ich ohne Fahrschein war und somit eben nicht für die entsprechende Dienstleistung bezahlt hatte. Verstohlen drehte ich mich um. Er stand vier Reihen hinter mir und versperrte so den Weg zur nächsten Tür, an Flucht war also nicht zu denken. Ich kramte in meinem Geldbeutel und tat, als wollte ich den Fahrschein zu Tage fördern. Ich besaß eine Punktekarte, die laut einer Werbung der Verkehrsvertriebe »flexibel einsetzbar« war. Und das machte ich jetzt auch. Ich war so was von flexibel, dass ich mit der Karte in der Hand aufsprang und zum Abstempelautomaten eine Reihe vor mir hechtete. Bing. Das Geräusch ließ alle Köpfe herumschnellen, natürlich auch den des Kontrolleurs. Hmmmpf. Bekam man dafür eine Vorstrafe? Ein Verfahren vor Gericht, wenn man als Beamter sämtliche Eide geschworen hatte, sogar mit »So wahr mir Gott helfe«?

Mir trat der Schweiß auf die Stirn. Kein Oli, kein Frühstück, keine Fahrkarte. Konnte ein Tag noch bescheuerter anfangen? Doch es geschah etwas Merkwürdiges. Während die gesamte Straßenbahn den Atem anhielt, lächelte der Kontrolleur und wendete sich mit der Bemerkung »Na, Sie muss ich ja nicht mehr kontrollieren. Ihren Fahrausweis habe ich ja bereits gesehen« wieder dem Mittfünfziger zu, dessen Fahrkarte nur durch Zufall vom letzten Monat und damit schon seit langem ungültig war. Zufällig. Und wieder einmal machte ich innerlich zehn Kreuzzeichen.

12

»Ist mir scheißegal, ob du da bist oder nicht. Was ich will, kann ich dir genauso gut auf deinen Anrufbeantworter reden, wenn das Handy eh die ganze Zeit aus ist. Ich will wissen, wie dein Treffen mit Mr. Bombastic gelaufen ist! Ich will einfach alles wissen, verstehst du? *Alles*. Und wenn du nicht auf der Stelle zurückrufst, such ich mir eine neue Trauzeugin!«

Ich musste unwillkürlich lachen, als ich die Nachrichten auf meinem AB abhörte. Ich hatte schon gestern Abend das Handy ausgestellt, um in etwaigen heiklen Situationen nicht gestört zu werden. »Entschuldigung, ich kann gerade nicht sprechen. Mein Mund ist anderweitig beschäftigt?« Nein, das entsprach weder meiner Erziehung noch stellte ich mir diese Überlappung gesellschaftlicher Aufgaben – ich will es mal so nennen – nicht wirklich angenehm vor. Dieser dringlichen Aufforderung meiner Freundin Suse, die mal wieder mehr als typisch für sie war, folgte noch eine Einladung zum Sonntagsbraten von meinen Eltern und ein Anrufer, der keine Nachricht hinterlassen hatte. Ich wählte Suses Nummer, um ihr haarklein von allen möglichen und unmöglichen Details zu erzählen. Mein Vorhaben war aber nicht von Erfolg gekrönt. Nachdem ich eine ähnlich dringliche Aufforderung auf ihrem Band hinterlassen hatte, ging ich erst einmal ins Bad, um mein Gesicht von den Wimpertuscheresten zu befreien, die langsam zu bröckeln begannen.

Von Eriks Mutter gab es wieder keine Rückmeldung auf dem AB. Welche Möglichkeiten hatte ich? Ich konnte wohl schlecht mit einem Einsatzwagen der Polizei vor ihrer Tür stehen und sie zu einem Gespräch zwingen. Im vergangenen Schuljahr hatte ich die Mama von meinem Lieblingsschüler bei einem Elternsprechtag kennengelernt. Sie hatte auf mich keinen üblen Eindruck gemacht. Frau Bender hatte ein gepflegtes Äußeres, wirkte intelligent und gab mir das Gefühl, an ihrem Sohn durchaus interessiert zu sein. Vielleicht sollte ich mir einen Termin beim Rektor machen und hören, was in einem solchen Fall zu tun war. Aber nur in weiter Cordhose und bis zum Kinn geschlossenem Rollkragenpulli, ganz egal, wie hoch die Temperaturen in dieser Jahreszeit schon kletterten.

Nach einer großen Apfelsaftschorle auf dem Balkon wählte ich Florians Nummer. Ich hatte schon ein ziemlich schlechtes Gewissen, weil ich ihn so lange in seinem eigenen Saft hatte schmoren lassen. Er wollte etwas mit mir besprechen und ich hatte ihn vor lauter Britta und Oliver ständig vertröstet. Apropos – der würde sich bestimmt im Laufe des Tages melden, und so beeilte ich mich, die Funktion meines Handys wiederherzustellen.

Das Gespräch mit Flo verlief – typisch Mann – keine zwei Minuten. Aber er war nicht sauer gewesen und es war tatsächlich alles geklärt, was nötig war. Florian schien auf meinen Anruf nur gewartet zu haben, um mir unser Vorhaben mitzuteilen. Ich sollte meine Schwimmsachen packen und etwas zu trinken mitnehmen. Er würde mich in etwa fünfzehn Minuten daheim abholen. Heute stand Wellness auf dem Programm, er hätte es bitter nötig. »Die Würfel sind gefallen« – diese Weisheit tauchte in so gut wie allen Asterix-Bänden auf, gehörte zu meinen absoluten Lieblingssprüchen und passte auch in diesem Fall wie angegossen. Flo ließ keinen Widerspruch zu.

Ich liebte sein Auto. Das klang vielleicht ziemlich bescheuert aus dem Mund einer passionierten Fahrradfahrerin, aber ich genoss es unheimlich, die Räder mal von einem Motor antreiben und mich faul in der Gegend herumkutschieren zu lassen. Dazu kam, dass Florians Golf mit allem ausgestattet war, was ich mir an Luxus vorstellen konnte, das Schönste war für mich die Sitzheizung, die innerhalb kürzester Zeit meinen schreibtischgeplagten Rücken verwöhnte. Und wenn es – wie jetzt – eigentlich viel zu warm für eine Sitzheizung war, stellte ich einfach noch die Klimaanlage an. Hach, herrlich!

Pamela Anderson war nicht gerade die Hellste. Wenn man bedenkt, wie oft die sich an diversen Körperstellen hatte herumschnippeln lassen, um in ihrem Badeanzug selbstgefällig über den Sand laufen zu können! Also damals in den Baywatch-Geschichten, die Peter wohl nur aus diesem Grund so gerne angeschaltet hatte. Dieses erhebende Gefühl, bewundernde Blicke auf sich zu ziehen, hätte sie billiger, schneller und mit weniger Schmerzen haben können: nämlich im Thermalbad eines Kurortes. Florian und ich senkten den Altersdurchschnitt der Badegäste erheblich, und nein, wir hatten beide keine Besenreiser, keine Krampfadern, keine Gewichtsprobleme und keine Haare in den Ohren. Im Vergleich zu den Damen hier im Bad fühlte ich mich geradezu perfekt.

Durchschnittlich einmal im Monat fuhren wir zusammen die vierzig Kilometer aus der Stadt hinaus nach Badenweiler und gönnten uns einen ganzen Tag Entspannung im Kreise dieser betagten Kurgäste. Wenn es nicht gerade um Florians aktuelle Lebensabschnittspartnerin ging, fanden wir hier jede Menge Gesprächsstoff. Vor lauter Erholung wurden wir manchmal so albern, dass wir uns einen beliebigen Badegast herauspickten und eine Geschichte um ihn herumspannen. Wunderbar! Und wenn die Haut nach ein paar Stunden aufgeweicht und schrumpeliger war als altersbedingt bei allen anderen Gästen, gingen wir in das Café auf der gegenüberliegenden Straßenseite und bestellten Cappuccino und ein Stück Schwarzwälder Kirschtorte. Zwar hätte ich auch gerne mal eine Käsesahne oder den Apfelstrudel des Hauses auf meinem Teller gesehen, aber Flo war gegen eine Änderung dieser Tradition, und so verputzten wir jedes Mal aufs Neue dieselbe Kombination von Kaffee und Torte. Auch gut.

Bevor ich meine Kleidung und andere Habseligkeiten in den Spind einschloss, schaute ich noch einmal auf mein Handy, um mich zum zehnten Mal zu vergewissern, keinen Anruf während der Autofahrt verpasst zu haben. Ein bisschen fing ich an, mir Sorgen zu machen. Als ich überlegte, was Oli passiert sein konnte, merkte ich wieder, wie wenig ich eigentlich über ihn wusste. Naja, nach zwei Treffen war das wohl kein Wunder. Und beim Salsatanzen erfuhr man eben nur bedingt etwas über seinen Tanzpartner. Im Bett schon gar nicht. Obwohl – ich wusste jetzt, dass er einen unglaublich süßen Leberfleck in Form eines Halbmondes in der Leistengegend hatte, um den ich mich hingebungsvoll herumgeküsst hatte. Zugegebenermaßen brachte mich das bei den Überlegungen, was ihm zugestoßen sein könnte, nicht weiter.

Leise seufzend schloss ich ab und band mir den Schlüssel um das Handgelenk, ehe ich mich kurz abduschte und zu Flo in die Badehalle ging. Der nahm forsch meine Hand und zog mich zum Durchgang, der zum Außenbereich führte. Wenn es etwas zu bereden gab, war das unsere erste Anlaufstelle, und obwohl ich am liebsten mit meinen jüngsten Erlebnissen rausgeplatzt wäre, sah ich doch irgendwie ein, dass jetzt erst mal er an der Reihe war.

Und Flo ließ sich tatsächlich nicht lange bitten. Während zwei alleinstehende Düsen unsere verspannten Schultergürtel durchwalkten, erzählte er mir, was ihn seit Tagen beschäftigte.

»Au Mann, Laura, ich weiß gar nicht, wie ich anfangen soll. Ich bin so froh, dass du heute Zeit hast. Ich kann das mit den Jungs nicht besprechen, die verstehen das doch gar nicht.«

»Jetzt mal von vorne. Was kannst du mit denen nicht besprechen? Und was verstehen die nicht?«

»Dass Eva mit mir zusammenziehen und in Elternzeit gehen würde, wenn wir ein Kind bekämen.«

Hmmmpf. Für meinen Geschmack ein bisschen viele Konjunktive. Trotzdem musste ich lachen, als ich sein verzweifeltes Gesicht sah. In manchen Punkten waren wir Frauen sicher einen Tick zu kompliziert, mein Freund aber übertraf echt alle Damen in meinem Bekanntenkreis um Längen.

»Wo ist denn dann das Problem? Wenn ich mich recht erinnere, war es doch ganz schrecklich für dich, dass ihr der Job so wichtig ist? Ihre Aussage relativiert das Ganze doch ordentlich!«

Ich schloss die Augen und genoss das warme Wasser an meinem recht müden Körper.

»Doch. Klar ist das ein Problem. Ein sehr großes sogar! Ich weiß, was Eva der Beruf bedeutet und wie erfolgreich sie darin ist. Stell dir mal vor, sie würde ihre Berufung mir zuliebe aufgeben. Ich steh dann ganz enorm unter Druck. Was passiert, wenn sie diese Entscheidung irgendwann bereut und mir die Schuld dafür gibt, dass sie ihre Karriere opfern musste?«

Puh. Für Florian war das ein Problem, was ihm ganz schön unter die Haut zu gehen schien. Ich überlegte, welchen Rat ich hier geben könnte. Mit bloßem Zuhören war ihm sicherlich nicht geholfen, ich kannte meinen Flo schließlich schon einige Jahre. Im Studium hatten wir beide im gleichen Studentenwohnheim gewohnt (er allerdings ein Stockwerk unter Maike und mir) und waren uns gleich sympathisch gewesen. Nach vielen durchfeierten Nächten hatte sich so etwas wie eine Freundschaft zwischen uns entwickelt, die mit den Jahren und gemeinsamen Erlebnissen immer mehr an Qualität gewann. Er war fast so was wie der schwule Freund, den jede Frau an ihrer Seite haben sollte. Nur eben nicht schwul.

»Also, jetzt pass mal auf, mein süßer Schnuckel« – ich war auch die Einzige weit und breit, von der er sich solche kitschigen Kosenamen gefallen ließ – »erstens ist es ein Riesenkompliment von deiner Eva, solche Opfer für dich in Erwägung zu ziehen, zweitens ist alles bisher rein hypothetisch, und es fließt noch viel Wasser die Dreisam runter, bis ihr in die Familienplanung und jemand von euch in Elternzeit geht, und drittens …«, ich hatte beim Reden ein wenig Thermalwasser geschluckt und musste erst einmal kräftig husten, »und drittens ist es dann ihre Entscheidung, die sie dir ganz bestimmt nicht vorwerfen kann. Und auch nicht will. Und auch nicht wird.«

Solche und ähnliche Sätze sagte ich ihm noch eine ganze Zeitlang, während wir von Düse zu Düse wanderten und uns im Whirlpool-Bereich kräftig durchschütteln ließen. Zu diesem Zeitpunkt waren seine Sorgen schon fast vergessen, sodass wir gackernd und quiekend die irritierten Blicke der Ü70-Badegäste auf uns zogen. Aber das war für uns nichts Neues.

Erst bei den Umkleidekabinen schlich sich Oli erneut in meine Gedanken, als ich auf meinem Handy wieder keine Nachricht von ihm entdeckte und es resigniert in die Tasche packte. Bei Kaffee und Torte erzählte ich Florian von der Verabredung beim Italiener und ihrem weiteren Verlauf. Da er ja fast mein schwuler Freund war, erzählte ich auch, was ich in Olis Bett so erlebt hatte und wie wundervoll es gewesen war.

»So ein Arschloch!«, entfuhr es Flo, als ich bei der leeren Wohnung, dem ausgefallenen Frühstück und seiner kurzen Nachricht angekommen war.

»Was soll das denn jetzt heißen?«, fuhr ich ihn wütend an.

Ich war zwar entspannt aus der Therme gekommen, aber eine solche Bezeichnung hatte Oliver gewiss nicht verdient, und ich war geschockt von diesem vorschnellen Urteil. Das passte so gar nicht zu Flo! Gönnte er mir etwa nicht, dass ich jetzt endlich mal eine Beziehung hatte, wenn man das schon so nennen konnte? Wahrscheinlich war er einfach egoistischer, als ich dachte, und wollte keinen anderen Mann als Konkurrenten.

»Lass mich ausreden, dann kannst du wütend sein, soviel du willst.«

Puh. Auch das war untypisch. So ruhig und bestimmt redete Florian normalerweise nicht mit mir. Das machte mich dann doch stutzig.

»Nach der ersten gemeinsamen Nacht lässt man eine Frau nicht alleine in der Wohnung zurück.«

»Aber …«

»Ich bin noch nicht fertig. Und wenn man das aus besonderen Gründen tatsächlich tun muss, dann schreibt man einen diesem Umstand *entsprechenden* Brief. Und bevor du mich unterbrichst: Wenn man dazu aus irgendeinem Grund auch nicht in der Lage ist, meldet man sich so bald wie möglich.«

Ich wollte schon etwas kleinlauter widersprechen und Flo – vielleicht auch mir selbst – versichern, dass er sich bestimmt bald melden würde, war mir aber in dem Moment nicht mehr ganz so sicher.

Daheim angekommen kuschelte ich mich mit meinem Lieblingstee und einem großen Vorrat an Schokolade ins Bett und kontrollierte zum x-ten Mal den Posteingang auf meinem Handy. Was Florian über Oliver und dessen Verhalten gesagt hatte, gab mir schon irgendwie zu denken. Von dieser Seite hatte ich das Ganze noch gar nicht gesehen. Zumindest eine kurze SMS hätte er schicken können. Ich meine, hallo, wir hatten nicht nur einen wunderschönen Abend miteinander, wir waren sogar zusammen in der Kiste und das war ja nun nichts Alltägliches. Für mich zumindest.

Er hatte keine Angst vor Frauen. Hmmmpf. Diese Feststellung hatte ich eigentlich ganz witzig, irgendwie auch angenehm gefunden, weil er offen und selbstbewusst auf mich zugekommen war und nicht so verdruckst, wie das manchmal bei Männern der Fall war. Aber hieß »keine Angst« keinen Respekt? Ach, ich wollte da nicht weiter darüber nachdenken.

Bevor ich mein Handy abschaltete, schrieb ich Suse noch kurz, dass ich morgen wieder beim Tanzkurs dabei sein würde. Dann könnte ich ja mit Oliver reden und er mir erklären, was so Wichtiges dazwischengekommen war. Und Flo würde einsehen, dass er die Lage einfach falsch eingeschätzt hatte, da er Oli noch gar nicht kannte.

Dem warmen Thermalwasser und der Aufregung vergangener Stunden zollte ich bald Tribut. Ich wurde so müde, dass mir noch während der ersten Runde der Spielshow im Öffentlich-Rechtlichen die Augen zufielen.

13

Gut ausgeruht setzte ich die optimistische Denkweise, mit der ich eingeschlafen war, am nächsten Morgen fort. Ich freute mich auf Oli und das sinnliche Spiel unserer Hüften beim Tanzen, das vielleicht diesmal in meiner Wohnung in andere sinnliche Spiele übergehen würde.

Heute stand der Sonntagsbraten bei meinen Eltern auf dem Programm. Der Himmel war so strahlend und wolkenlos wie meine Laune, die noch zusätzlich gepuscht wurde, als ich nach der Zugfahrt auf meinen Bruder traf, der mich vom Bahnhof abholte und fest in die Arme nahm. Obwohl wir nicht wirklich weit voneinander entfernt wohnten, sahen wir uns manchmal viele Wochen lang nicht, und ich vermisste seine blöden Sprüche bisweilen ganz schön. Obwohl er beruflich als Bauleiter ziemlich eingespannt war und seine Kinder, wie er selbst sagte, manchmal auf einem Sklavenmarkt in Saudi-Arabien verkaufen könnte, gab es scheinbar nichts, was ihn aus der Fassung bringen konnte. Ich hatte sogar den Eindruck, dass er das Leben als unterhaltsames Spiel ansah, in dem man eigentlich nur gewinnen konnte. »Brot und Spiele« – wie dem Römer in »Asterix als Gladiator« würde auch ihm anständiges Essen und eine ordentliche Portion Spaß im Leben völlig ausreichen.

»Bruderherz, ich freu mich. Danke fürs Abholen. Sind Myriam und die drei Sprösslinge mit dabei?«

Peter schüttelte den Kopf und lachte befreit auf. »Bist du wahnsinnig? Ich habe heute Ausgang und werde jede

Sekunde davon genießen, als wäre es mein letzter Tag auf Erden, beim Teutates.«

»Na, das wollen wir mal nicht hoffen«, entfuhr es mir und ich musterte meinen Bruder kritisch von der Seite.

Er sah tatsächlich etwas erholungsbedürftig aus. Seine Schläfen schimmerten silbern und um die Augen hatten sich viele kleine Fältchen gebildet. Kein Wunder, wenn man den ganzen Tag an jeder Ecke Amüsantes entdeckte.

»Was machen die missratenen Bälger in der Schule? Und legen sie auch ordentlich Furzkissen unter deinen Po?«, fragte er mich.

»Nein«, kicherte ich vergnügt, »die sind schon in der vierten Klasse einfallsreicher als du mit sechsunddreißig. Letzte Woche haben sie mir versichert, dass wir im Lehrerzimmer eine neue Kaffeemaschine hätten, und ich habe mich daraufhin so auf die nächste Pause ohne Hofaufsicht gefreut. Und dann hat sich herausgestellt, dass – ganz im Gegenteil – unser altes Ding sogar vollends kaputt gegangen war. Das hatte eine Kollegin wohl einem der Kinder erzählt. Ich bin voll darauf reingefallen.«

Peter schaute mich mitleidig an. »Na, so kreativ ist das nun nicht gerade. Ha, ich war wohl um einiges besser: Dein heldenhafter Bruder hat damals in der Grundschule eine Tintenpatrone ausgesaugt. Und dann bin ich zum Klassenlehrer und hab behauptet, ich hätte mich beim letzten Urlaub auf dem Bauernhof mit der gefährlichen, oft tödlich verlaufenden Blauzungenkrankheit bei den Kühen angesteckt und wäre jetzt hochinfektiös.«

»Dich wollte ich wirklich nicht in meiner Klasse haben«, sagte ich lauthals lachend zu meinem Bruder und freute mich auf einen entspannten Tag mit meiner Familie.

Schließlich saßen wir alle im Esszimmer bei meinen Eltern und ließen es uns schmecken. Kochen konnte meine Mutter wunderbar, das musste man ihr schon lassen.

»Und was macht die Männerwelt? Stehen die armen Tölpel Schlange bei meiner hübschen Schwester? Wenn einer nicht spurt, sag nur Bescheid ...«

Mit geballten Fäusten schlug Peter währenddessen in die Luft und verprügelte einen imaginären Übeltäter.

Ich zuckte bloß mit den Schultern und schob mir ein großes Stück Roulade mit Rotkraut in den Mund. Eine traumhafte Vorstellung! In der Warteschleife war sicher niemand, und die Geschichte von Oliver musste ganz bestimmt nicht am Esstisch meiner Eltern breitgetreten werden. Es gab Situationen, in denen ich für einen klugen Rat wirklich dankbar war, aber in dem Fall sah ich schon Mama missbilligend mit dem Kopf wackeln und wollte ihre Meinung dazu wirklich nicht haben. Peter merkte wohl, dass dieses Thema nicht viel hergab, und zauberte ein neues aus dem Ärmel. Ach, er war einfach klasse. Nach einer ausgedehnten obligatorischen Mittagsruhe und einem Spaziergang durch den elterlichen Garten, bei dem mir Papa sämtliche Blumen- und Sträuchernamen samt Blütezeit und Pflegeanleitung eintrichterte, fuhr ich zurück nach Freiburg, um mich für den bevorstehenden Abend zurechtzumachen.

Ich besaß eine dunkelblaue, hautenge Röhrenjeans, in der mein Po aussah, als müsste ich ihn in Jennifer-Lopez-Manier mit 27 Millionen Dollar versichern. Irgendwie mussten es ja auch Dauersingles wie ich zu einem Mann bringen. Ich schminkte mein Gesicht dezent, nämlich so, dass Lippen und Augen gut in Form gebracht wurden, aber es natürlich aussah. Halt als ob ich keine fünf Minuten vor dem Spiegel verbracht hätte. Von wegen!

Weil ein Reifen zu wenig Luft gehabt hatte und lästigerweise erst noch aufgepumpt werden musste, kam ich einige Minuten zu spät. Suse und ich hatten keinen Treffpunkt vereinbart und da ich ja den Weg kannte, flitzte ich so schnell wie möglich durch den langen Gang, der in den hinteren Teil des Bahnhofs führte. Der Kurs hatte schon angefangen, denn ich hörte neben den rhythmischen Klängen das Einzählen des Taktes durch den Glatzkopf. Suse sah mich sofort und zwinkerte mir verschwörerisch zu, als ich so leise wie möglich durch die Tür huschte.

An der Wand lehnend beobachtete ich die Tanzversuche der Teilnehmer und hatte meine Freude an den vielen hochkonzentrierten Gesichtern. Nach kurzer Zeit blieb mein Blick an Oli hängen, der aufrecht und graziös seine Tanzpartnerin über das Parkett führte. Ich strahlte ihn an und wisperte seinen Namen, als die Gelegenheit günstig war und eine Drehung ihn nahe genug an mich heranführte. Natürlich verzog er keine Miene, wie es sich für einen professionellen Salsatänzer ziemt.

So etwas wie »Damenwahl« gab es wohl nur beim Karneval und diversen Seniorennachmittagen, an denen ein mittelmäßiger Alleinunterhalter mit seinem Keyboard zum Tanz aufspielte. Zumindest schloss ich das aus der Tatsache, dass die Pärchen bis zum Ende des Kurses nicht wechselten und ich keine Chance hatte, an Oli heranzukommen. Der Glatzkopf erbarmte sich hin und wieder, indem er ein paar Schritte mit mir tanzte, wenn seine Schäfchen die neuen Anweisungen umsetzten und eigenständig arbeiten konnten.

Ich war zwar etwas enttäuscht, Olis Hand noch nicht auf meinem J.-Lo.-Po zu spüren, wenn er mich »around the macho« führte, aber ich konnte warten.

Alle klatschten, als das Training für den heutigen Tag beendet war. Der Tanzlehrer verbeugte sich selbstgefällig und entließ uns mit einem Ausblick auf den nächsten Sonntag.

Ich war ganz schön ins Schwitzen gekommen. Suse ging es wohl ähnlich, denn sie nahm meine Hand und zog mich zu den Damentoiletten, für die man den Gang ganz hinuntergehen musste. »Deine Wimperntusche is 'n bisschen verlaufen«, flüsterte sie mir zu, aber ich kannte meine Freundin gut genug, um den wahren Grund für diese Mädels-gehen-immer-zusammen-aufs-Klo-Aktion zu kennen. Und genau so war es.

Kaum war die Tür mit einem lauten Rumms hinter uns ins Schloss gefallen, rückte sie mit der Sprache raus: »Ich will alles wissen. Alles.«

In Kurzfassung berichtete ich ihr, was sich nach der Pizza ereignet hatte. Bei jedem Satz wurden ihre Augen größer und größer. Schließlich stieß sie ihren bekannten Suse-Jauchzer aus und klatschte begeistert in die Hände. »Geil! Einfach geil ist das, Lauralein!« Sie schien sich ziemlich für mich zu freuen, im Gegensatz zum miesepetrigen Florian, der kein gutes Haar an Oli gelassen hatte. »Dann lass uns schnell wieder zu den anderen und einen herrlichen Abend genießen. Am besten sitzen wir über Eck.«

Obwohl ich nur in aller Kürze die Ereignisse zusammengefasst und die wirklich prickelnden Details für einen späteren Zeitpunkt verschoben hatte, waren die übrigen Kursteilnehmer schon im Aufbruch.

Vor der Wirtschaft angekommen sah ich mich nach Oli um, konnte ihn aber nirgends entdecken. Ich traute mich nicht, den Mann neben mir nach dem von mir so schmerzlich Vermissten zu fragen, weshalb Suse das Ruder in die Hand nahm.

»Wo steckt denn Oli? Ist der heute von der langsamen Truppe?«

»Nee, die sind lieber heim.«

»Wer die?«, fragte Suse etwas verdutzt und blickte irritiert in die Runde.

»Na, Jule und Oli, nach dem hast du doch gerade gefragt.«

Wir schauten uns verwirrt an, was ihr Gegenüber zu bemerken schien.

»Jule war die letzten Male nicht beim Tanzen dabei, weil sie so viel für ihr Examen lernen musste, und jetzt ziehen die beiden nächste Woche doch zusammen und müssen noch ordentlich packen und ich glaub sogar neu streichen. Durch ihre Prüfungen sind sie zeitlich ganz schön hintendran. Wenn ihr Lust habt zu helfen: Am Donnerstag geht's ab. Die können jede Hilfe gebrauchen.«

Mir war plötzlich kotzschlecht.

Oli war gar nicht frisch getrennt, sondern zog mit seiner Freundin in eine gemeinsame Wohnung? Das konnte gar nicht sein.

»Aber Ferry, du hattest doch selbst erzählt, dass sich die beiden getrennt haben?« Suse nahm mir die Frage aus dem offen stehenden Mund.

Der Mann, den sie Ferry genannt hatte, lachte fröhlich und schaute Beifall heischend in die Runde, die sich vor der Gaststätte gebildet hatte.

»Da kennt eine unseren Oli aber schlecht! Jule und er haben sich schon etwa hundert Mal getrennt, wenn nicht öfter, aber nur, um danach wieder wild ihre Versöhnung zu feiern. Wie sie das machen, muss ich ja wohl nicht erklären.«

Alle lachten laut, als hätte Ferry den besten Witz des Jahrhunderts vom Stapel gelassen.

Ich merkte, wie mir gegen meinen Willen Tränen in die Augen schossen. »Aber wir waren am Freitag zusammen aus.« Es ging zwar niemanden etwas an, aber der Frust sprudelte nur so aus mir heraus.

Dieser Einwand wurde mit noch lauterem Gelächter quittiert.

»Und wahrscheinlich wart ihr im Anschluss noch miteinander im Nest, und unser lieber Oli hat dir seine lateinamerikanischen Standards gezeigt.«

Das war zu viel.

So schnell ich konnte, nahm ich mein Fahrrad vom Boden auf und rannte davon, ohne mich noch einmal umzudrehen. Für das Aufsteigen waren meine Beine zu zittrig. Ich hörte die Umstehenden lachen und Hendrik meinen Namen rufen, doch das kümmerte mich nicht.

Tränen der Wut tropften von meinem Kinn, während ich über das holprige Kopfsteinpflaster lief und meine Klingel unaufhörlich schepperte. Es war mir egal. Ich beachtete weder die Tränen noch das sonst so nervtötende Geräusch.

Das Telefon meldete sich in der Außentasche meiner Jacke, aber Oli würde es wohl gewiss nicht sein. Der war am Kistenpacken.

Als mich ein neuer Weinkrampf schüttelte, warf ich mein treues Rad auf den steinernen Boden, setzte mich auf eine nahestehende Bank und ließ den Tränen freien Lauf. Ich fühlte mich benutzt, gedemütigt und kam mir so unglaublich naiv vor.

Mein Handy meldete im Minutentakt neue Anrufe.

Nur noch kurz die Welt retten.

Kurzerhand stellte ich es ab.

14

Wenn ich verkatert schon aussah, als würde ich einen gesalzenen Infekt ausbrüten, dann wollte ich wirklich nicht wissen, was die Leute an diesem Morgen dachten. Ich sah aus, als hätte der Vogelgrippevirus oder irgendeine subtropische Krankheit von mir Besitz ergriffen. Oder noch schlimmer. »Präfinal« würden die Möchtegern-Mediziner unter uns meinen Zustand bezeichnen. Und so fühlte ich mich tatsächlich nach einer Nacht, in der ich ständig zwischen Selbstmitleid und Selbstvorwürfen hin und her gewechselt war. Die Schuldzuweisungen waren aber selbstverständlich auch über Oliver, die Kakerlake, zu Suse gewandert, von der ich ziemlich enttäuscht war. Mochte sein, dass sie tatsächlich nichts von seiner fortlaufenden Beziehung wusste und das überraschte Gesicht gestern Abend nicht vorgetäuscht war.

Und jetzt kam das große, gewaltige, alles vernichtende Aber: Wie konnte sie mich nur in die Arme eines egozentrischen, verlogenen Flachlegers treiben?! Sie hatte ihn mir angepriesen wie der Gemüsehändler die Gurken. Wegen ihm war ich überhaupt zum Güterbahnhof gekommen und hatte mir den selbstverliebten Glatzkopf und seine bekloppten Schritte angetan. Ich hätte einfach ein gutes Buch lesen oder mit Flo drei Bier trinken können. Ich schämte mich ungeheuerlich dafür, dass ich mich dem Kerl so angeboten und mich ihm billig an den Hals geworfen hatte. Vielleicht hätte ich ihm noch ewige Liebe schwören sollen, das hätte die Blamage perfekt gemacht. Hmmmpf.

Arbeit lenkt ab. Und davon hatte ich mit Sicherheit genug. Der Elternabend war auf den heutigen Tag festgelegt worden, und es gab noch eine Menge zu tun für mich. Zum Beispiel war es meine Überzeugung, dass sich die Eltern als meine Gäste wohl fühlen sollten und dadurch eine bessere Basis für Gespräche geschaffen wurde. Um das hinzubekommen, sorgte ich immer für Sprudel, Säfte, Kekse und Salzgebäck auf den Schultischen, an denen die Mamas und manchmal auch Papas am Platz ihrer Kinder sitzen würden. Ohne Auto war das immer eine zeitaufwändige Sache, die mir heute mehr als recht war. So kam ich schon nicht in die Versuchung, mir das Hirn über eine Person zu zermartern, die noch nicht mal ein müdes »Hallo« von mir wert war.

Ich packte mir eine Bürste, das obligatorische Deo (ohne Aluminiumsalze!) für lange Arbeitstage und ein frisches Oberteil in den kleinen lila Rucksack, schnappte meine Schultasche und fuhr mit dem Rad die morgendlichen Kilometer. Die Bewegung wirkte befreiend auf den Körper und irgendwie sogar auf meine angeknackste Seele.

Als ich an meiner Grundschule ankam, hatte ich längst beschlossen, den Namen Oliver aus meinem Vokabular und die dazugehörige Person aus meinem Gedächtnis zu streichen. Der Rückweg konnte ja dafür genutzt werden, mit Suse innerlich meinen Frieden zu schließen.

Der Tag lief erstaunlich reibungslos und ging schneller herum, als ich das am Morgen zu hoffen gewagt hatte. Ich vergaß zwischenzeitlich mein Dilemma und musste sogar aus vollem Herzen lachen, als Katrin auf eine eigenwillige Wortschöpfung bestand.

»Deine Geschichte ist super gelungen und es macht große Freude, dir beim Erzählen zuzuhören, aber die Mehrzahl von Schaf ist nicht Schäfe, sondern Schafe.«

Ich musste eine Weile mit dem Mädchen diskutieren. Die Zeiten, in denen Lehrer prinzipiell Recht hatten, waren wohl irgendwie vorbei.

Kurz vor acht füllte sich der Klassenraum mit wesentlich größeren Personen, die aber schwatzen und schnattern konnten wie ihre Sprösslinge am Morgen. Einige Väter waren – wahrscheinlich gegen ihren Willen – mitgetrottet und saßen etwas unbeteiligt neben ihren plaudernden Gattinnen. Nur zwei von ihnen waren im Gespräch vertieft. Wenn ich das Blitzen in den Augen richtig interpretierte, ging es um die Formel 1 oder Fußball. Bei Herrn Frendrich, dem Vater von Nick, wäre ich auch ganz gerne mal das Boxenluder gewesen, ohne zu wissen, was genau in ihren Aufgabenbereich fiel. Nein, nicht wirklich, aber es war schon nett, einen solchen Prachtjungen hier sitzen zu haben. Damit meinte ich nicht den Jungen, sondern dessen Vater, versteht sich.

Dieses ansehnliche Exemplar der Spezies Mann erinnerte mich nicht zum ersten Mal an einen Kommilitonen, der im gleichen Stockwerk meines Wohnheimes gewohnt hatte. Wir waren damals siebzehn Studentinnen und Studenten, die alle froh waren, eine billige Unterkunft für die Dauer ihres Studiums gefunden zu haben. Damian war Pole und für ein Semester an der Uni Freiburg an der philosophischen Fakultät eingeschrieben. Es musste wohl nicht erwähnt werden, dass ich mich eigentlich eher weniger für die Theorien von Nietzsche und Kant interessierte. Eigentlich. Meistens sah man mich dennoch bis tief in die Nacht am Weinglas und seinen Lippen hängen, wenn er über Heideggers abendländische Philosophie referierte. Ich saugte Wein und seine Reden auf wie meine Schüler Fanta oder Sprite, nur dass sie es nicht mit höllischen Kopfschmerzen und Übelkeit am nächsten Morgen büßen mussten. Einer dieser Sonnenaufgänge (mittags um 12 Uhr) war besonders schmerzhaft gewesen. Ich erfuhr durch einen anderen Mitbewohner von Damians Abreise, eine Woche vor Semesterende. Vielleicht würde es irgendwann eine philosophische Schrift vom abrupten Abgang geben. Oder so. Aber schön war er gewesen, der polnische Student. Und die Ähnlichkeit mit Herrn Frendrich war unverkennbar.

Trotz nervösem Kribbeln, das ich immer noch verspürte, wenn ich vor einer größeren Gruppe reden musste, freute ich mich auf den Austausch mit den Eltern und versprach mir gute Lösungen bei den offenstehenden Fragen. Zum Beispiel fehlte nach wie vor die männliche Begleitperson, ohne die eine Klassenfahrt aus rechtlichen Gründen gar nicht zulässig war. Aus dem Kollegium kam niemand in Frage: Siggi stand für solche Aktionen nicht mehr zur Verfügung, und auch wenn die Schule gut vier Tage auf ihren unnützen Rektor verzichten könnte, würde ich lieber in Frührente gehen als mit dem Rastler in den Wald zum Campen. Uaaahhhh, in Gedanken stellte ich mir schon vor, wie er hinter einem Baum in Deckung ging, mit ein paar Zweigen getarnt, und mucksmäuschenstill darauf wartete, dass alle Kinder schliefen. Vorzugsweise im Trenchcoat, darunter splitterfasernackt.

Das war keine Kleinmädchenfantasie, die ich mir hier zusammenspann, so mit Chef und der abhängigen, untergebenen Angestellten. Diese Vorstellung war durchaus realistisch, denn dem Rastler traute ich solche Schweinereien problemlos zu. Verstohlen begann ich zu kichern, als mir ein Witz einfiel, der genau zu dem Bild passte, das ich vor Augen hatte: Da kommt eine Frau vom Einkaufen zurück, schiebt den vollen Einkaufswagen zum Auto und beginnt, die Lebensmittel im Kofferraum zu verstauen. Plötzlich taucht ein fremder Mann vor ihr auf, dreht sich zu ihr und öffnet mit Schwung seinen Trenchcoat, unter dem er komplett nackt ist. Die Frau sieht ihn an, klatscht sich gegen die Stirn und stöhnt: »O nein, die Shrimps hab ich vergessen!« An welches Kleingetier zu Wasser und zu Land wohl Frau Rastler dachte, wenn sie ihren Mann sah, wie Gott ihn geschaffen hatte?

Dieser gedankliche Exkurs hatte zwar dafür gesorgt, dass meine Aufregung etwas nachließ, aber ich musste dringend wieder seriös werden. Nicht auszudenken, wenn ich auf einmal da vorne anfing, unanständige Witze zu erzählen! Zu Florians Leidwesen kannte ich eine ganze Menge. Und mich selbst kannte ich auch: Wenn die Hemmschwelle bei mir einmal gesunken war, setzte der Verstand aus. Das konnte auch im nicht alkoholisierten Zustand passieren, beispielsweise bei großer Nervosität. Aber Herrn Frendrich würde ich mir tatsächlich gerne mal im Trenchcoat anschauen.

Hmmmpf. Contenance, Frau Lehrerin!

Es kamen erstaunlich viele Eltern, die mich freundlich begrüßten und erwartungsvoll bei den entsprechenden Namensschildchen Platz nahmen, die ihre Kinder eigenhändig für sie geschrieben und gestaltet hatten. Manche Schülerinnen und Schüler hatten sogar Rinde und Blätter gesammelt und diese mühevoll mit Bastelkleber auf den Schildern befestigt, um das Hauptthema des heutigen Abends, das »Waldcamp«, aufzugreifen. Ich würde diese Klasse ganz schön vermissen, wenn unsere gemeinsame Zeit am Ende des Schuljahres vorbei war und sie auf die weiterführenden Schulen gehen würden. So mussten sich Eltern fühlen, deren Kinder flügge wurden und ihnen langsam, aber sicher den Rücken zukehrten. Es gab durchaus Klassen, die man mit Freude ziehen ließ. Aber ich hatte diese Mädchen und Jungs echt ins Herz geschlossen. Naja, zumindest die meisten von ihnen.

Wir klärten gerade die Frage, wie viel das Geschenk für die Schirmherrin des Fördervereins »Kinder(T) raum«, die uns besucht und der Klasse etwas über das nahegelegene SOS-Kinderdorf erzählt hatte, kosten sollte, als die Tür aufging und sich ein Nachzügler der Gruppe anschloss.

Wenn mich schon in den letzten Tagen das Gefühl verfolgt hatte, in einem Film – manchmal in einem äußerst schlechten – mitzuspielen, dann war das jetzt ein Gruselstreifen der ganz besonderen Art: Mit einem entschuldigenden Blick setzte sich der Höllenhund-Besitzer in die letzte Bank, zog umständlich seine Jacke aus und hängte sie über die Stuhllehne.

Ich hatte komplett den Faden verloren.

Er schien auch überrascht über meinen Anblick, denn sein Gesicht verfinsterte sich sekündlich, als wir uns anstarrten wie das römische Heer die mit Zaubertrank gedopten Gallier kurz vor der Schlacht.

Mit dem Unterschied, dass ich garantiert nichts von dem Druiden Miraculix eingeflößt bekommen hatte und meine Kräfte alles andere als bärenstark waren. Ich hatte keine Ahnung, was dieser Mensch hier suchte. Obwohl mich bei diesem Kerl nichts mehr wundern sollte, war ich irgendwie doch ziemlich baff ob so viel Dreistigkeit, meinen Elternabend bewusst zu stören und ungefragt daran teilnehmen zu wollen. Eine Frau schien ihn zu kennen, denn beim Hereinkommen hatten sich einige Köpfe neugierig zur Tür gewandt, und Laras Mutter begrüßte den Störenfried mit einem angedeuteten Lächeln. Gehörte er etwa zu ihr? Herr Frendrich musste auch schon einmal mit ihm über Fußball philosophiert haben, denn er grüßte auf Männerart, indem Zeige- und Mittelfinger der rechten Hand das Victory-Zeichen formten.

So viel Coolness vertrug ich nicht.

»Frau Bernfeld, ist alles in Ordnung? Ist Ihnen nicht gut? Lisa, mach doch mal eben das Fenster auf, Frau Bernfeld sieht ganz blass aus.«

Okay, es war wohl an der Zeit, wieder Frau der Lage zu werden – ob mit Zaubertrank oder ohne.

»Verzeihen Sie bitte, ich hätte wohl zwischendurch mal eine Kleinigkeit essen sollen. Mir war etwas flau«, entschuldigte ich meinen Aussetzer und erstickte die aufkommende Debatte über meine Figur, die eine Diät nun wirklich nicht nötig hätte, im Keim.

»Kommen wir zu Punkt vier unserer Tagesordnung. Wie Sie dem vor Ihnen liegenden Programm des heutigen Abends entnehmen können, geht es um die viertägige Klassenfahrt, die als Abschluss der Grundschulzeit üblich ist. Vielleicht haben Sie schon von dem kleinen Problem gehört, dass mir ein Mann fehlt.«

Hier wurde ich von heiterem Gelächter der Damen unterbrochen. Zu allem Überfluss merkte ich, wie mir das Blut augenblicklich in den Kopf stieg.

»Wir finden einen für Sie. Wie soll er denn aussehen? Blonde Haare oder lieber einen dunklen, südländischen Typ? Würde Ihnen der Luis gefallen?«

Sie waren kurz davor, mir ein Profil für verschiedene Singlebörsen im Internet zu erstellen.

»Nein, natürlich nicht so«, versuchte ich zu retten, was zu retten war, »für das Waldcamp. Es hat sich bisher niemand zur Verfügung gestellt.«

Ich war sonst für flapsige Bemerkungen sehr zu haben, gerne auch auf meine Kosten, aber nicht in Anwesenheit des römischen Heeres, das die Schwerter schon gezückt zu haben schien.

Und in diesem Moment blies die Fanfare zum Angriff: »Ich würde Sie begleiten.«

Stille. Lange, absolute, ausnahmslose Stille. Damit hatte wohl niemand gerechnet, ich am allerwenigsten.

Die ersten Mütter klatschen zaghaft, schließlich aber beherzter in die Hände, sie schienen erleichtert zu sein, dieses Problem aus dem Weg zu haben.

Da hatte ich wohl auch noch ein Wörtchen mitzureden, bevor das hier durch Beifall besiegelt wurde. Herr Höllenhund wollte also eine Schlacht? Die konnte er haben.

»Entschuldigen Sie bitte, es ist ja sehr edel und hilfsbereit von Ihnen, den Ausflug möglich machen zu wollen, aber wer sind Sie denn überhaupt? Gehören Sie zu einer der Damen?«

»Entschuldigung, wir kennen uns tatsächlich nicht. Jan Bender.«

Bender? Bender? Mein Getriebe ratterte auf Hochtouren, und dann fiel der Groschen. Das sollte Eriks Vater sein? Erik Bender, dessen Mutter ich seit Wochen zu erreichen versuchte? Der hatte einen Vater? Ich meine, natürlich hatte er einen Vater, irgendwo mussten ja die Spermien herkommen, die damals zur Eizelle gewandert waren, aber live und in Farbe?

»Äh, ach so, ja, Eriks Vater.«

Mensch, Laura, hochintelligent, diese Feststellung.

In der Regel liefen die Elternabende bei mir ziemlich reibungslos: Ich kam mit den Müttern und Vätern klar, die Mütter und Väter mit mir. Alles gut. Aber dieser Abend war das reinste Desaster, die Hölle auf Erden.

Höllentrip mit Höllenhunds Herrchen.

Erstaunlich freundlich riss mich Herr Bender, der meine Verwirrung bemerkt zu haben schien, aus den Gedanken und versuchte, seine Beweggründe für dieses Angebot zu erklären.

»Wir haben zuhause im Moment ein paar Probleme, unter anderem hat Eriks Asthma dramatischere Formen angenommen. Ich war schon bei seinem behandelnden Arzt, bin aber noch nicht wirklich weitergekommen. Ich möchte ihn gerne in diesen vier Tagen im Blick behalten. So würden wir zwei Fliegen mit einer Klappe schlagen: Eine männliche Begleitperson wäre gefunden, und ich kann Erik bei Anfällen helfen. Ansonsten würde ich den Jungen zu Hause lassen.«

Die anwesenden Mütter fingen schon wieder an zu klatschen.

Aaaargggghhh! Ich würde ihre Hände gleich am Stuhl festbinden. Fielen denn alle Anwesenden auf diesen Kerl rein? Die ganze Zeit kümmerte er sich nicht um seinen Sohn und plötzlich ganz der aufopferungsvolle Vater? Seinen Hund ließ er ja auch herrenlos durch die Gegend streunen und scherte sich einen Dreck darum! Ich war innerlich kurz vorm Platzen. Den ganzen Oliver-Frust packte ich noch obendrauf.

Ich wollte gerade zum gnadenlosen Konter ausholen, als sich Frau Senker meldete. »Ach, Frau Bernfeld, ich find das echt spitze. Wirklich suuuper, diese Lösung. Also, das ist meine persönliche Meinung, vielleicht sehen das die anderen aber auch so. Der arme Erik ist gut versorgt, und der Jan kann sicher ganz wunderbar mit den Kids umgehen. Stecken schnitzen und Laubhäuser bauen. Was Männer im Wald eben so alles machen. Das wird klasse.«

Und wieder klatschten alle beifällig. Ich musste wohl erkennen, wann die Schlacht verloren war. Aber wie Primus Cactus im »Sohn des Asterix« schon sagte: »Wir haben eine Schlacht verloren, aber nicht den Krieg!«

Es schien niemandem aufzufallen, dass sich meine Begeisterung über diesen unverhofften Männersegen sehr in Grenzen hielt, und auch Herrn Bender interessierte das wohl reichlich wenig. Er zog seine Jacke ähnlich umständlich an, wie er sie abgelegt hatte, und verließ den Raum so unverschämt, wie er gekommen war. Er hätte ja wenigstens warten können, bis ich die obligatorischen Schlussworte gesprochen und den Abend offiziell beendet hatte. Blödmann.

Da viele bereitwillig mit anpackten, war schnell klar Schiff gemacht und ich auf dem Weg nach Hause.

Ich nutzte tatsächlich die Rückfahrt, um mir über Suses misslungene Kuppelaktion Gedanken zu machen. Es gelang mir nur bedingt, weiter auf meine Freundin sauer zu sein, denn letzten Endes hatte sie sicher nicht in böser Absicht gehandelt, und so schrieb ich ihr vom Bett aus eine Nachricht (sie hatte mir bis dahin die zehnfache

Menge hinterlassen): »Hi, Suse. Krisengespräch morgen 19 Uhr in meiner Wohnung. Du zahlst. Viel.«

Wir hatten ein sehr begrüßenswertes Ritual, auf das ich in dieser Nachricht anspielte. Bei unseren zahlreichen Treffen wurde bei Bedarf festgelegt, wer zuvor einen Abstecher zum Getränkehändler machen musste, um eine Flasche vom extra trockenen Blubberwasser zu besorgen. Bei diesem Gespräch würde es bestimmt kein Fehler sein.

15

Am Dienstagabend stand Suse pünktlich um sieben vor meiner Tür, mit schuldbewusstem Blick und in jedem Arm eine Flasche Prosecco meiner Lieblingsmarke.

Ihr zerknirschtes Gesicht ließ mich im Grunde schon schmelzen. Ich hatte die Braut in spe eigentlich sehr lieb und hielt es kaum aus, dass etwas so Gravierendes zwischen uns stand.

Meine Konfliktfähigkeit war generell gut trainiert, wozu war ich mit einem Bruder wie Peter aufgewachsen! Als wir jünger waren, polsterten wir alle Türklinken und andere hervorstehenden Stellen mit Tüchern aus und kämpften dann so lange, bis einer von uns kapitulierte und sich schweren Herzens ergeben musste. Das war eigentlich immer ich, weil Peter mit seinen paar Jahren mehr auf dem Buckel kräftemäßig haushoch überlegen war. Trotzdem war es für uns beide ein großes Vergnügen, und angestauter Frust und Aggression waren nach der Anstrengung gänzlich verflogen. Ob ich mit Suse mal einen Ringkampf machen könnte?

Noch während ich diese Möglichkeit in Erwägung zog, kam Suse einen Schritt auf mich zu, legte ihre Arme um meinen Hals und ergab sich schon, ehe ich den Ringkampf überhaupt vorschlagen konnte.

»Es tut mir so leid. Hätte ich geahnt, dass Oli so ein Arsch ist! Der Ferry hat mir echt erzählt, dass er wieder solo wär. Warum hätte ich das auch nicht glauben sollen? Ich dachte, er gehöre zu der Gruppe der Guten, so wie der aussieht. Bist du noch arg sauer auf mich?«

Gegen meinen Willen musste ich grinsen. Suse, die zu Kreuze kroch, war einfach zu goldig.

»Nein, entspann dich. Und wenn du endlich den Sekt aufmachst, mag ich dich schon fast wieder.«

»Na, dann aber schnell, hol du zwei Kristallschalen, ich kümmere mich um die Flasche.«

Mit unvornehm hoch gefüllten Gläsern stießen wir auf uns und unsere Freundschaft an. Dann war ich bereit, Suse meinen Plan zu eröffnen.

»Ich werde mich rächen.«

»Du wirst *was*? An mir?« Panisch stellte meine Freundin ihr Glas auf meinen feudalen Barock-Couchtisch und starrte mich mit aufgerissenen Augen an. »Bist du doch noch sauer? Ich dachte, wir hätten das geklärt. Was kann ich tun, damit du mir verzeihst? Mensch, Laura, es tut mir doch so leid!«

»Nein, Su, komm mal wieder runter. Ich will mich natürlich nicht an dir rächen. Am Schmalhirn.«

»Oli?«

Meine Güte, vielleicht sollte sie den Sekt mal etwas schneller trinken, so schwer wie sie von Begriff war.

»Natürlich an Oli. An seiner Freundin ja wohl kaum, die ist ja schon gestraft genug mit so einer unehrlichen Kanaille. Und du wirst mir dabei helfen.«

Überzeugt sah Suse nicht gerade aus. »Hast du denn einen Plan?« Sie schaute mich skeptisch an.

»Nö. Noch nicht, aber bald. Wir müssen uns halt etwas überlegen. Der Idiot kann mich doch nicht nach Strich und Faden verarschen. Irgendetwas muss uns einfallen, wie man sich an dem selbstgefälligen Sack rächen kann.«

So langsam schien meine Freundin Geschmack an der Vorstellung zu bekommen. »Heißt das, du bist nicht mehr traurig wegen Oli?«

Verächtlich schnaubend schüttelte ich den Kopf, was keine gute Idee war, wenn man sich gleichzeitig das Glas neu füllte. Ich wischte den Fleck mit dem Ärmel auf und dachte laut vor mich hin.

»Der Depp muss bluten. Und seine treudoofe Freundin soll endlich erkennen, was ihr Macker für einer ist. Vielleicht«, und damit wandte ich mich an meine Freundin, »gehst du zu ihm nach Hause und sagst der Tante einfach, wie sich ihr toller Partner so verhält, wenn sie nicht auf ihn aufpasst.«

»Wieso ich? Ist es nicht viel klüger, wenn du das selbst machst? Schließlich hat er Jule mit dir betrogen.«

»Nie wieder setze ich noch einmal einen Fuß über seine Türschwelle. Und ihm will ich in diesem Leben auch nicht mehr begegnen. So viele Gläser Sekt kann ich gar nicht trinken, dass ich Olivers Visage noch einmal ertragen könnte.«

Suse nickte verständnisvoll. »Aber er wird doch alles abstreiten. Ich denke schon, dass Jule eher ihrem langjährigen Freund glaubt als jemandem völlig Fremden.«

Hmmmpf. Da hatte Suse wohl recht. Vielleicht war es die Wirkung der ersten Flasche Sekt, möglicherweise auch die Vorstellung seines dämlichen Gesichtsausdruckes bei meinem Plan, der in mir gerade am Entstehen war.

»Ich war doch am Sonntag bei meinen Eltern. Und Peter war auch da.« Ich erzählte Suse die Geschichte mit seiner angeblichen Blauzungenkrankheit. »Und was ist, wenn wir uns diesen Schülerstreich abgucken und ich mir die Zunge blau färbe? Du machst ein Foto und bringst es besorgt zu dem Depp, natürlich wenn wir vorher sichergestellt haben, dass seine Freundin auch zu Hause ist. Du zeigst ihnen das Foto und sagst, dass es dich ja eigentlich nichts anginge, mit wem er in die Kiste steige, aber deine Freundin wäre am Blauzungenvirus erkrankt und dass man sich über den Speichel anstecken würde. Und da du ja wüsstest, dass er mit der infizierten Freundin …«

Erwartungsvoll und zugegebenermaßen schon ein bisschen benebelt sah ich Suse an, die nachdenklich eine Strähne ihres Kataloghaares in den Fingern drehte.

Nach einer längeren Pause schüttelte sie schließlich den Kopf. »Nee, Laura, das ist keine schlechte Idee, aber er kann es ja einfach abstreiten, schließlich hat er keine blaue Zunge und wird sie auch nie bekommen.«

»Dohoch, wird er. Du hilfst am Donnerstag beim Umzug und kippst ihm irgendwas ins Bier, was seine Zunge blau färbt. Bei jedem Wohnungswechsel, bei dem Studenten und Männer und insbesondere männliche Studenten mithelfen, wird Bier getrunken.«

So schnell ließ ich mich nicht von meiner Idee abbringen. Ich fand sie genial. Und nach jedem Schluck aus meiner Sektschale war ich begeisterter.

Aber Suse hatte auch dazu einen Einwand. »Sag mir etwas, das die Zunge blau macht, aber das Bier nicht verräterisch verfärbt. Außerdem ist die Idee zwar irgendwie witzig, aber nicht glaubwürdig. Und dann hat Oliver einen zeitlich unbegrenzten Freifahrschein in Sachen Fremdgehen, weil Jule merkt, dass man anderen Frauen, die ihrem Traummann so etwas unterstellen, nicht glauben kann.«

Wir überlegten noch eine Zeitlang und spielten unterschiedliche Möglichkeiten durch. Auch dass ich als Beweis für unsere Bettgeschichte von seinem Leberfleck in der Leistengegend wusste, versuchte ich in einen Plan einzubauen, aber am Ende blieben wir ziemlich erfolglos.

Die Fröhlichkeit und Begeisterung, mit der ich mich in die Rachepläne gestürzt hatte und die mir schon im Vorhinein eine gewisse Genugtuung bereitet hatten, waren verflogen. Enttäuscht starrte ich auf die leeren Flaschen vor mir. Sollte Oliver wirklich mit seiner dreisten Tour ungestraft davonkommen?

»Jetzt pass mal auf«, versuchte mich Suse zu trösten, »wir schlafen mal ein, zwei Nächte darüber und treffen uns ... Warte mal, morgen kann ich nicht, da haben Hendrik und ich eine Verabredung mit den Schwiegereltern wegen der standesamtlichen Trauung ... Donnerstag zum Mittagessen. An dem Tag hast du früh unterrichtsfrei und ich leg mir die Termine entsprechend ein bisschen um. Wenn wir dann eine Idee haben, ist der Umzug in vollem Gange und es ist noch nicht zu spät. Gut?«

Hmmmpf. Es war sehr lieb von meiner Freundin, dass sie mir Mut zusprach, aber wahrscheinlich hatte ich mich zu sehr in diese Racheaktion verrannt. Vielleicht sollte ich meine Energie in die zweite Baustelle stecken und überlegen, wie ich den Chef vom Höllenhund loswurde. Vielleicht war der Rastler da doch noch die bessere Alternative?

Aber die Aussicht auf ein gemeinsames Mittagessen mit Suse, wie immer im »Tacheles«, war besser als nichts. Ich war im Moment froh, nicht alleine sein zu müssen. Da gab es gerade zu viel Material für selbstzerstörerische Gedanken.

16

Als die Sonne ins Zimmer schien und der Wecker fröhlich dudelte, stand mein Plan.
Naja, das klang jetzt wohl besser, als es tatsächlich war. Was die Ich-zahl-es-Oli-heim-Aktion betraf, hatte ich keine Ahnung, wie ich weiter vorgehen sollte. Aber mir war immerhin eingefallen, wen ich noch um Hilfe bitten könnte: Florian. Der hatte nicht nur ein ziemlich kluges Köpfchen, er war auch ein Mann und konnte sich vielleicht viel besser in den Mistkerl hineinversetzen, als das bei Suse und mir der Fall war. Puh, ich durfte ihm aber auf keinen Fall sagen, dass ich glaubte, er könne sich gut in Fremdgeher hineinfühlen. In solchen Dingen war er echt sensibel und legte großen Wert auf seine Verlässlichkeit und Integrität.

Eigentlich war Florian ein Traummann, nach dem ich mir die Finger lecken müsste. Auf ihn war tatsächlich hundertprozentig Verlass, er hatte als Diplomphysiker einen sicheren Job, sein Humor war bombastisch, er konnte gut zuhören, und Langeweile hatte man mit ihm eigentlich nie.

Manchmal – nee, eigentlich viel zu selten – holten wir Brittas Zwerge, luden die Kindersitze in seinen Golf und machten mit ihnen einen Ausflug. Wie eine vierköpfige Familie. Das müsste dringend mal wieder auf dem Programm stehen, denn das war sicherlich das, was man als Win-win-Situation verstand: Für Britta und ihren Mann war der kinderfreie Sonntag ein absolutes Geschenk, das sie stets dankbar annahmen. Gleichzeitig genossen wir beide es sehr, in die Mama- beziehungsweise Paparolle zu schlüpfen und großzügig den Geldbeutel zu zücken, wenn eine Eisdiele in der Nähe war. Natürlich war es jedes Mal mindestens genauso schön, die zwei Jungs am Abend wieder loszuwerden und den Tag im Brauhaus ausklingen zu lassen. Aber wir hatten tatsächlich immer eine Menge Spaß, egal ob das Erlebnisbad, Kino oder der Affenwald im Elsass angepeilt wurde.

Ich vermutete, dass Eva diese Qualitäten an ihrem Florian entdeckt hatte und sie durchaus zu schätzen wusste, denn als potentieller Vater gab es nichts an ihm auszusetzen. Eigentlich sah der weltbeste Kumpel auch noch ganz passabel aus, zwar nicht perfekt wie Oliver, aber wenn gutes Aussehen bei Männern grundsätzlich gepaart war mit einem miesen Charakter, war Eva bestimmt glücklich über die etwas abstehenden Ohren. Trotzdem hatte Florian viele Gene, die es verdienten, in die nächste Runde gelassen zu werden.

Suse und Britta, sogar meine Mutter hatten schon mehrfach darauf angespielt, dass wir beide wie geschaffen füreinander wären und bestimmt ein hervorragendes Paar abgeben würden. Aber das kam gar nicht in Frage, weder für ihn noch für mich.

Ich hatte niemals in Erwägung gezogen, mit Florian eine Zukunft aufzubauen. Bei uns fehlte schlicht und einfach die erotische Komponente. Da kribbelte höchstens mein Hintern, wenn ich die Sitzheizung im Golf lange Zeit auf die höchste Stufe gestellt hatte. Im Bauch aber garantiert nichts. Und wir waren beide unheimlich froh darüber, denn in Beziehungen konnte es kriseln; oft wurde das Verhältnis, das man sich mühsam aufgebaut hatte, beendet, und die ehemals Unzertrennlichen gingen separate Wege. Das konnte Florian und mir nicht passieren.

Wir würden noch zahn- und gedächtnislos Rollstuhlrennen im Altenheim gegeneinander austragen, vorzugsweise völlig bekifft. Mit vierundneunzig Jahren musste man sich über die potentielle Gefahr einer Abhängigkeit und der dauerhaften Bewusstseinsveränderung keine Sorgen mehr machen. Wir hielten beide von solchen Drogen nicht viel, aber die Vorstellung, völlig stoned den Gang im Pflegeheim entlangzudüsen, erheiterte uns immer wieder aufs Neue.

Und genau diesen Mann würde ich mit ins Boot holen. Gleichzeitig könnte er wieder über die Eva-Situation sprechen und seinem Herzen Luft machen. Schon wieder Win-win.

Ich schrieb ihm eine Nachricht, die magische Wörter wie »Notfall« und »Alarmstufe rot« beinhaltete, und es dauerte keine zwei Sekunden, da pfiff mein Handy eine Antwort: »Wann?«

Ich: »19 Uhr Brauhaus?«

Er: »Ok.«

Was sollte ich sagen. War mein Denken zu klischeehaft, wenn ich diesen Briefwechsel wieder einmal seinem Y-Chromosom zuschrieb? Aber besser konnte es gar nicht für mich laufen. Jetzt müsste er nur noch eine Idee aus dem Ärmel zaubern, wie Oliver das dümmliche Grinsen gehörig vergehen könnte, dann war mein Leben wieder in Ordnung.

Fast zumindest. Denn das Höllenhund-Problem hing mir noch ziemlich bedrohlich im Nacken.

Und wie akut es tatsächlich war, zeigte sich beim ersten Schritt auf den fleckigen Teppichboden des Lehrerzimmers meiner Schule.

»Meine sehr verehrte Kollegin, ich freue mich, Sie zu sehen! Sie sehen heute Morgen wieder ganz bezaubernd aus. Das Lila Ihres Oberteils bringt die dunkle Haarfarbe wunderbar zur Geltung.«

Hatte denn jetzt der Rastler möglicherweise gekifft? Vielleicht war er kurz vor dem vierundneunzigsten Lebensjahr und kümmerte sich nicht mehr um das Beamtenrecht? Für nicht ganz zurechnungsfähig hielt ich ihn ja schon lange.

»Sie haben Besuch, werte Frau Bernstein!«

Dass ich nicht hieß wie der Klunker, den Mama zu festlichen Anlässen um den Hals trug, sagte ich ihm fast täglich, woraufhin er mir stets zuzwinkerte und versicherte, ich sei aber mindestens genau so wertvoll wie das goldbraune Gestein. Schmieriger Lappen!

Neben dem Rektor stand Jan Bender, bei dem entweder das Gebäude unangenehme Erinnerungen an die eigene Schulzeit weckte oder aber die Konfrontation mit mir ihm unangenehm war. Selber schuld. Meine Wenigkeit hatte ihn sicher nicht hergebeten. Ich war aber doch professionell genug, mein verbindliches Gesicht aufzusetzen und dem ungebetenen Gast die Hand zu geben.

»Herr Bender, guten Morgen, was kann ich für Sie tun?«

Was muss, das muss, sagte meine Mutter in jeder Situation, in der dieser Spruch nur annähernd passte.

»Ich dachte, es wäre vielleicht ganz gut, wenn wir uns mal an die Planung machen würden. Für das Waldcamp im Juni.«

Hallo? Wer hatte hier ominöses Kraut geraucht? *Ich* würde planen, im Übrigen war schon für das meiste gesorgt: Der Zeltplatz war reserviert, Förster Friedmann würde mit uns den Wald erkunden, die Einkaufsliste lag fertig erstellt auf meinem Schreibtisch. Und für die weiteren Details würde ich bestimmt keinen Vater brauchen, der nach neun Jahren seine Pflichten entdeckte. Pffffff.

Ich atmete einmal tief durch, lächelte erst dem Schmierlappen, dann Herrn Bender so verbindlich wie nur möglich zu und schüttelte unmissverständlich den Kopf.

»Herr Bender, es ist schon viel verlangt, dass Sie vier Tage Ihrer wertvollen Zeit opfern, da müssen Sie wirklich nicht noch …«

Eriks Vater hatte wohl den ironischen Unterton in meiner Antwort bemerkt, denn er schaute mich verärgert an und unterbrach mich etwas ruppig. »Doch, ich muss. Ich habe mich zur Verfügung gestellt und trage somit auch die daraus entstehenden Konsequenzen.«

Konnte der eigentlich auch freundlich gucken?

»Nee, Laura, dieses Prachtexemplar teilt mit dir das Zelt? Da musst du aber keine wilden Tiere fürchten. Naja, vielleicht nur ein wildes Tier …«

Gertrud hatte Neuigkeiten gewittert, wie sollte es auch anders sein. Und wenn ich bei der Begrüßung des Schulleiters schon ordentlich am Fremdschämen war, dann nun aber so richtig. Meine Kollegin hatte wirklich keine Hemmungen, sich einzumischen und ihre peinlichen Kommentare in die Welt zu posaunen. Die hatte ja nicht mehr alle Tassen im Schrank. Wo der schlief, war mir nun wirklich egal, aber sicher nicht in meinem Zelt.

Während eine fröhliche Diskussion in Gang kam, ob Herr Bender nun mitorganisieren sollte oder nicht, musterte ich meinen ungewollten Begleiter etwas genauer:

braunes, leicht gewelltes, dazu recht dichtes Haar, eine markante Nase und graugrüne Augen, die von vielen kleinen Fältchen umrahmt wurden. Bei jedem anderen Mann hätte ich daraufhin auf einen lebensfrohen, lustigen Charakter geschlossen. Bei Jan Bender musste ich davon ausgehen, dass er von seinem Arbeitsplatz aus oft in Richtung Sonne schauen musste und die Augen zusammenkniff, um sie vor der Helligkeit zu schützen. Bei diesem Kerl entstanden keine Lachfalten. Seine breiten Schultern und die kräftige Statur waren sicher kein Nachteil, wenn ich mit einer Horde von Viertklässlern schutzlos auf einer Waldlichtung kampierte. Er könnte ohne große Veränderung Arzt in einer Vorabendserie der Öffentlich-Rechtlichen sein. In einer richtig schlechten. Aber mit dem Programm, das meine Eltern gern sahen – und dazu gehörten diese Arztserien definitiv – konnte man mich generell jagen.

Aha, Schwächen hatte er wohl neben Verantwortungslosigkeit und Unverschämtheit noch mehr, denn unter seiner Trekkingweste zeichnete sich ein unverkennbarer Bauch ab. Nicht groß, aber es reichte, um eine etwas gehässige Genugtuung in mir breit werden zu lassen. Ein bisschen schämte ich mich für diese Gedanken, aber es traf dabei nun wirklich keinen Unschuldigen.

»Sie können bestimmt behände mit der Axt umgehen, Sie Guter. Ihnen traut man da eine ganze Menge zu, wenn ich mir Ihre Oberarme so ansehe.«

Getrud ging in die Vollen und ließ sich nicht vom ungeduldigen Räuspern ihres Chefs aus dem Konzept bringen.

Mir wurde das hier echt zu blöd. »Es tut mir leid, Herr Bender, aber ich muss noch ein Arbeitsblatt kopieren, das Klassenbuch holen, mein Zimmer lüften … Ich habe jetzt wirklich keine Zeit mehr. Ich melde mich bei Bedarf.«

Mit diesen Worten schüttelte ich dem leicht überrumpelten Störenfried die Hand und rauschte in den Nebenraum, um mein Vorhaben in die Tat umzusetzen. Ach, Laura, lobte ich mich im Stillen, das hast du gut hinbekommen. Der sollte doch nicht denken, man tanzt, wenn er pfeift.

Pünktlich auf die Minute stieß ich die große Schwingtür der Gastwirtschaft auf und sah mich erwartungsvoll um. Das war mitunter das Schöne an einer Freundschaft: Frau musste nicht taktieren und so tun, als wäre der Wartende nicht wirklich von Interesse. Ich lief auf Florian zu, der mir am gewohnten Tisch fröhlich entgegenwinkte, und gab ihm einen dicken Kuss auf die linke Backe. In diesem Moment wurde mir mal wieder bewusst, wie schön es war, Menschen zu haben, auf die man sich verlassen konnte. Freunde, die einem so sympathisch waren, dass man vierzig Tage mit ihnen im Wald zelten würde.

»Hi, da kommt gerade die Bedienung. Soll ich direkt was für dich bestellen?«

»Eine große Apfelschorle«, wandte ich mich an die Kellnerin, um gleich darauf mit der Tür ins Haus zu fallen. »Ich erkundige mich nachher in allen Einzelheiten nach Eva, ihren Plänen, deinen Gedanken dabei, aber jetzt brauch ich erstmal deine Hilfe. Also objepasst.«

Wir hatten dieses Schlagwort als Souvenir von einem gemeinsamen Amsterdam-Trip mitgebracht und liebten dessen Gebrauch. Wenn einer von uns »objepasst« sagte, kam etwas wirklich ungemein Wichtiges, und der andere musste tatsächlich all seine Sinne beisammenhalten und äußerst klug reagieren. Das Abstruse an der Sache war, dass wir keine Ahnung hatten, ob es diesen Begriff in der holländischen Sprache überhaupt gab oder ob es eine kreative Neuschöpfung an diesem ereignisreichen Wochenende gewesen war. Es kam auch nicht wirklich darauf an, Hauptsache, das Gegenüber war so konditioniert, dass es in den Aufnahmemodus wechselte, sobald das Wort fiel.

Ich erzählte Florian meinen Plan, es Oliver heimzuzahlen, was eigentlich noch kein wirklicher Plan war. Zunächst freute er sich, dass Suse nicht mehr in Ungnade leben musste und wir Frieden geschlossen hatten, dann lauschte er mit gerunzelter Stirn meinem Bericht vom letzten Abend.

Obwohl bei ihm keine Unverträglichkeit festgestellt worden war, verzichtete Flo offiziell auf alles, was glutenhaltig sein könnte. Inoffiziell wurde er eigentlich bei jedem Brötchen schwach, das um eine rote lange Wurst mit Zwiebeln und Ketchup gewickelt war und das er samstags auf dem Markt zu kaufen pflegte. So knabberte er jetzt eine Salzstange nach der nächsten, die in großen, steinernen Bierkrügen zum freien Verzehr angeboten wurden.

»Ich muss erstmal pinkeln.«

Diese Reaktion hatte ich mir eigentlich nicht erhofft. Oder konnten Männer mit voller Blase nicht denken? Wenn unten voll, dann oben leer? Hmmmpf.

Irgendwie war es bei Flo tatsächlich so, denn als er von der Toilette zurückkam, hatte er mir wirklich etwas zu sagen.

»Ich weiß nicht, ob dir gefällt, was ich jetzt sage, aber ich mache dir einen Vorschlag: Wir lassen uns nicht von diesem bescheuerten Oliver den Abend verderben und beenden das Thema erst mal. Ich verspreche dir aber, dass ich mir auf der Heimfahrt Gedanken mache und dir eine Mail schreibe, wenn ich eine Lösung gefunden habe. Was hältst du davon?«

Wenn es nach mir gegangen wäre, hätten wir die nächsten drei Stunden damit verbracht, fiesen, sadistischen, hinterhältigen Mordfantasien nachzugehen, aber sein Argument war irgendwie einleuchtend. Der Abend war zu wertvoll, um Oliver als Thema zu haben.

»Alles klar. Dann schau ich nochmal nach, wenn ich zu Hause bin. Danke dir. Und jetzt erzähl, wie geht es dir denn? Hast du mit Eva über deine Bedenken gesprochen?«

Überraschend zufrieden wirkend, lehnte sich mein einzig wahrer Mann zurück und verschränkte die Arme hinter seinem Kopf. »Alles gut.«

»Wie, alles gut? Könnte der Herr vielleicht etwas ausführlicher werden?«

»Ich habe nachgedacht. Und eigentlich hast du ausnahmsweise mal Recht, mit dem, was du im Thermalbad gesagt hast.«

Ich beugte mich über den Holztisch, um ihm ordentlich in den Bauch zu knuffen, aber meine Arme waren zu kurz für diese Aktion. Stattdessen stieß ich meine halbvolle Apfelschorle um, die sich über die gesamte Tischbreite ergoss und auf meine Hose tropfte.

»Maaaaann!«

Wütend sprang ich auf und versuchte, die Situation unter Kontrolle zu kriegen. Die Bedienung brachte mir geistesgegenwärtig Tücher, und ich nahm mir vor, ihr später ein ordentliches Trinkgeld zu geben.

Als alles wortwörtlich wieder »in trockenen Tüchern« war, hakte ich nochmal nach. Auch wenn es ganz schön frech gewesen war, die Hauptaussage war ganz gut gewesen: Ich hatte Recht gehabt! Olé, olé, olé, olé!

»Ich habe immer Recht, aber womit diesmal?«, pokerte ich und grinste Florian herausfordernd an.

»Ha, mit allem halt. Dass es ein Kompliment von Eva ist, unsere Zukunft an die Spitze ihrer Pläne zu stellen, samt Zusammenziehen und Kinderkriegen, und dass bis dahin noch viel Zeit vergeht. Und dass ich mir nicht jetzt schon darüber Sorgen machen sollte.«

Mir blieb der Mund offen stehen vor Verwunderung, was in der Regel ziemlich dämlich aussah. Sollte Flo auf seine alten Tage tatsächlich noch lernfähig werden? Diese Eva schien ganz schön viel zu bewirken. Vielleicht war sie tatsächlich »die Richtige« für meinen Flo und konnte ihn glücklich machen.

»Das freut mich unheimlich. Wenn sich bei mir der Sturm etwas gelegt hat, muss ich sie endlich kennenlernen. Vielleicht koche ich, und wir machen uns einen gemütlichen Abend?«

»Vielleicht koche lieber *ich*, und wir machen uns einen gemütlichen Abend.«

Hmmmpf.

Kochen war tatsächlich nicht gerade meine Stärke. Meine Freunde kamen alle mit vollem Magen zu meinen Geburtstagen oder sonstigen Einladungen und wollten nur etwas zu trinken. »Um mir keine Umstände zu machen«, wie sie immer sagten.

Nochmal hmmmpf.

Es wurde noch unheimlich lustig. Florians Stimmung war herausragend gut, und ich ließ mich gerne von ihm anstecken. Wir alberten und lachten, und es war mir sogar völlig egal, dass an diesem Abend keine glutäugige männliche Bedienung an unseren Tisch kam.

Zu Hause fuhr ich meinen Computer zu dieser ungewöhnlichen Uhrzeit noch mal hoch. Natürlich kann man seine Mails auch auf dem Handy lesen, aber – so doof das jetzt vielleicht klingen mochte – für mich war das irgendwie meditativ. Und außerdem waren Computer ja im Zeitalter von Smartphone und Tablet schon bald wieder retro.

Ich schlüpfte in meinen Schlafanzug und verrichtete alle notwendigen »kosmetischen Eingriffe«, wie Suse das simple Zähneputzen und Abschminken zu nennen pflegte. Sie meinte, durch diese Bezeichnung einen gewissen Promistatus zu erhalten.

Ich hatte die Zahnpasta noch nicht wieder ausgespült, als eine Nachricht auf meinem Handy angekündigt wurde, in der Flo wissen wollte, was auf dem Zettel gestanden hatte, den mir Oliver an dem besagten Morgen hinterlassen hatte. Und er fragte, ob ich diesen Brief noch hätte.

In der Linken die Zahnbürste, beeilte ich mich, eine Antwort zu tippen. Egal, was Florian bezweckte, den Zettel hatte ich in Olivers Altpapier unter der Spüle geworfen. Immerhin trennte das Sackgesicht den Müll gewissenhaft.

Zehn Minuten später kam die E-Mail von Florian bei mir an. Wie immer hatte er sein Versprechen gehalten. Neugierig öffnete ich mein Postfach und klickte auf die neue Nachricht.

Hi Laura,

wie versprochen ein Plan. Die Feinheiten musst du dir noch überlegen. Objepasst:

1. Olivers Brief besorgen.

2. Groß kopieren.

3. An öffentlicher Stelle aushängen, dass die Freundin ihn sieht.

Sie wird die Handschrift erkennen (du hast gesagt, sie wär speziell), und O. hat ein Problem. Gruß, Flo

Ich starrte auf den Bildschirm und las den sogenannten »Plan« mehrere Male. Das war seine Lösung? Super, Florian, danke auch. Selbst wenn ich die ganze Stadt mit den Plakaten tapezieren würde und Jule tatsächlich darin Olivers Handschrift sah, wie sollte ich an diesen bescheuerten Zettel kommen? Dafür hatte er mir leider keinen Plan an die Hand gegeben.

Ich war müde und fühlte mich irgendwie abgeschlagen und leer. Vielleicht musste ich tatsächlich einen Schlussstrich unter das Ganze ziehen und nach vorne schauen.

Suse sah die Sachlage wesentlich optimistischer, als ich sie am Donnerstag nach der Arbeit in unserem Stammlokal traf. Die Speisekarte nahmen wir nicht mal mehr zur Hand, so genau kannten wir sie auf den entscheidenden Seiten.

»Na, wie war's mit den Schwiegerleuten?«

»Perfekt«, grinste Suse, »sie zahlen den kompletten Tag: Sektempfang nach dem Standesamt, Kaffee und Kuchen, Abendessen. Alles. Dann lad ich mal ein heute Mittag, was?«

Wir stießen mit unseren Softdrinks auf den Geldsegen an, und dann brachte ich meine Freundin auf den aktuellen Stand.

»Nee, super, Laura, der Plan ist doch gut.«

Suses Begeisterungsfähigkeit war ja im Großen und Ganzen sehr angenehm, aber manchmal verlor sie die Realität dabei völlig aus dem Blick.

Genervt verdrehte ich die Augen. »Und wie soll ich an den Zettel rankommen, du Rächer der Unterwelt?«

»Ist doch klar. Hendrik hat sich heute freigenommen und wir melden uns später als Umzugshelfer beim Depp. Und während mein werter Gemahl Kisten schleppt, durchsuche ich den Papiermüll und treibe das Corpus delicti auf. Heißt doch so, oder?«

Eine Scheibe Selbstbewusstsein könnte ich mir von meinen Freunden mal abschneiden.

Nach dem Essen gönnten wir uns einen Bummel durch die Innenstadt Freiburgs. Es gab kaum etwas Schöneres, als kein ernstzunehmendes Ziel vor Augen zu haben, keine Besorgungen machen zu müssen und sich einfach dem Treiben der Touristen anzuschließen. Ich fühlte mich dabei tatsächlich immer ein bisschen wie im Urlaub, auch wenn die Arbeit auf meinem Schreibtisch wartete und der Terminkalender keine Lücke aufwies. An manchen Ecken standen Musiker oder ganz weiß geschminkte Leute, die es stundenlang bewegungslos auf einem kleinen Podest aushielten. Ich hatte mich einmal von einer Malerin in der Nähe des Bertoldsbrunnens zeichnen lassen, hatte im Nachhinein jeden Cent, den ich ausgegeben hatte, und jede Minute vergeudeter Zeit bereut. Die junge Dame auf dem gestärkten, leicht gelblichen Papier sah gar nicht mal schlecht aus, aber selbst Mama und Papa hatten mein Abbild in Kohle nicht erkannt. Die Ähnlichkeit war wirklich gleich null. Es sollte zu der Zeit ein Geburtstagsgeschenk für meinen damaligen Freund werden, stattdessen kaufte ich ihm einen MP3-Player, der damals der neueste Schrei und zwar nicht wirklich persönlich, aber gut zu gebrauchen war. Irgendwann würde ich einen neuen Versuch starten, dann aber auf dem Montmartre in Frankreichs wundervoller Hauptstadt. Hand in Hand mit der Liebe meines Lebens durch die verwinkelten Straßen streifen, hier einen Crêpe essen, dort französisches Baguette kaufen, Metro fahren und sich eben von einem wirklichen Maler im Künstlerviertel porträtieren zu lassen …

Aber das würde wohl weiter ein Tagtraum bleiben müssen. Also mit Suse durch Freiburg.

»Jetzt muss ich aber los, sonst können wir unser Vorhaben vergessen. Als du auf der Toilette warst, hab ich Hendrik angerufen und ihn genauestens instruiert. Er wird mir Rückendeckung geben und dafür sorgen, dass ich den Zettel in Ruhe suchen kann.«

»Und was, wenn dich jemand dabei beobachtet?«

So langsam kamen Zweifel in mir hoch. Wir waren doch nicht TKKG oder spielten in irgendeinem Tatort mit.

»Iwo, jetzt mach dir mal keinen Kopf«, versuchte mich Suse zu beschwichtigen, »vertraust du deiner hochintelligenten, cleveren und höchst geschickten Freundin etwa nicht? Wenn ich den Wisch habe, verdrücken wir uns unter irgendeinem Vorwand. Mir fällt bestimmt etwas ein. Hochzeitsvorbereitungen gehen immer. Und dann stehe ich triumphierend vor deiner Tür, wir machen einen Sekt auf und der Plan geht in die zweite Phase. Noch Fragen?« Selbstbewusst grinsend drückte mir meine vor

Energie fast platzende Freundin einen Schmatz auf, der so laut war, dass es trotz Stadtlärm in meinem Ohr schmerzte.

Na, die hatte Nerven.

Ich trank noch eine Saftschorle im Café am Markplatz, ließ mir die Sonne ins Gesicht scheinen und versuchte, mich auf die Planung der Klassenfahrt zu konzentrieren. Das war immer noch eine bessere Alternative, als in Olivers alter Wohnung im Müll zu wühlen. Ich hatte keine große Hoffnung, dass der Plan funktionieren würde.

Gerade holte ich mein Schreibzeug aus der Tasche, als mir der Schreck in die Glieder fuhr: Wann wurde das Altpapier abgeholt? Bei mir war die Leerung, wenn kein Feiertag dazwischenkam, am ersten Mittwoch des Monats. Das konnte aber von Stadtteil zu Stadtteil variieren, und ich kannte mich bei den Terminen der städtischen Unternehmen nun wirklich nicht aus. Kurzerhand gab ich meine Frage in die Suchmaschine auf meinem Handy ein. Mist. Ich hatte es befürchtet. Die Leerung war am Dienstag, also vorgestern, und somit die Chancen ziemlich gering, dass der Zettel noch still und heimlich im Behälter unter Olis Spüle lag. Missmutig kritzelte ich kleine Kreise auf meinen Block und hakte innerlich das »Projekt Oliver« ab.

Da bei meiner schlechten Laune noch nicht einmal der Stadtbummel durch Paris wirklich Spaß gemacht hätte, war ich an meinen Schreibtisch durchgestartet und hatte alles aufgearbeitet, was in den vergangenen Tagen liegengeblieben war. Vom Musiktest bis zu den Unterrichtsvor- und -nachbereitungen hatte sich einiges angesammelt. Ich entfernte einen Post-it nach dem nächsten von meiner Wohnzimmertür und war so vertieft in meine Arbeit, dass ich verwundert von meinen Notizen hochschreckte, als es um sieben an meiner Tür klingelte.

So betrübt erlebte ich Suse selten. Hatte wohl nicht so geklappt, wie es sich Kommissarin Kugelblitz vorgestellt hatte.

»Jetzt komm erst einmal rein. Den Sekt mache ich trotzdem auf.«

»Ach, Lauralein, ich hab mir das irgendwie leichter vorgestellt. Viele Helfer waren es nicht gerade. Sink, Ferry, Nils, Henny, ich und halt Oliver mit seiner Schnecke, die eine Scheißhaut hat und ab der Hüfte irgendwie unförmig wird. Gar kein Vergleich zu dir, Lauri. Und dann musst du die mal reden hören! Die Dumpfbacke versucht, ihr Geschwafel mit hunderttausend Fremdwörtern aufzubessern. Fremdwörtertuning vom Feinsten. Aber meistens ist es entweder im falschen Zusammenhang benutzt oder vom Sinn einfach völlig daneben. Ich mein, ich bin da ja auch kein Held, aber ich lass es ganz einfach und schwätz die Sprache, die ich auch kann. Es wird doch von der Aussage nicht besser, wenn man irgendwas sagt, was eh niemand versteht.«

Es war schon goldig, dass meine beste Freundin versuchte, Olivers Partnerin schlechtzureden, aber ich hatte sie doch beim Salsakurs längst gesehen und fand sie eigentlich ziemlich hübsch. Zwar hatte ich sie mir nicht von nahem angesehen und konnte keine Aussage über ihre angeblich pickelige Haut machen, aber der Po war einfach nur rund und weiblich gewesen. Wenn man ehrlich war. Aber das waren wir natürlich in dem Fall nicht.

Die winzige Pause, die Suse einlegen musste, um ihre Lungen wieder mit ausreichend Luft zu versorgen, nutzte ich schamlos aus.

»Interessiert mich alles schon. Aber jetzt erzähl erst mal vom Brief. Deswegen bist du doch eigentlich hin.«

Suse hatte es gar nicht gerne, wenn man sie an Sachlagen erinnerte, bei denen sie schlichtweg erfolglos geblieben war. Das Wort »scheitern« durfte man gar nicht in ihrer Anwesenheit in den Mund nehmen. Mit einem Plopp schoss der Sektkorken ins Spülbecken und ihre Miene hellte sich ein klein wenig auf. Wir hatten beide entschieden etwas gegen diesen Trend mit den Plastikkorken. Wenn, dann becherten wir mit Stil. Und dieses Geräusch, wenn die Flasche geöffnet wurde, war einfach viel aussagekräftiger als bei einem Plastikverschluss, da waren Suse und ich uns vollkommen einig. Wir stießen miteinander an, wenn schon nicht auf die geglückte Aktion, dann doch mal wieder auf unsere Freundschaft, die immer herhalten musste, wenn es sonst keinen Grund gab.

»Ich bin sofort in die Küche und hab den anderen gesagt, ich würde mich in diesem Wohnbereich nützlich machen. Eigentlich ist das Ganze schnell erzählt: Ich bin zum Tresen, hab die Müllklappe aufgemacht – das war alles ganz leicht zu finden – und musste feststellen, dass nur noch ein paar Schnipsel übrig waren. Dann bin ich in den Hof, in dem ich schon beim Ankommen die Papiertonne gesehen hatte. Tja, auch leer.«

Das war nicht wirklich erstaunlich für mich. Die ganze Aktion war eine Schnapsidee gewesen.

»Und warum bist du dann so spät dran, das alles zusammen ging doch höchstens zehn Minuten?«

»Hendrik war mal wieder zu gut erzogen. Er meinte, man könne jetzt nicht einfach wieder abhauen und müsse schon alibimäßig ein bisschen mit anpacken.«

»Das heißt, ihr habt dem Arschgesicht jetzt noch als Dank dafür, dass er mich hinterhältig ausgenutzt hat, beim Umzug geholfen?«

Hmmmpf.

Aber irgendwie konnte ich Suses Verlobten schon verstehen, die Salsa-Leute waren ja ganz gute Bekannte von ihm, bei denen er nicht als Faulpelz dastehen wollte. Aber es lief alles so rund für Oliver, dass es mir echt weh tat. Der konnte doch nicht ungestraft …

Ein erneutes Klingeln an meiner Wohnungstür riss mich aus meinen trüben Gedanken, doch Suse, die sich bei mir immer äußerst heimisch gefühlt hatte, war schon aufgestanden und öffnete Hendrik, der mit breitem Grinsen vor uns stand. In der Rechten hielt er ein zerknautschtes Stück Papier, das er triumphierend in die Luft streckte.

Man musste kein Sherlock Holmes sein, um zu wissen, um was es sich da handelte.

»Neeeeeiiiiiin!«, kreischten Suse und ich wie aus einem Mund und versuchten unter ausgelassenem Gelächter, ihm das Beweisstück aus der Hand zu nehmen.

Doch so einfach machte er uns die Sache nicht. Mit seinen 1,92 Metern war er uns zwar nicht »haushoch überlegen«, ohne Stuhl war aber kein Rankommen an das gute Stück Papier.

»Du mein Held, wo hast du das denn aufgetrieben? Laura, ist es auch der richtige Brief? Nicht, dass Hendrik deren Einkaufsliste vom Wochenende mitgenommen hat.«

Diese Unterstellung konnte er natürlich nicht auf sich sitzen lassen.

»*Guten Morgen, Königin der Nacht! War geil mit dir. Musste leider weg. Zieh doch die Tür kräftig hinter dir zu, wenn du gehst. Die klemmt manchmal. Oli.* – Na? Klingt nicht nach Oliven, Milch und Kräuterquark. Bekomme ich hier eigentlich einen Finderlohn, oder ist das heutzutage nicht mehr üblich?«

Ich beeilte mich, ein kaltes Bier aus dem Kühlschrank zu holen und Henny in die Hand zu drücken.

»Auf dich! Ich kann es noch gar nicht fassen, dass du das hingekriegt hast! Wie bist du an den Zettel gekommen? Der Papiermüll war doch längst geleert?«

In meinem Hirn waren hundert Fragezeichen, die dringend nach Erklärung verlangten.

Suses Verlobter genoss die Aufmerksamkeit und ungeteilte Bewunderung der Damen in vollen Zügen. Jede Sekunde auskostend zog er die Jacke aus, stand eine Weile mit breitem Grinsen vor uns, und erst als unsere Spannung kaum noch auszuhalten war, rückte er mit der Sprache raus.

»Mein Job war es ja eigentlich, Su Rückendeckung zu geben und sie zu warnen, falls jemand bei ihrer Suche auftaucht und sie ihre Aktion abbrechen muss. Nach etwa fünfzehn Minuten kam sie zu mir, gab mir einen Kuss auf die Backe und raunte mir ins Ohr, dass sie keinen Erfolg gehabt hatte und die Suche abbrechen würde. Das habe ich auch so hingenommen und Ferry beim Aufladen der Kisten geholfen. Die meisten Umzugskartons waren von Oli und Jule fertig gepackt. Ferry ist in den Transporter rein, und ich hab sie ihm von unten hochgegeben.«

Hier machte er eine Eindruck schindende Pause und sah von einer zur anderen. Unsere Gesichter sprachen wohl Bände, denn er ließ die Katze endlich aus dem Sack.

»Dann kam die Kiste mit Glas. Was macht man, wenn man Gläser bruchsicher transportieren will? Man wickelt sie in Paaapieeehir!«

Fassungslos strahlten wir unseren Helden an. So einfach war die Lösung gewesen? Der Brief wurde ihm quasi auf dem Tablett serviert? Also in einer Kiste, aber gewissermaßen doch frei Haus.

Suse umarmte ihren Schatz und schaute triumphierend in die Runde. »Na, was hab ich euch gesagt? Der Kerl wird büßen, wie er's verdient hat!«

Der Racheplan konnte in die letzte und entscheidende Runde gehen. Ich hätte Hendrik, wie im alten Rom üblich, einen Triumphbogen bauen können!

17

In den letzten zwei Wochen hatte ich mehr erlebt als in den vergangenen beiden Jahren.
Natürlich hatte es immer wieder Zeiten in meinem Leben gegeben, die einfach still und unaufgeregt dahinplätscherten, und wieder andere, die einem fast den Atem nahmen. Ich kannte das noch von meinem Fitnesstraining, das ich fleißig parallel zu den Schwimmzeiten wahrgenommen hatte: »Effektiv ist der Wechsel von Spannung und Entspannung«, hatte mein Coach immer gesagt. Wenn ich das aber auf meine jetzige Situation übertrug, wäre nach meinem Geschmack mal wieder die Relax-Phase an der Reihe. So langsam bekam ich Muskelkater, aber Schlappmachen ging gerade gar nicht.

Heute war Freitag, bis Sonntagabend musste ich den Oli-Brief in vielfacher Ausführung großkopiert haben, um zur eigentlichen Durchführung unseres Planes zu schreiten. Und am darauffolgenden Tag würde ich mit sechsundzwanzig Viertklässlern und einem Vollidioten ans gefühlte Ende der Welt fahren.

In solchen Fällen erinnerte ich mich immer an Beppo, den Straßenkehrer, der Momo im gleichnamigen Jugendbuch erklärt, dass man nie die ganze Straße beim Kehren sehen darf, sondern immer nur den nächsten Besenstrich. So, sagte er, wäre die ganze Arbeit, ehe man es sich versah, erledigt. Und das machte ich dann auch heute Morgen. Auf zum nächsten Besenstrich.

Ich fuhr in meine Schule und fand nicht nur die Krankmeldung eines Schülers in meinem Fach beim

Sekretariat, sondern zudem eine Mitteilung von Herrn Bender, ich solle ihn doch bitte im Laufe des Tages kontaktieren. Eine Telefonnummer war beigefügt, sie entsprach aber nicht den Daten auf meiner Klassenliste und somit der Nummer, die ich in letzter Zeit schon häufiger gewählt hatte. Ein bisschen rätselhaft war mir diese Familie Bender schon. Und teilweise noch höchst unsympathisch.

Aber was muss, das muss, oder, Mama? Das sagte ich mir dann lustlos und verzog mich zu Beginn meiner Freistunde in einen Nebenraum des Lehrerzimmers, in dem man ungestört telefonieren konnte. Ich wählte die neue Nummer von Eriks Familie, die mir auf dem Papier angegeben wurde.

Nach dem dritten Klingeln meldete sich eine Stimme, die äußerst wohlklingend durch die Leitung rüberkam.

»Jan Bender?«

Hätte ich nicht gewusst, was er für ein unverschämter Kerl war, ich würde ihn aufgrund dieser tiefen, sonoren Stimmlage sofort für nett befinden.

»Herr Bender, guten Tag, Laura Bernfeld, die Klassenlehrerin von Erik. Ich habe vorhin Ihre Nachricht in meinem Fach gefunden. Sie haben um Rückruf gebeten.«

»Gut, dass Sie sich melden. Ich weiß ja noch gar nicht, wie das am Montag geplant ist. Wie laufen die vier Tage ab, was muss ich mitnehmen? Was Erik betrifft, ist alles klar, das war ja im letzten Brief an die Eltern aufgelistet. Aber muss ich als Begleitperson irgendwelche Vorkehrungen treffen?«

Wow, der Typ machte sich ja tatsächlich Gedanken! Und die Rundbriefe schien er auch zu lesen. Vielleicht kümmerte er sich doch mehr um den Jungen, als ich das die ganze Zeit angenommen hatte. Aber leicht vorwurfsvoll klang die Stimme irgendwie schon, was mir völlig gegen den Strich ging.

»Für Sie gilt im Grunde das Gleiche, Herr Bender: Regenfeste Kleidung, auch zum Wechseln, Isomatte, Schlafsack, Waschutensilien ... das Übliche halt. Die Kinder schlafen in großen Pfadfinderzelten, in denen sechs bis acht Personen Platz haben, die Aufteilung ist bereits geregelt. Beide Begleitpersonen haben selbstverständlich separate Schlafgelegenheiten.«

Meine Güte, ich redete ungefähr so, wie es mir meine Freundin von Jule erzählt hatte. »Separate Schlafgelegenheiten« – ich hätte ja auch »getrennt« sagen können. Aber der sollte bloß nicht denken, ich wäre so ein verhuschtes Grundschulmäuschen, bei dem es für das Lehramtstudium an Gymnasien leistungsmäßig nicht gereicht hatte. Den Job hatte ich mir ausgesucht, weil für mich der Umgang mit Kindern einfach wundervoll war und ich jeden Tag genoss. Ach, konnte mir ja auch eigentlich egal sein, was der Bender von mir dachte.

»Vielleicht könnten Sie sich noch ein, zwei Spiele rund um das Lagerfeuer überlegen, ich meine, eigentlich habe ich genug, aber für alle Fälle ... ach ja, und wenn Sie ein Taschenmesser hätten ...«

Am anderen Ende der Leitung lachte jemand. Hallo? Hatte da ein Personenwechsel stattgefunden? Der Bender konnte es nicht mehr sein, der lachte nicht.

»Herr Bender?«, fragte ich vorsichtshalber nach, um mich zu vergewissern, dass ich nicht plötzlich mit seiner Schwiegermutter sprach.

»Ja? Ich bin noch dran. Klar. Natürlich habe ich für den Wald mein Schweizer Taschenmesser eingepackt. Und meine Gitarre nehme ich auch mal für alle Fälle mit, falls die Kinder am Abend Lust haben, ein paar Lieder zu singen, vielleicht nach dem Grillen oder so. Wenn überhaupt gegrillt wird? Ich weiß ja nicht. Der Wetterbericht ist gut, null Prozent Niederschlagswahrscheinlichkeit.«

Ich konnte es gar nicht fassen. Der schien sich ja richtig vorzubereiten. Ich hatte natürlich auch die Prognose für den kommenden Zeitraum gelesen und freute mich auf vier Tage, in denen sogar mal die Sonne zwischen den Blättern und Nadeln hindurchblitzen würde.

»Fahre ich selbst mit dem Auto, damit wir mobil sind und einen Arzt aufsuchen können, falls ein Schüler vom Baum fällt, oder ist das nicht nötig? Und was mache ich mit Bootsmann? Mitnehmen?«

Wollte der mit dem Taschenmesser die Taue eines Segelbootes durchtrennen oder war ihm schon klar, wohin die Reise gehen sollte? Das mit dem Auto war eine gute Idee, das musste ich zugeben. Außerdem würde er dann hinter unserem Bus herfahren, und ich hätte noch eine Weile Bender-freie Zone. Das sagte ich ihm natürlich nicht. Auch nicht, dass ich seinen Vorschlag hervorragend fand. Der sollte doch nicht denken, ich würde jetzt auch schon mit Klatschen anfangen, wie die gesammelte Frauenfraktion beim Elternabend am vergangenen Montag.

»Und Bootsmann? Er ist lieb und kann gut mit Kindern umgehen. Ich könnte mir vorstellen, dass so ein Spürhund im Wald ganz nett ist und die Kinder nachts besser schlafen, wenn ihr Zelt anständig bewacht wird.«

Ich Depp, natürlich, der Höllenhund! Wenn ich die Kinder richtig einschätzte und sie nur einen Funken evolutionsbedingten Überlebenswillen im Leib hatten, flohen die lieber wie Hänsel und Gretel in den Wald, als diesem Vieh ausgeliefert zu sein!

Eriks Vater schien mein Zögern richtig zu deuten und bot mir einen Kompromiss an.

»Jetzt machen wir es doch so: Wir nehmen Bootsmann mit. Wenn die Jungs und Mädels mit seiner Statur oder seinem Charakter nicht klarkommen, rufe ich meinen Nachbarn an und bitte ihn, den Hund abzuholen. Von unserem Zeltplatz bis Freiburg sind es vierzig Minuten Fahrt mit dem Auto, ich hab das gegoogelt. Das wäre zumutbar.«

Hmmmpf. Da konnte ich wohl schlecht was dagegen haben.

Ich willigte in das Angebot ein, verabschiedete mich bis Montag und beendete das Gespräch.

In meinem Kopf schwirrte es. In der Regel hatte ich eine ganz gute Menschenkenntnis, die ich ja eigentlich auch bei Brittas Mann wieder unter Beweis gestellt hatte. Dass Thomas seine Frau hintergehen würde, hatte ich mir wirklich nicht vorstellen können. Na gut, bei Blödgesicht-Oli hatte ich etwas danebengelegen, aber ich war ja willentlich getäuscht worden und er hatte mich glauben lassen, er wäre ein anderer, ein besserer Mensch. War mein Urteil beim Höllenhund-Herrchen auch etwas vorschnell gewesen?

Apropos Blödgesicht-Oli. Ich musste mich nach der Schule direkt an die Arbeit machen und zum Copyshop in die Innenstadt radeln, um für den kommenden Sonntag gerüstet zu sein. »Veni, vidi, vici«, sagte schon Cäsar oder wer auch immer von den römischen Feldherren. »Ich kam, sah und siegte.«

In diesem Sinn machte ich mich ans Werk und hatte von Plakaten bis Tesafilm alles gepackt, als mich Hendrik und Suse am Sonntagabend abholten. Mit dem Rad konnte ich mein Equipment beim besten Willen nicht transportieren.

»Zu allen Schandtaten bereit?«, grinste Su, als ich zu ihnen ins Auto stieg.

»Aber so was von!«, gab ich siegessicher zur Antwort und legte beiden zur Begrüßung die Hand auf die Schulter.

Unser Plan sah so aus: Meine zwei Komplizen – ich kam mir bei diesem Ausdruck so verwegen und gefährlich vor – würden wie gewohnt am Kurs teilnehmen und während des Tanzens die Schwingtür im Auge behalten. So könnte ich rechtzeitig gewarnt werden, falls jemand aus der Reihe den Saal verlassen würde. Sobald der Glatzkopf das Kommando übernahm, würde ich aus dem Auto steigen, mich mit Olivers Brief bewaffnen und die dreißig Plakate an die Türen und Wände des Ganges kleben, durch den die Kursteilnehmer zwingend nach dem Training wieder herauskommen mussten.

»Ich hab gestern noch mal bei Oliver auf dem Handy angerufen und mich erkundigt, ob beim Umzug letzten Endes noch alles geklappt hat und sie sich schon ein bisschen eingelebt haben.«

Was hatte Hendrik? Mir blieb die Spucke weg vor Empörung.

Aber noch bevor ich loszetern konnte, erzählte Henny, der mich durch den Innenspiegel beobachtet hatte und ahnte, was in mir vorging, weiter.

»Laura, was denkst du von mir? Ich bin kein Verräter, das ist doch logisch. Ich wollte ihn fragen, ob er am

Sonntag mit seiner Freundin trotz Umzugsstress beim Salsatanzen dabei ist, um sicherzustellen, dass dein Plan auch aufgeht. Was bringt uns eine mit Plakaten gepflasterte Wand, wenn diejenige, die es lesen soll, gar nicht kommt?«

Hmmmpf. Innerlich entschuldigte ich mich zig Mal für mein Misstrauen. Seit der Geschichte mit Oliver nahm das ziemlich überhand und beeinflusste mein Denken auf sehr beängstigende Weise. Ich konnte doch jetzt nicht hinter jedem Satz anderer Leute Verrat und Hinterhältigkeit vermuten! Schon gar nicht, wenn es um meine Freunde ging, die immer zu mir gehalten hatten. In guten wie in schlechten Zeiten.

»Kommt ihr eigentlich mit den Hochzeitsplanungen voran? Vielleicht habt ihr ’ne Aufgabe für mich, wenn ich aus dem Waldcamp wieder zurück bin?«

Suse nickte wie wild mit ihrem blonden Engelshaar.

»Ich hätte jede Menge Aufgaben für dich. Ach, da fällt mir ein, du bist als Kontaktperson auf den Einladungen genannt, die am Montag mit der Post weggehen. Bei dir melden sich dann die Gäste, die irgendwas zur Unterhaltung beisteuern wollen. Lass dir bitte genau erzählen, um was es sich handelt. Ich will keine peinlichen Fragen zu unseren Sexpraktiken oder meiner bevorzugten Tamponmarke in irgendeinem Spiel. Die weiß Henny eh, der muss sie mir ja immer besorgen, wenn die Tante schon wieder überraschend zu Besuch kommt. Und langweilig soll der Beitrag auch nicht werden. Also bitte hemmungslos ablehnen, wenn es Schrott ist. Ach, ich habe übrigens das Kleid genommen, das uns so gut gefallen hat. Das mit der vielen Spitze. Mit der Änderung warte ich lieber, je nach Schokokonsum in den nächsten Wochen.«

Ich nickte. Eine andere Wahl hatte ich ja nicht mehr, wenn die Einladungen bereits im Briefkasten lagen und das Kleid bei ihr im Schrank hing. Sie hatte tatsächlich bezaubernd darin ausgesehen.

»Und für den Tischschmuck brauch ich auch deine helfenden linken Hände. Aber das dauert noch, ich bin noch am Ideensuchen.«

In der Zwischenzeit bog Hendrik in die Einfahrt des alten Güterbahnhofs ein und fuhr an den Parkplätzen vorbei, um mich vor den Blicken der anderen Kursteilnehmer zu schützen. Voll Anerkennung – und auch um mein Misstrauen von vorhin wieder ein bisschen gutzumachen – klopfte ich ihm auf die Schulter.

»Mensch, Henny, du denkst echt mit. Danke.«

Suse stieg aus und beugte sich über meine halbgeöffnete Scheibe. »Lass das Fenster offen, dann hörst du, wenn die Musik angeht und die Leute mit ihren Lado-Lado-Schritten beschäftigt sind. Oli und Jule müssten schon drin sein, da steht ihr Auto, der gelbe Opel hier vorne. Alles klar? Toi, toi, toi.«

Ihr schien die ganze Aktion unverschämt viel Freude zu bereiten. Ein weiterer Grund für ihren aufopferungsvollen Einsatz war wohl auch, dass sie ein bisschen das Gefühl hatte, etwas wieder gutmachen zu müssen. Schließlich war ich erst durch sie an diesen Mistkerl geraten.

Als die rhythmischen lateinamerikanischen Klänge über den Hof herüberkamen, packte ich die zusammengelegten Plakate sowie mehrere Rollen Tesafilm und lief damit zu dem alten Gebäude, das mir in diesem Moment ziemlich dunkel und bedrohlich vorkam. Ich war so nervös, dass mir unterwegs mehrere Male etwas herunterfiel.

»Mann, Laura, jetzt stell dich nicht so an, es wird schon alles klappen«, ermahnte ich mich im Stillen. Auch wenn es eigentlich den Bekloppten vorbehalten war, führte ich gerne Selbstgespräche. Gerade in Situationen, denen ich mich nicht ganz gewachsen fühlte, waren so tröstliche Worte von mir selbst Gold wert.

Im Gang war die Zeitschaltuhr ausgegangen und es dauerte ein paar Sekunden, bis sich meine Augen an die Dunkelheit gewöhnt hatten. Als ich den Lichtschalter gefunden und mich orientiert hatte, wurde ich innerlich ruhiger. Es war wie bei Prüfungen im Studium: Bis es endlich losging, starb ich viele tausend Tode, aber wenn das Blatt vor mir lag und ich meines eigenen Glückes Schmiedin war … Ich machte mich also an die Arbeit. Der Tesafilm hielt schlecht an den verputzten Wänden, und ich musste mehrere Streifen an jede Ecke des Plakats kleben, um sie zu befestigen. Nach jedem Aufhängen zählte ich rückwärts. 29, 28, 27 …

Als ich bei 20 war, geschah etwas, auf das ich nicht vorbereitet war. Ich hatte Sorge gehabt, dass jemand zu spät zum Kurs kommen könnte oder zwischendurch auf die Toilette musste. Aber damit hatte ich nicht gerechnet: Ein Plakat nach dem anderen löste sich in Zeitlupe wieder von der Wand und fiel zu Boden. 28, 29, 30.

Hmmmpf.

Nee, nicht hmmmpf. Scheiße!!!

Fieberhaft suchte ich nach dem Plan B, den ich definitiv nicht hatte. Mit Reißzwecken würden die Plakate wunderbar halten. An die Möglichkeit, dass Tesafilm für dieses feste, etwas schwerere Papier nicht ausreichen könnte, hatte ich tatsächlich nicht gedacht. Leise fluchend machte ich mich daran, die auf dem Flurboden liegenden vergrößerten Briefe aufzusammeln – aber warum eigentlich nicht der Boden? Erstens würde der Tesafilm auf dem Steinboden sicherlich besser kleben und zweitens fiel das Geschriebene doch eher ins Auge, wenn es auf dem Gang ausliegen würde. Und nicht an der Wand. Mit diesem Gedanken kamen mein Optimismus und der notwenige Kampfgeist zurück.

Ich rollte aus, riss ab, klebte und klebte, sodass der Boden nach kurzer Zeit nicht mehr mit Stein, sondern mit Papier gepflastert war. Stolz besah ich mein Werk. Jetzt musste Jule nur noch die Handschrift ihres verlogenen Partners erkennen.

Schnell schnappte ich mir den Tesaabroller und brachte mich vorsichtshalber in Sicherheit. Eine geschlagene Stunde musste ich mich noch gedulden, doch die Warterei wurde mehr als belohnt.

»… und als wir uns alle vom Maestro verabschiedet hatten, bin ich als Erste raus, um im Notfall eingreifen zu können. Also, falls die Blätter an den Wänden niemandem aufgefallen wären. Ich war dann tatsächlich überrascht, dass die Briefe nicht an den Seiten hingen, sondern den Boden bedeckten, also kam mein ›Huch, was ist denn das?‹ ziemlich echt rüber. Dadurch waren alle auf dein Werk aufmerksam gemacht. Kurz danach kamen Oli und Jule raus, die ich natürlich genauestens beobachtet habe, um dir haarklein die Szene erzählen zu können: Jule hat eines der Plakate gelesen, anschließend einen Schrei ausgestoßen, bei dem der gebräunte Tarzan vor Neid erblasst wäre in seinem doofen Dschungel, sich zu ihrem Freund umgedreht und ihm eine schallende Ohrfeige verpasst. ›Du ziehst aus, die Katze bleibt bei mir‹, hat sie gesagt und ist hocherhobenen Hauptes den Gang entlanggelaufen, einen Schritt nach dem anderen über die Handschrift ihres Exfreundes. Ich muss schon sagen, irgendwie hatte sie Stil.«

Ich hätte Suse im Auto stundenlang weiter zuhören können. Es tat unheimlich gut. Meine Ehre und Selbstachtung waren wiederhergestellt.

»Ihr wart einfach genial, ihr zwei. Tausend Dank für eure Hilfe. Wenn die Klassenfahrt morgen nicht wäre, käme jetzt das große Bankett, bei dem Troubadix der Barde geknebelt an einen Baum gebunden wird. Holen wir nach, ja? Ich melde mich bei euch, wenn ich wieder zurück bin, und dann gibt es nur noch die Hochzeit in meinem Kopf. Versprochen!«

18

Herrlicher Sonnenschein empfing uns auf dem Vorplatz des Blockhauses, das zu dem Zeltplatz von Triberg gehörte und in dem unsere Essensvorräte, die Klopapierrollen und Koffer in den nächsten vier Tagen gelagert werden konnten.

Die Fahrt war reibungslos verlaufen, Herr Bender war mit seinem alten Passat hinter unserem Bus hergekurvt, und ich hatte bei der Abfahrt an der Schule fast den Eindruck gehabt, er freute sich auf das ungewohnte Abenteuer.

Auch Erik schien es tatsächlich recht zu sein, den Papa mit an Bord zu haben, was nicht selbstverständlich war. Als Viertklässler konnte man genauso stolz und glücklich darüber sein, eine elternfreie Woche einlegen und mal etwas selbständiger sein zu können. Also entweder mochte er seinen Vater wirklich sehr oder Erik fühlte sich aufgrund seiner gesundheitlichen Probleme wohler, wenn Papa oder Mama schnell an seiner Seite waren.

Die Abschlussfahrt der Grundschule wollte sich wohl kein Kind entgehen lassen, denn die Mannschaft war tatsächlich trotz aller Befürchtungen vollzählig. Es war wirklich goldig: Bei der Abfahrt hatte ich nicht sagen können, ob die Kinder oder ihre Eltern aufgeregter waren.

Während die Horde von Schülern aus dem Bus strömte und zu den Pfadfinderzelten rannte (zum Glück war das Forstamt mir entgegengekommen und hatte sie bereits aufgebaut; ich war schon froh, wenn ich unter viel Ächzen und Fluchen im Sommerurlaub mit meinem Iglu-Zelt fertigwurde), blieb Herr Bender an seinem Auto stehen und sog in vollen Zügen die frische, kühle Luft ein, als hätte er Asthma und nicht sein Sohn.

»Diese Waldluft ist Balsam für jeden Städter. Riechen Sie mal! Das Harz der Bäume kommt mir in dieser Jahreszeit immer besonders geruchsintensiv vor. Herrlich!«

Ich wusste nicht, ob Meisen auch im Wald vorkamen, aber er hatte definitiv eine. Der Bender hätte nicht nur Arzt in einer Vorabendserie sein können, sondern auch der Förster bei Rosamunde Pilcher.

Noch während solche und ähnlich gehässige Gedanken durch meinen Kopf schwirrten, musste ich plötzlich lauthals lachen. Es hieß doch immer, Herrchen und Hund würden sich mit der Zeit immer ähnlicher. In diesem Fall hatten die beiden wohl schon viele Stunden miteinander verbracht. Bootsmann reckte seine Nase auf die gleiche Weise in den Himmel und schnüffelte mit seinem Besitzer um die Wette. Es war ein herrliches Bild, beim Teutates!

Herr Bender schien meine Belustigung nicht zu bemerken oder er war wild entschlossen, sich diesen Frischluftkick nicht vermiesen zu lassen. Ich war wirklich gespannt, ob wir ein brauchbares Team abgeben würden.

Meine Kollegin Getrud hatte mal von einem Waldcamp- Aufenthalt erzählt, bei dem die männliche Begleitperson nur zum Pinkeln aus ihrem Zelt gekommen war und ansonsten im Standby-Modus ausgeharrt hatte, für niemanden ansprechbar. Bei Gertrud musste man natürlich jede Geschichte mit Vorsicht genießen, aber wenn nur die Hälfte davon gestimmt hatte, mussten die vier Tage ganz grauenhaft gewesen sein. Dann war ich ja mal gespannt, was mich so alles erwarten würde.

An der Feuerstelle war ein hoher Pfahl, an dem ich den Tagesplan für heute befestigte, darunter die jeweiligen Dienste wie Kochen, Spülen und Feuerholzsammeln, die wir bereits im Unterricht festgelegt hatten. In einer Stunde würde der hiesige Förster dazustoßen und uns auf einen Streifzug durch den Wald mitnehmen. Ich hegte die große Hoffnung, dass wir nicht nur Bäume und kleinere Pflänzchen erklärt bekommen würden, sondern auch der ein oder andere Hase, vielleicht sogar ein Reh unseren Weg kreuzen könnten. Manche Kinder hatten bestimmt das Glück, mit ihren Eltern an den Wochenenden in die Natur hinauszufahren. Aber Selina zum Beispiel war in ihrem Leben noch nie einer Kuh in natura begegnet, geschweige denn hatte das Mädchen selbst eine gefüttert oder gemolken. Für diese Kinder sollten die kommenden Tage ein besonderes Erlebnis werden.

Förster Friedmann, der sich uns mit Bernd vorstellte, war etwa fünfzig Jahre alt und ein absoluter Prachtkerl. Zwar nicht optisch, das verhinderte seine krumme Nase und das zottelige, leicht ungepflegte Gestrüpp im Gesicht, aber in seiner Art bestach er auf der ganzen Linie. Die Lautstärke seines Gelächters hätte selbst meine Freundin Suse in den Schatten gestellt und machte meine Hoffnung auf den einen oder anderen Wildwechsel zunichte. So blöd konnte kein Reh sein, Bernd nicht schon von weitem kommen zu hören. Und wenn dann noch unser Jagdhund die Fährte aufnahm …

Als Herr Bender kurz das Blockhaus inspizierte, hatte ich die Gelegenheit genutzt und die Rangfolge in meinem Rudel erneut klar gemacht, indem der Höllenhund wieder meine Hand auf den Kopf gedonnert bekommen hatte. Bei dem Gebiss war es mir weitaus lieber, in der

Hierarchie nicht unter ihm zu stehen. Und der Hundeflüsterer-Trick aus dem Fernsehen schien Wirkung zu zeigen. Treuherzig hechelnd stand er neben mir und schien auf ein Kommando zu warten.

»Platz«, sagte ich forsch und Bootsmann wuchtete seine geschätzten siebzig Kilo auf den Waldboden.

»Er scheint Sie gern zu haben«, stellte Eriks Vater anerkennend fest, als er wieder zur Feuerstelle zurückkam.

Er nahm das Vieh an die Leine und machte ihn damit spaziergangtauglich.

»Papa, darf ich Bootsmann nehmen?«

Erik kam mit seinen besten Freunden, Thilo und Konrad, angepest, die Augen des kleinen Mannes strahlten. Er schien mächtig stolz darauf zu sein, dass sein tierisches Familienmitglied dabei sein durfte. Schon in den letzten Tagen hatte er gönnerhaft alle Hunde-Gassi-Interessenten der Klasse in eine Liste eingetragen.

Lachend hielt Herr Bender seinem Sohn die dicke Lederleine hin.

»Uffi goht's. Jetzt gang ma go luöge, ob sell Vieh hit z'wege isch.«

Bernd Friedmann sprach, wie er aussah. Sein Alemannisch war extrem urig, und selbst die Einheimischen unter uns mussten genau hinhören, um den Förster richtig zu verstehen.

Mit Trinkflaschen und Vesper im Rucksack liefen wir durch den Wald, sahen einen Fuchsbau, immerhin die Spuren von Hirschen oder Rehen und blieben schließlich vor einem Ameisenhaufen stehen, der sich zu einer stattlichen Größe aufgetürmt hatte.

»Jetzt luögd amol sell Hufe a. Was denged a, wie groß sell isch?«

Bernd ließ uns seine Höhe und den Durchmesser schätzen, eine Aufgabe, bei der wir alle völlig danebenlagen. Herr Bender war mit einem halben Meter noch am nächsten an den tatsächlichen Werten, denn der Ameisenhaufen war ungefähr siebzig Zentimeter hoch und maß etwa zwei bis drei Meter im Durchmesser. Was würde passieren, wenn ich dem Schätzmeister als Belohnung einen kleinen Schubs in diesen riesigen Haufen …?

Letztlich konnte ich froh sein, diese Idee nicht weiterverfolgt zu haben, denn beim Balancieren über abgeholzte Baumstämme knickte einer der etwas wilderen Jungen um und hatte solche Schmerzen im linken Knöchel, dass das Auftreten kaum noch möglich war. Ohne sich lange bitten zu lassen, ging Eriks Vater in die Knie, ließ den verletzten Dirk auf seinen breiten Rücken klettern und trug ihn ab diesem Zeitpunkt huckepack.

Eine ganze Weile war Förster Bernd mit seinen kleineren und größeren Wundern des Waldes abgeschrieben. Die Kinder fütterten den Packesel mit Butterbrot und Gemüsesticks, trieben ihn mit Reisig zum schnelleren Laufen an und quietschten dabei vor Vergnügen. Das Maultier spielte geduldig mit, schien selbst an diesem Rollenspiel etwas Lustiges zu finden. Es schnaubte arbeitswillig mit den nicht vorhandenen Nüstern und scharrte ungeduldig mit den Hufen, wenn es aus irgendeinem Grund nicht weiterging.

Erschöpft, aber hochzufrieden kamen wir gegen 17.30 Uhr an unseren Zeltplatz zurück, die Diensthabenden machten sich an die Vorbereitung des Abendessens, und während die übrigen Kinder etwas freie Zeit genossen, setzte ich mich mit einer Flasche Sprudel auf eine Bank an der Vorderseite des Holzhauses.

Eine Nachricht an Florian und die Mädels zu schicken war nicht möglich, es gab tatsächlich noch Orte, wo an Netzempfang gar nicht zu denken war. Hmmmpf. Ich hätte zu gerne gehört, ob das Oli-Jule-Drama noch eine Fortsetzung gehabt hatte. Ich würde mich wohl ein paar Tage gedulden müssen, was mir grundsätzlich, und hier ganz besonders, schwerfiel. »Herr, schenk mir Geduld, aber bitte zack, zack!« war mein tägliches Mantra seit vielen Jahren.

Auch ohne Kopf-Geklopfe schienen die Schüler vom Höllenhund akzeptiert zu werden, und meine Befürchtung, jemand könnte Angst vor dem Monstrum haben, hatte sich bald zerschlagen. Wie ich es bereits von ihm kannte, streunte Bootsmann gerade alleine durch das Gelände, suchte an der Feuerstelle nach etwas Essbarem und legte sich schließlich mit einem tiefen, zufriedenen Seufzer neben mich auf die trockene Erde. Mit dem Kopf auf der rechten Vorderpfote und den geschlossenen Augen sah er eigentlich ganz lieb aus.

Meine Gedanken wanderten zum Höllenhund-Herrchen. Er war heute wie ausgewechselt: fröhlich, hilfsbereit und kinderlieb. Wenn das sein wahres Gesicht sein sollte, warum kümmerte sich so jemand nicht um den eigenen Sohn? Warum ließ so jemand seinen Hund herrenlos herumstreunen? Warum kam so jemand mit Verspätung zum Elternabend und ging früher, ohne sich zu verabschieden? Das passte alles irgendwie nicht zusammen. Erik hatte den ganzen Tag umwerfend gute Laune, ich hatte den Jungen selten so ausgelassen erlebt.

Natürlich machte ich mir nur seinetwegen so viele Gedanken über den Vater.

Wir aßen Spaghetti mit Tomatensoße, tranken Apfelschorle und erzählten uns die schönsten Erlebnisse des Tages, die bei jedem von Jan Benders Maultierdressur angeführt wurden. Die gesamte Klasse war völlig verknallt in den Esel.

Anschließend zogen die Kinder los, um geeignete Stöcke zu finden, die Herr Bender mit seinem Taschenmesser von unnötigen Ästen und Zweigen befreite. Mit Stockbrotteig umwickelt hielt jeder sein Holz über das Lagerfeuer und freute sich auf das knusprig Gebackene. Ich hatte Dirks Knöchel mit einer entzündungshemmenden Salbe eingerieben und danach fest bandagiert. Jetzt lief der Junge schon wieder ganz ordentlich von seinem Zelt zur Feuerstelle, sodass ich hoffen durfte, ihn morgen wieder fit zu haben.

Um zehn gingen die Kinder zum Zähneputzen in das Blockhaus und krochen anschließend folgsam in ihren Wigwam. Es wurde noch viel gekichert und geredet, aber so musste es bei einer Klassenfahrt wohl auch sein. Natürlich verabschiedete ich mich kurz danach auch von meinem Begleiter und folgte dem guten Beispiel der Kinder, da morgen wieder viele Aktionen an frischer Luft auf dem Programm standen und es bestimmt kein Fehler war, halbwegs ausgeschlafen und somit zurechnungsfähig zu sein.

Herr Bender, der keine Anzeichen von Müdigkeit zeigte, schien dagegen ganz gutes Sitzfleisch zu haben. Was hätte ich tun sollen? Mit ihm alleine am Feuer sitzen? So ohne Schulklasse um uns herum hätten wir mit Sicherheit keine ergiebigen Gesprächsthemen gehabt.

»Bootsmann. Hier komm her, Bootsmann!«

Wach war ich schon lange, aber der Frühstücksdienst musste erst in einer halben Stunde beaufsichtigt werden und bis auf leises Getuschel aus einigen Zelten war es noch erstaunlich ruhig auf der Lichtung. Nur eine Stimme war deutlich zu vernehmen.

»Bootsmann, hiiierher, du blödes Vieh!«

Schnell zog ich mich an und streckte meinen verschlafenen Kopf durch die Zeltplane. Ich sah sicher grauenhaft aus mit meinen wuscheligen Haaren. Aber Herr Bender sah noch viel furchtbarer aus: sichtlich entnervt, mit stinkendem Pansen und Hundeknochen bewaffnet, lief er zwischen Zelten und Bäumen umher und suchte offensichtlich nach dem Höllenhund, der mal wieder eigenständig die Welt erkundete. So war das also. Der blöde Vierbeiner büxte wohl in regelmäßigen Abständen von zu Hause aus, egal ob in der Stadt oder inmitten eines Waldes. Irgendwie tat Eriks Vater mir tatsächlich leid. Mit unglücklicher Miene versuchte er mal drohend, dann wieder schmeichelnd und lockend, Herr der Lage und des Hundes zu werden.

Kurzerhand ging ich zum langen Pfahl an der Feuerstelle, an den ich zu den jeweiligen Tagesplänen auch einen Gong gehängt hatte, der den Kindern zu verstehen gab, wenn sie sich auf dem Platz in der Zeltmitte versammeln sollten. Ich schlug auf das Metall, ein kräftiger Ton schallte über die Lichtung und in den Zelten rührte es sich. Einige Kinder hatten sich bereits angezogen, viele trugen noch die warmen, kuscheligen Trainingsanzüge von der Nacht. Kurz klärte ich sie über die Situation auf, gab Anweisung, wie weit sie sich vom Zeltplatz entfernen durften und dass sie immer mindestens zu zweit sein mussten. Dann entließ ich die Suchtrupps in alle Richtungen.

Herr Bender hatte die Unterstützung bemerkt und hob sichtlich erleichtert die Hand als Zeichen des Dankes.

»Ich hatte ihn an einer Zeltstange angebunden, aber der Mistkerl schafft es immer wieder, aus dem Halsband zu schlüpfen, und ich darf ihn im Anschluss stundenlang suchen. Es ist nur eine Frage der Zeit, dass er daheim unters Auto kommt.«

Die zahlreichen Bootsmann-Rufe entfernten sich mehr und mehr, die Stimmen wurden leiser, und schließlich war es gespenstisch still im Wald. Hoffentlich war es kein Fehler, die Kinder alleine losgehen zu lassen. Natürlich kannten sie sich in der Umgebung nach der Tour mit dem Förster ein bisschen aus, aber was war, wenn sich trotzdem jemand verlief oder das Bein brach? Oder Bootsmann war den Berg hinunter bis in den Ort gelaufen und stand vor dem Metzgerladen? Wenn sich jemand bis zu der großen Straße …? Ängstlich sah ich Herrn Bender an, der sich etwas ratlos am Hinterkopf kratzte.

Als er meinen Blick bemerkte, kam wohl sein männliches Rollenverständnis in ihm hoch. Beruhigend legte er seine Hand auf meinen Rücken und sprach auf mich ein, als wäre ich ein kleines Kind, das seine Mutter verloren hatte. Irgendwie fühlte ich mich auch ein bisschen so.

Plötzlich hörte ich weit entfernt ein Bellen, das mit zwei, vielleicht auch drei Stimmen gemischt war. Ich schlug den Gong, vor lauter Aufregung gleich mehrere Male hintereinander, und langsam tauchten von allen Seiten die Köpfe der Kinder aus dem Unterholz auf. Als ich durchgezählt hatte und tatsächlich niemand fehlte, war ich den Tränen nahe vor Erleichterung. Das war etwas viel, so ohne Kaffee und auf leeren Magen. Clara hatte Bootsmann vor einem Fuchs- oder Kaninchenbau entdeckt. Er hatte lauernd vor dem Erdloch gelegen, das blöde Vieh.

Als sich das Adrenalin in meinem Blut abgebaut hatte und ich mit einem frisch aufgebrühten Pott Kaffee im Unterstand saß, wurde mir die Situation von vorhin zunehmend unangenehm. Ich hatte mich nicht nur unprofessionell, ja sogar irgendwie lächerlich verhalten, sondern auch Jan Benders Hand auf meinem Rücken geduldet und sogar genossen. Hoffentlich hatte er Letzteres wenigstens nicht bemerkt.

Im Winter gab es in Triberg einige Loipen, auf denen Leistungssportler trainieren und Normalsterbliche diverse Pfunde und ihre Würde verlieren konnten. Ein einziges Mal hatte ich auf Skiern gestanden, deren Schuhe hinten nicht fest auf den Brettern fixiert waren. Es war grauenhaft gewesen. Besonders als eine lange Abfahrt gekommen war und die Spur – warum auch immer – aufgehört hatte zu existieren. Noch während ich in die schneebedeckten Büsche gerauscht war, hatte ich mich gefragt, warum ich mir das eigentlich antun musste. Mein damaliger Freund Ole, der im Winter häufig diesem knochenbrechenden Sport nachgegangen war, hatte sich gekrümmt vor Lachen, nachdem ich mich mühsam aufgerappelt und leise fluchend meine Stöcke gesucht hatte. Keine schöne Erinnerung, weder an den Sonntag noch an den Mann.

Naja, im Frühsommer war diese Gegend eindeutig ungefährlicher für mich. So wurde ich nicht nervös, als Bernd zum Zeltplatz kam, um mit uns zu den Schießständen der Biathlon-Anlage zu laufen, die unweit von unserer Lichtung entfernt waren.

»Uffi goht's. Jetzt gang ma go luöge, ob sell Chinder uff selli Schiabe schiaße chönne.«

Er hatte schon mehrere Luftgewehre an Ort und Stelle gebracht, die wir im Stehend- und Liegend-Anschlag ausprobieren durften. Gerade für die Jungen war das ein Riesenerlebnis. Wie John Wayne im Wilden Westen legten sie das Gewehr an und zielten hochkonzentriert auf die weit entfernten Scheiben, bei denen ich schon wieder meine Schwierigkeiten hatte. Zum Autofahren und Fußballschauen brauchte ich aufgrund meiner leichten Kurzsichtigkeit eine Brille, hatte sie aber ständig verlegt und beschlossen, die entgegenkommenden Autos auch so zu bemerken. Nach dem Motto der Gladiatoren, die beim Betreten der Arena den Kaiser mit »Die Todgeweihten grüßen dich« ehrten.

Hmmmpf.

Aber so schlimm war die Situation dann doch nicht, schließlich besaß ich gar kein Auto und machte höchst selten die Straßen mit Florians Golf unsicher. Wenn ich beim Radfahren einen Baumstamm übersah, könnte das weder mich noch andere direkt ins Grab bringen. So oder so, die grobe Richtung, in die ich mit dem Luftgewehr schießen musste, war eindeutig.

Ich bewunderte gerade den zuletzt abgefeuerten Schuss von Herrn Bender, als ein panisches Röcheln neben mir alle Schützen aufschrecken ließ. Ich hatte gehört, wie Erik als Sportreporter die Klassenkameraden und ihre Leistungen kommentierte. Doch mitten im Satz hatte er aufgehört zu sprechen und rang sichtlich nach Luft.

Mein Gewehr fiel auf den staubigen Erdboden, im Aufstehen nestelte ich bereits an meinem Reißverschluss, um das lebensnotwenige Spray herauszubefördern. Wieso trug das eigentlich nicht der Vater bei sich, sondern ich? Und wäre es nicht im Grunde das Klügste, wenn es Erik selbst immer griffbereit in seiner Hosentasche hätte? Das würde ich mal dringend ansprechen müssen!

Erik inhalierte mehrere Hübe des Medikamentes, während ich seinen Oberkörper aufrichtete, die Arme über seinen Kopf hielt und beruhigend auf ihn einsprach. Obwohl der Junge im Klassenverbund in der letzten Zeit schon häufiger einen heftigen Anfall gehabt hatte, waren seine Klassenkameraden jetzt ziemlich geschockt, denn schließlich hatten sie ihn noch nie hyperventilieren sehen. Keiner traute sich, einen Ton zu sagen oder auf irgendeine Weise bei der Rettungsaktion im Wege zu stehen. Langsam beruhigte sich Erik, sein Atem wurde gleichmäßiger, er klang weniger pfeifend und rasselnd.

Sein Vater hatte etwas hilflos danebengestanden und meine Erste-Hilfe-Maßnahmen genauestens verfolgt. Jetzt nahm er den Jungen in die Arme und streichelte zärtlich seinen Rücken. Herrn Benders Augen waren dabei geschlossen, die Angst schien nur langsam von ihm abzufallen. Schließlich schaute er mich über den Kopf des Sohnes hinweg an, seine Lippen formten ein stummes »Danke«. Ich nickte ihm zu, nahm einen Schluck Wasser aus meiner Trinkflasche und versuchte, zu meiner Fröhlichkeit zurückzukehren.

Mit »Auf geht's, wer drei Treffer auf einer Scheibe in den Bereich zwischen sieben und neun platziert, ist unser Waldcamp-Schützenmeister« lenkte ich die Kinder von dem Schrecken ab, der allen in die Glieder gefahren war.

Nach einem ausgedehnten Picknick verteilte ich verschiedene Aufgaben unter den Kindern. Diesen sollten sie in Kleingruppen im Laufe des Tages nachgehen und viel über den Wald und seine Bewohner lernen. Erik durfte mit dem Förster zu einem Hochsitz laufen, Bernd trug ein Kortisonspray bei sich und war genauestens unterwiesen worden. Eriks Gesicht leuchtete voll Stolz, als er sich neben dem netten Waldschrat von unserem verabredeten Treffpunkt entfernte. Herr Bender und ich würden hier die Stellung halten und für Fragen der einzelnen Gruppen zur Verfügung stehen.

Derselbe trank sein Wasser leer, ohne die Flasche ein einziges Mal abzusetzen. Tief beeindruckt nahm ich mir vor, niemals im Biertrinken gegen diesen Mann anzutreten. Meine Herren, hatte der Kerl einen Zug drauf.

Aber warum sollte ich auch jemals mit Herrn Bender in einer Kneipe sitzen und etwas trinken?

Bootsmann schien froh darüber zu sein, dass es wieder ruhiger im Wald geworden war. Das Abfeuern der Gewehre hatte ihn so nervös gemacht, dass ich – auch ohne die Hundesprache wirklich zu verstehen – merkte, wie unwohl sich das Tier gefühlt hatte. Rumstreunen und Welterkunden war ihm eindeutig vergangen, er wich seinem Herrchen keinen Zentimeter von der Seite. Nun endlich musste Bootsmann keine Gefahr mehr fürchten, und mit seinem ganz eigenen Seufzer platzierte er seinen wuchtigen Körper auf den weichen Boden. Könnte er sprechen, hätte er bestimmt »hmmmpf« gesagt.

»Danke, Frau Bernfeld. Besser hätte es Erik gar nicht treffen können.«

Huch? Mit einem »Danke« konnte ich ja noch gut leben, aber was meinte er mit dem darauffolgenden Satz?

Weil ich bei Eriks Anfällen in etwa wusste, was ich zu tun hatte? Oder ganz allgemein? Machte ich in seinen Augen noch mehr richtig? Etwas verwirrt fing ich an, mit einem Stöckchen kleine Vierecke in den Waldboden zu zeichnen. Ich konnte den Mann an meiner Seite nicht ansehen, als er weiterredete.

»Er erzählt ja fast nichts, aber wenn man Erik nach seiner Klassenlehrerin fragt, sprudelt es nur so aus ihm heraus. Er hat Sie sehr gern.«

Nach den Vierecken kamen Kreise an die Reihe.

»Die letzten Wochen waren wirklich nicht leicht für den Jungen«, fuhr Herr Bender mit leiser Stimme fort.

Er hatte schon einmal familiäre Schwierigkeiten erwähnt, von denen ich als Klassenlehrerin unter Umständen wissen sollte. Ich ließ den Stock sinken und schaute zu Herrn Bender, der ein Stück weiter auf dem Stumpf eines Baumstammes saß.

»Darf ich fragen, wieso es Erik in den letzten Wochen schwer hatte? Wegen des Asthmas? Ich hatte auch den Eindruck, seine Anfälle wären häufiger und vielleicht sogar heftiger geworden.«

Mein Begleiter schüttelte den Kopf und sah dabei ziemlich traurig aus. Irgendwie rührte mich dieser Anblick.

»Meine Frau und ich haben uns vor drei Jahren getrennt. Sie hatte sich in unseren Nachbarn verliebt, und als dessen Scheidung durch war … na, egal. Das haben wir zumindest nicht auf den Schultern des Jungen ausgetragen. Darauf lege ich großen Wert. Ich bin aus unserem gemeinsamen Haus ausgezogen, und nachdem es sich halbwegs eingependelt hatte, wann Erik zu mir kommen konnte, war das für alle Beteiligten wohl ganz in Ordnung. Sandra hat jetzt aber schon wieder einen neuen Partner, irgend so ein Spinner, der sich mit ihr in Guatemala ein neues Leben aufbauen will. Auf jeden Fall ist sie weg. Ohne Erik. Und ohne ihm die Chance gegeben zu haben, sich von ihr zu verabschieden. Ich habe keine Ahnung, was sich im Kopf dieser Frau abgespielt hat. Man lässt doch sein eigenes Kind nicht einfach zurück!«

Aus traurig war wütend geworden. Mit dem Fuß traktierte er den Waldboden auf ähnliche Weise, wie ich es zuvor mit meinem Stock gemacht hatte.

Gespannt wartete ich, dass Herr Bender weitererzählte.

»Mittwoch vor sieben Wochen habe ich zum letzten Mal von Sandra gehört. Ihre Stimme war auf meinem Anrufbeantworter, ich sollte Erik außerplanmäßig von der Schule abholen, sie sei ab jetzt mit ihrem Partner in Zentralamerika. Danach haben wir nichts mehr von ihr gehört. Es war alles so schwierig in den vergangenen Wochen. Zum Glück habe ich einen sehr verständnisvollen Chef in der Firma, der über unsere momentane Situation Bescheid weiß und mir auch mal spontan ein paar Tage freigibt, wenn Not am Mann ist. Vor kurzem hatte Erik diese eitrige Mandelentzündung, da hätte ich doch nicht zur Arbeit gehen können. Und auch um die vier Tage jetzt musste ich nicht lange bitten.«

Sprachlos fixierte ich einen Tannenast auf der gegenüberliegenden Seite. Ich musste den Blick von Herrn Bender abwenden, so ergriffen war ich von seiner Geschichte. Der arme Junge. Der arme Vater. Jetzt war klar, dass sich Eriks Mama nicht auf meine Anrufe gemeldet hatte. Die hatte wohl Besseres zu tun bei ihrer Selbstverwirklichung in Hippieklamotten. Was konnte eine Mutter bewegen, ihr Kind einfach zurückzulassen und sich ein neues Leben aufzubauen? Asthma la vista, Baby. Da musste man doch noch bekiffter sein als ich später im Altersheim beim Rollstuhlrennen gegen Florian!

Das schlechte Gewissen hatte Frau Ex-Bender wohl weniger gepackt, mich dafür umso mehr. Ich hätte nachfragen müssen, vielleicht wäre Hilfe von meiner Seite angebracht gewesen. Stattdessen war Jan Bender in meinen Augen als Vater durchgefallen und als Hundeherrchen sowieso.

Hmmmpf. Wenn eine hier durch die Prüfung im Fach Menschenkenntnis gerasselt war, dann ganz bestimmt ich.

»Die Verschlimmerung von Eriks Asthma ist dann wohl psychosomatisch? Ich habe ein bisschen im Internet über das Krankheitsbild bei Kindern gelesen. Ich wollte wissen, wie man dem Jungen helfen könnte. Da hieß es, dass psychische Belastung, also emotionaler Stress, die Symptome ganz schön verschlimmern kann. Sehen Sie einen Zusammenhang zwischen Eriks Gesundheitszustand und dem Verschwinden seiner Mutter?«

Der Vater nickte zwar mit dem Kopf, war aber mit seinen Gedanken sehr weit weg. Vielleicht in Guatemala. Hmmmpf.

Moment, warum denn jetzt hmmmpf? Das könnte mir doch völlig egal sein. Und wenn er seiner Exfrau bis Transsibirien gedanklich folgen würde. Vielleicht dachte er auch gar nicht an sie, sondern an das letzte Gespräch mit Eriks behandelndem Arzt?

»Und warum hab ich Sie in den letzten zwei Jahren nie auf einem Elternabend gesehen? Oder bei einem Elternsprechtag? Es war schon irgendwie merkwürdig. Ich dachte wirklich, es kümmert sich niemand um den armen Jungen.«

Resigniert stieß Herr Bender die Luft aus und schüttelte heftig den Kopf. »Sie glauben gar nicht, wie viele Diskussionen wir deswegen hatten. Sandra wollte sich allein um Eriks schulische Angelegenheiten kümmern. Wer weiß schon, warum! Das war einer meiner größten Fehler in unserer Beziehung. Ich habe immer nachgegeben, um des Friedens willen. Egal, wie hirnrissig ihre Einstellung auch war.«

Eine Weile saßen wir schweigend nebeneinander, jeder von uns mit seinen eigenen Sorgen und Überlegungen beschäftigt.

Auf einmal drehte Herr Bender sich in meine Richtung, sah mich so eingehend an, dass ich merkte, wie das Blut in meinen Kopf schoss, und machte einen Vorschlag, der mich ziemlich überraschte.

»Jetzt hausen wir hier im tiefsten Wald und nennen uns immer noch beim Nachnamen. Ich heiße Jan. Sie doch Laura, oder? Das stand auf dem letzten Elternbrief.«

Ich nickte, mehr bekam ich nicht zustande. Natürlich hatte er völlig recht, es wäre bescheuert, sich weiter zu siezen, aber die ganze Situation hier im Wald auf den Baumstämmen war so seltsam harmonisch. Jan kam mir eigenartig vertraut vor, fast so, als würde ich ihn schon seit Ewigkeiten kennen. Naja, vielleicht weil ich seinen Sohn schon seit zwei Jahren im Unterricht hatte und sie sich irgendwie ähnelten?

Sophia, Clara, Alexandra, Erwin und Dirk waren die Ersten, die ihre Gruppenaufgabe gelöst hatten und zufrieden japsend den Hang zu unserem Treffpunkt hinaufgerannt kamen. Ich war heilfroh, dass Dirks Knöchel keine weiteren Schwierigkeiten machte und er ohne Probleme an den Tagesaktivitäten teilnehmen konnte. Nach und nach trafen auch die anderen Gruppen ein, jede hatte viel entdeckt und Mitteilenswertes erlebt.

Auch mit Erik war alles gut gegangen. Bernd und er waren auf einen Hochsitz gestiegen, um von dort oben den Wildbestand zu kontrollieren, und der Junge zeigte stolz sein angefertigtes Protokoll. Jan wuschelte ihm grinsend durch das dichte Haar, erleichtert über dessen sorglosen Gesichtsausdruck. Während Erik Rehe durch den Feldstecher beobachtet hatte, war Guatemala in weite Ferne gerückt.

Am Nachmittag hatten wir versucht, eine eingezeichnete Feuerstelle nur mit Hilfe eines Luftbildes zu finden. Als wir bis zum Rande des Waldes gestiefelt waren und sich die Kinder stolz auf die Bänke des Rastplatzes niederließen, genügte ein Blick zwischen Jan und mir, um uns zu verständigen. Unabhängig voneinander waren wir uns sicher, an einem anderen Ort gelandet und somit kläglich bei unserer Suche gescheitert zu sein. Aber das mussten unsere Pfadfinder gar nicht erfahren, so zufrieden wie sie die Beine ausstreckten und in ihre Brote bissen.

Höhepunkt des Tages war das gemeinsame Würstchengrillen am Abend. Bei manchen Kindern fragte ich mich, ob sie noch Wurst mit Ketchup oder eher Ketchup mit Wurst aßen, aber es schien ihnen tatsächlich zu schmecken.

»Was machen unsere Vorräte? Würden die es verkraften, wenn ich noch ein Würstchen …?«

Mit einem leicht ironischen Grinsen im Gesicht reichte ich Jan die vierte Fleischration, die er voll Vorfreude auf seinen Stock spießte. Kein Wunder, dass sein Hemd am Bauch etwas spannte.

Die frische Luft und die ungewohnte Bewegung hatten auch die Schüler hungrig gemacht. Es wurde gegrillt, gelacht, geredet – meinetwegen hätte man die Zeit anhalten können. Und es wurde noch schöner. Jan lief zu seinem Zelt und kam mit der Gitarre in der Hand zurück, die ich im Laufe der letzten zwei Tage völlig vergessen hatte.

»Au ja, ich weiß ein Lied, Jan!«, rief Clara aufgeregt, als das Mädchen seinen Plan durchschaut hatte.

Die Kinder nannten Troubadix längst beim Vornamen und schienen ihn heiß und innig zu lieben, ob in Eselsgestalt oder als Grillmeister.

Im Wald wurde es zu dieser Jahreszeit noch relativ früh dunkel. Gerade als Städter, der kaum einen Ort ohne Laternen und beleuchtete Häuser erlebte, war das ein ganz besonderer Moment. Und wer weiß, vielleicht würden wir heute Abend sogar noch die ein oder andere Sternschnuppe am Himmel verglühen sehen. Für alle Fälle hatte ich schon einen Wunsch parat …

Eng aneinandergekuschelt saßen sechsundzwanzig kleine Gestalten um das prasselnde Lagerfeuer, eine wesentlich größere Gestalt kraulte den Hundekopf, und eine noch imposantere mit vier Würstchen im Bauch zupfte auf der Gitarre. Manche Lieder waren fröhlich und mit schönen Kinderversen gereimt, andere eher besinnlich und ruhig. Nicht immer waren alle Kinder textsicher genug, um mitzusingen, aber das schien sie nicht weiter zu stören. Andächtig lauschten selbst meine leicht chaotischen Jungen den zarten Tönen des Instruments. Wenn ich noch beim Grillen die Zeit anhalten wollte, dann könnte ich sie jetzt schockfrosten, um kein einziges Molekül durch Hitze zu zerstören. Samt Lagerfeuer.

Mit geröteten Wangen saß ich auf der Bierbank, mir gegenüber ein Mann, in dem ich mich grundlegend getäuscht hatte. »Über den Wolken« tönte durch den Nachtwald und ließ mich unendlich leicht fühlen, als ob ich genau dort wäre: über den Wolken. Es war fast kitschig schön und ich freute mich ungemein für die Kinder, ein solches Erlebnis mit nach Hause zu nehmen.

Mein Blick war weiterhin auf Jan geheftet, der die Stimmung nicht weniger zu genießen schien. Manchmal lachte er fröhlich auf, wenn die Liederwünsche der Kinder geballt auf ihn einprasselten, dann wurde er wieder ernst, beugte sich mit dem Oberkörper über seine Gitarre und schloss die Augen, ganz in die Musik versunken. Es war schön, ihm einfach nur zuzusehen. Ich ließ die letzten Tage wie einen Film an mir vorüberziehen, in der Hauptrolle Jan Bender. Nicht als Serienarzt, nicht als Förster, sondern einfach als Eriks Vater. Und als Mann. Ein bisschen. Als Papa gewann er definitiv einen Oscar in der männlichen Hauptrolle: er konnte selbst einen solchen Spaß am Spielen entwickeln, dass ihm der Umgang mit der Klasse, besonders aber mit dem eigenen Kind leicht von der Hand ging.

Seine Liebe zu Erik schien groß zu sein. In seinen Augen hatte ich lesen können, dass es ihm wehtat mit anzusehen, wie der Junge von seiner eigenen Mutter verlassen wurde. So gut es ihm eben möglich war, versuchte er, Erik über diesen Verlust hinwegzutrösten. Einen Vater wie Jan konnte ich dem Jungen nur wünschen, wenn die Mutter schon ein karmischer Griff ins Klo gewesen war.

Und als Mann? Bekam er da auch einen Oscar? Hmmmpf.

Ich musste zugeben, dass ich beim Liegendschießen, also bevor Erik diesen grässlichen Anfall gehabt hatte, schon der Versuchung erlegen war, einen Blick auf Jans Hinterteil zu werfen. Und es hatte sich durchaus gelohnt. Ich konnte ja prinzipiell nichts mit den sogenannten Männern anfangen, die keinen Arsch in der Hose hatten, also wörtlich. Im übertragenen Sinne auch nicht. Und wenn ich an die Maultieraktion dachte, bei der Dirk über mehrere Kilometer getragen wurde, als wäre er eine Tüte Erdnussflips, war das extrem männlich gewesen.

Puh. Das Lagerfeuer heizte schon tüchtig ein.

Jan legte gerade die Gitarre beiseite und sah in zahlreiche Kinderaugen, die vom Rauch des Feuers, vom Glück des Moments und vielleicht auch schon ein bisschen von aufkommender Müdigkeit glänzten. Das hätte aber niemand von ihnen zugegeben. Viel zu neugierig waren sie auf das, was nun geschehen würde.

»Wer von euch ist mutig?«, fragte Jan und lachte, als alle Hände in die Höhe schossen.

»Nein, so richtig. Wer glaubt von sich, dass er keine Angst hat?«

Die Arme von einigen zarteren Gemütern blieben dieses Mal unten. Die Kinder schauten wie gebannt auf Eriks Vater.

»Rückt mal alle noch etwas näher zusammen. Ihr werdet jetzt nämlich euren ganzen Mut brauchen. Ich erzähle jetzt die gruseligste Gruselgeschichte, die die Bäume hier ringsum je gehört haben. Seid ihr bereit?«

Alle Köpfe nickten in gespannter Erwartung. Die ersten Schüler fingen bereits an, sich auf die Unterlippe zu beißen oder an den Fingernägeln zu kauen.

»Ihr erinnert euch an die Feuerstelle, die wir heute mit dem Luftbild gefunden und an der wir gerastet haben? Ich bin so froh, dass wir nicht in die entgegengesetzte Richtung gelaufen sind. Dort, am Rande des dunklen Waldes, liegt nämlich ein verwunschenes Schloss. Seit vielen Jahren hat sich niemand mehr in seine Nähe getraut. Immer, wenn es Nacht wird …«

Von wegen, die Kinder würden sich nur noch für Playstation und Fernsehfilme begeistern lassen. Die Geister, von denen Jan gerade erzählte, fesselten die Zuhörer auf ganz besondere Art und Weise.

Ich glaube, in diesem Moment passierte es. Es gab keinen Knall, keine Fanfare spielte auf, und trotzdem war die Erkenntnis so erschütternd, ja ungeheuerlich, dass mir die Luft wegblieb.

Ich hatte mich Hals über Kopf in den Musiker und Geschichtenerzähler in unserer Mitte verliebt.

19

Die zweite Hälfte der Klassenfahrt verging wie im Fluge. Am dritten Tag folgte eine Wanderung zu traumhaften Wasserfällen, auf der wir eigentlich an dem Spukschloss hätten vorbeikommen müssen, das Jan so eindrucksvoll am Lagerfeuer beschrieben hatte. Statt Geister und Vampire sahen wir Hasen, zwei Rehe und einen Hund, der wegen eben dieser Tiere partout nicht angeleint bleiben wollte. Dieses Vieh, so gern ich es inzwischen auch hatte, raubte einem nicht nur die Zeit, die man brauchte, um es wieder aufzufinden, sondern auch den letzten Nerv. Jan drohte ihm im Grunde alle zehn Minuten mit dem Tierheim oder Hundefängern.

Tannenzapfenzielwerfen, Baumstumpfkämpfe und Stammweitwurf. Das Programm war so vielfältig, dass wir keinen Gedanken an die Rückfahrt verschwendet hatten. Bis eben zur Rückfahrt. Ich hatte sie ganz besonders aus dem Blickfeld geschoben. Die gesamte Konstellation war einfach zu perfekt: Sechsundzwanzig liebe Kinder mit dem Mann meiner Träume. Das konnte doch nicht einfach so vorbei sein! Naja, vom Hund mal abgesehen. Und mehr als drei Sprösslinge passten eigentlich auch nicht in mein Lebenskonzept. Aber der Mann …

Ich glaubte schon, dass er mich inzwischen auch ganz gerne mochte. Wir lachten viel miteinander, sprachen über Eriks familiäre Situation, seinen Kummer und dessen gesundheitliche Auswirkungen und schienen tatsächlich ein ganz brauchbares Leiterteam abzugeben. Aber wir waren notgedrungen gemeinsam in das Waldcamp gefahren, nicht weil wir so gerne Zeit miteinander verbringen wollten. Da sollte ich schon realistisch bleiben! Ich musste doch schwer annehmen, dass sich Jan sowohl auf sein weiches Bett freute als auch darauf, den lärmigen Kindern und mir den Rücken zuzukehren.

Den breiten, männlichen Rücken.

Scheiße, ich war so verknallt, dass es in den höchsten Baumwipfeln krachte.

Wie auf der Hinfahrt fuhr Jan mit seinem Auto hinter dem großen Reisebus her. Ich musste die Kinder ständig ermahnen, ihn nicht zu sehr vom Fahren abzulenken, denn eigentlich klebte die gesamte Meute an der Rückscheibe und winkte ihm ununterbrochen zu. Sie hatten ihn ausnahmslos ins Herz geschlossen.

Wer hatte das nicht? Hmmmpf.

Als Bus und Auto auf dem Schulparkplatz zum Stehen kamen und alle Kinder von ihren Eltern mit großem Geherze und Geküsse abgeholt worden waren, standen Jan und ich uns etwas unbeholfen gegenüber.

»Na dann«, meinte mein Begleiter und grinste etwas schief.

»Ja, also, danke erst mal«, stotterte ich und kam mir reichlich bescheuert vor.

Und bevor ich die Chance verpasst hatte und Jan über alle Berge oder Häuser war, nahm ich meinen ganzen Mut zusammen.

»Also, es war ja wirklich gut, dass du dabei warst, also für Erik. Und auch für die anderen Kinder. Und ich wollte fragen, ob ich dich als Dankeschön zum Essen einladen kann. Also mit Erik. Oder ohne.«

Maaaaann! Ich stotterte wie Scatman John zu seinen besten Zeiten, die er eigentlich nie hatte, bei der Schrottmusik. Das war einfach nur peinlich. Kein Wunder, dass Jan nicht wusste, was er dazu noch sagen sollte. Innerlich schämte ich mich in Grund und Boden, und es wurde tatsächlich noch schlimmer. Natürlich sagte er nein, welche Reaktion hatte ich denn auch erwartet?

»Nein, Laura, das geht leider nicht. In Eriks Zustand muss ich immer wieder mit Anfällen rechnen, auch oder eigentlich sogar besonders am Abend und in der Nacht. Mir ist es im Moment zu heikel, ihn alleine zu lassen. Obwohl es ihm garantiert recht wäre. Ich will aber auch niemanden bitten, auf ihn aufzupassen. Die Verantwortung für den Jungen kann ich nicht auf irgendeinen Bekannten abwälzen. Deswegen war ich ja so froh, dass ich als Begleitperson ins Waldcamp mitgehen konnte. Auch wenn ich zugeben muss, dass er bei dir schon gut aufgehoben ist.«

Jan grinste spitzbübisch, was ihm einen hinreißenden Charme verlieh, dem ich völlig erlegen war.

Das war eine klare Abfuhr. Wirklich sehr charmant und nachvollziehbar, aber eindeutig. Hmmmpf.

»Ich hätte einen Gegenvorschlag zu machen. Was hältst du davon, wenn du am Samstag zu mir nach Hause kommst und ich für dich koche? Nach dem Camping-Essen und Würstchengrillen wäre es doch nicht schlecht, etwas Anständiges in den Magen zu bekommen. Dann muss ich den Jungen nicht alleine lassen, und wir können trotzdem eine kleine Rückschau halten?«

»Aber das geht doch nicht. Ich wollte mich doch bedanken. Wenn du jetzt kochst …«

Oh Gott! Ahnte er etwa, was meine Freunde schon lange wussten: dass Laura und Kochen eine grauenvolle Kombination war?!

Die kleinen Fältchen legten sich erneut wie ein Kranz um seine blitzenden Augen. »Wenn es dich beruhigt, kannst du mir ja die Getränkeauswahl abnehmen. Um acht?«

Ich nickte zustimmend und bat ihn, Erik einen Zettel mit der neuen Adresse mitzugeben, damit ich wusste, wo ich hinfahren sollte.

»Bis dann, ich freu mich«, schmunzelte mein Begleiter, und ich fühlte schon wieder Panik in mir hochsteigen.

Wie sollte ich mich von ihm verabschieden? Ihm die Hand reichen? Umarmung? Küsschen links, Küsschen rechts? Auf jeden Fall sollte ich mich nicht weiter blamieren. Reden ist Silber, Schweigen ist Gold, Laura. Das hatte der alte Methusalix schon erkannt und es galt jetzt ganz besonders für diese Situation. Wenn nur Gestotter rauskam, sollte ich wohl besser die Klappe halten.

Also nickte ich Jan erneut zu, winkte zu Erik und Bootsmann, die schon im Auto auf ihren Fahrer warteten, und wuchtete den schweren, sperrigen Trekkingrucksack auf meinen Rücken.

Zuhause angekommen schmiss ich mich mitsamt der dreckigen Kleidung auf mein kuscheliges Bett, an das ich auf der dünnen Isomatte im Zelt sehnsüchtig gedacht hatte. Bei jedem Umdrehen hatte mich das harte Globetrotter-Utensil an den steinigen Waldboden erinnert. Wohlig seufzend streckte ich die müden Knochen aus.

Mein Handy, das ich zum ersten Mal wieder anstellte, seit ich zurück in der Stadt war, zeigte vierzehn neue Nachrichten an, alleine fünf davon aus dem Hause Mama. Mal wollte sie von Papas Nagelpilz berichten, in einer anderen daran erinnern, dass ich doch bitte die Bügelwäsche beim nächsten Besuch mitbringen sollte. Vielleicht hätte ich die Zeit ohne Mobilfunknetz noch mehr genießen sollen.

Hallo? Noch mehr ging ja wohl nicht! Ich war gerade erst wieder zurück und schon leicht genervt von Mamas Fürsorge. Seit Myriams Eltern das Enkelhüten übernommen hatten, lief sie im übertragenen Sinn am Krückstock. In ihrem ganzen Leben hatte sie es nie gelernt, mal einen Gang runterzuschalten, zu entspannen, zu genießen, sich mal um die eigenen Bedürfnisse zu kümmern. »Wenn ihr mich nicht hättet!« Ja, was wäre dann? Dann würde ich meine Oberteile trotzdem nicht bügeln, Mama. So. Aber das sagte ich ihr natürlich nicht.

Doch wenn das langjährige Ehefrau- und Muttersein solche Auswirkungen hatte, wollte ich lieber weiter allein bleiben. Einsam an der Dreisam? Moment, wollte ich das wirklich? Noch vor drei Tagen wäre das definitiv die bessere Alternative gewesen, aber seit Jan Bender in meinem Film die Hauptrolle übernommen hatte … Dann doch lieber zweisam an der Dreisam. Ich bewarb mich in Gedanken schon als eloquente Arztgattin oder burschikose Försterfrau. Am Samstag würde ich ihn wiedersehen, samt Lachfältchen und Bauchansatz. Ich musste dringend Suse von dem Mann erzählen, mit dem ich bis ans Ende des Waldes, also der Welt, gehen würde. Bis zum Spukschloss. Vielleicht sogar hinein.

Doch bevor ich zum Hörer griff, schrieb ich Florian eine Nachricht: »Hi, sollen wir Britta und Thomas am Sonntag etwas Zweisamkeit gönnen und mit den Jungs in den Zoo gehen?«

Dann wählte ich Suses Nummer, eine Prozedur, die selbst ohne Vorwahl ewig dauerte bei meiner alten Drehscheibe.

Da sie meistens an ihrem großen Schreibtisch arbeitete, nahm Suse schon beim zweiten Klingeln ab. »Suse Lindberg, hallo?«

Als sie hörte, wer am anderen Ende der Leitung war, stieß sie einen ohrenbetäubenden Schrei aus. Ich hielt den Hörer eine Armlänge auf Abstand, um keinen irreparablen Gehörschaden davonzutragen. Eine beste Freundin war einfach traumhaft.

»Su, ich war gerade einmal ein paar Tage weg!« Ich erinnerte mich an das Versprechen im Auto, das ich Hendrik und ihr vor meiner Abfahrt ins Waldcamp gegeben hatte. »Wie kommst du mit der Tischdeko voran?«

Suse erzählte von ihren Ideen für den Hochzeitsschmuck, während ich das Wasser aufsetzte, um mir einen Matchatee zu kochen. Mmmm, jetzt noch eine Zigarette … Nein, Jan mochte Rauch sicher nur, wenn er von einem Lagerfeuer stammte. Als ich ein Kind war, gab es Nichtraucher-Kampagnen, die abschreckend wirken sollten. Auf zig Plakate und Aufkleber war der Slogan »Wer küsst schon gerne einen Aschenbecher« gedruckt. Ich konnte zugegebenermaßen mit fünf nicht wirklich viel mit dieser reißerischen, doch recht rhetorischen Frage anfangen. Aber in puncto Jan wollte ich kein Risiko eingehen und lieber meinen Mund jungfräulich halten. In gewisser Weise.

Suse zuliebe bremste ich meine Gedanken, wenn sie sich gerade wieder verselbständigten und an ebendieses Lagerfeuer setzen wollten, neben den Mann mit der Gitarre und der tiefen, gefühlvollen Stimme. Irgendwann im Laufe des Telefonats war es vorbei mit der Selbstbeherrschung und ich platzte mit meiner Neuigkeit heraus.

»Suse, ich bin verliebt. Aber so was von!«

»Jetzt aber mal halblang.« Meine Freundin klang leicht gereizt. »Du weißt also schon, dass ihn Jule tatsächlich vor die Tür gesetzt hat? Oliver musste erst mal wieder bei seinen Eltern unterkommen, weil die alte Wohnung natürlich schon wieder neu vermietet worden war. Aber so viel Mitleid kann man gar nicht mit dem Depp haben, dass du dein Herz wieder völlig verlierst. An so ein Kleinhirn!«

»Quatsch«, brachte ich mühsam hervor.

Ich musste so lachen, dass mir Tränen in die Augen stiegen. Ich sah Suse mit dem Hörer in der Hand und einer großen »Hä-Denkblase« über ihrem Kopf schweben, wie es bei meinem Lieblingscomic üblich war, wenn jemand nur Bahnhof verstand. Ausführlich berichtete ich von Erik, dessen Asthma, wie ich versucht hatte, seine Mutter zu erreichen, und was ich auf der Klassenfahrt über sie erfahren hatte. Und dann erzählte ich ihr von Herrn Bender, kurze Zeit später von Jan, mit dem ich am Samstag zu Abend essen würde.

Am anderen Ende war es mucksmäuschenstill. Zu still für Suse und für meinen Geschmack.

»Su? Sag doch was! Ist Jan nicht traumhaft? Ich glaube, das passt perfekt.«

Suse war immer noch still. Ich erwartete eigentlich den üblichen Begeisterungssturm, dass meine Freundin in die Schwärmerei mit einstimmte. Stattdessen fing sie zu sprechen an, ungewöhnlich zaghaft und vorsichtig.

»Laura, ich kann gut verstehen, dass die Geschichte mit Oliver Spuren hinterlassen hat. Du bist enttäuscht und verletzt. Und ich kann auch gut verstehen, dass du dir einen Partner wünschst, der tatsächlich perfekt passt. Aber …« Ich hörte, wie sie Luft holte. »Häng dich nicht schon wieder an jemanden, der dich einfach nicht verdient hat. Du projizierst deine Wünsche auf irgendeinen Vater, der dir bis jetzt wohl auch noch höchst unsympathisch war. Das ist doch Kacke!«

Hallo? War die Braut jetzt unter die Hobbypsychologen gegangen? Aber diesen Mist sollte sie bitte nicht an mir ausprobieren, meinetwegen am zukünftigen Ehemann oder den Schwiegereltern. Ich wusste gar nicht, was ich auf diese Theorie überhaupt sagen konnte.

»Das ist jetzt echt Quatsch, Su, das ist diesmal doch etwas völlig anderes. Wenn du ihn kennenlernst …«

»Neenee, ich werde ihn sicher nicht kennenlernen, und du kommst mal wieder runter von dieser fixen Idee. Denk mal eine Weile darüber nach und stürz dich nicht sofort in das nächste Unglück! An unserer Hochzeit kommen ein paar Freunde von Hendrik, die noch oder schon wieder solo sind. Da ist vielleicht jemand dabei.«

Jetzt wurde es mir aber zu blöd. Sie war doch diejenige, die mich mit dem unehrlichen Penner verkuppelt hatte. Und jetzt wollte sie mir schon wieder jemanden aufs Auge drücken, der garantiert einige Leichen im Keller hatte?

»Ich muss jetzt auflegen, Su, es ist eine Menge liegengeblieben, und ich hab ja morgen noch ganz normal Unterricht. Ciao.«

Ein vernünftiger Abschluss des Gesprächs war nicht mehr möglich. Mit »vernünftig« war heute ja sowieso nichts.

Grrrrrr. Ich war stinksauer.

Um mich abzulenken, lief ich zum Supermarkt, studierte ausgiebig das Angebot an Rot- und Weißweinen und sorgte für ausreichend Essbares in meinem Kühlschrank. Schwer bepackt hielt ich auf dem Rückweg nach einer nassen Schnauze Ausschau, die wahlweise mit oder ohne Herrchen unterwegs sein konnte.

20

Britta hatte mein Angebot dankbar angenommen. »Mindestens vier Stunden Couchgeflüster ohne das Geschrei von Dick & Doof«, hatte sie geseufzt. Ihre Stimme hatte müde geklungen, höchste Zeit für den Einsatz der beiden Superhelden im Zoo. Ich war so froh darüber, dass sich ihr Mann aus freien Stücken um einen Job in ihrer Nähe bemüht hatte. Das würde in Zukunft einiges einfacher für sie machen.

Florian und ich würden morgen Erwin und Felix abholen und mit ihnen in das Tiergehege Mundenhof fahren, in dem es nicht nur einen leicht hospitalistischen Bären, sondern auch Erdmännchen, Kamele, Schweine und noch viele andere Tiere gab. In einem großen Gelände konnten sich die Jungs austoben und Indianer spielen, und vielleicht wurde sogar Kamelreiten in der Nähe des kleinen Aquariums angeboten. Das war eine tolles Gefühl, zwischen den schaukelnden Höckern zu sitzen, ich hatte das selbst einmal ausprobiert. Und seit ich wusste, dass die Kamelführer ehrenamtlich tätig waren und der komplette Erlös den Tieren zu Gute kam, fand ich die Scheich-Spielerei noch mal so gut. Dass die gute Laune am Eisbecher dann auch nicht scheitern würde, war Ehrensache.

Doch bevor diese Aktion angegangen werden konnte, stand noch eine viel wichtigere ins Haus. Erik hatte mir die Adresse mitgebracht, aber etwas irritiert geschaut, als ich mich nach dem Unterricht mit »bis morgen« von ihm verabschiedet hatte. Ob er es blöd fand, die Lehrerin abends im eigenen Wohnzimmer sitzen zu sehen? Na, wenn die Mutter in Guatemala saß, konnte auch die Klassenlehrerin auf dem heimischen Sofa hocken. Der Junge war höchstwahrscheinlich einigen Kummer gewohnt bei dieser familiären Situation. Um die Vorstellung etwas erträglicher zu machen, hatte ich ein Taschenmesser für ihn gekauft, das zwar etwas weniger Funktionen hatte als der Allrounder seines Vaters, aber ein Jungenherz sicher höher schlagen ließ. Für Jan und mich hatte ich zwei Flaschen Grauburgunder gekauft, der die Zähne garantiert weiß lassen würde. Was brachte es, wenn der Mund nicht nach kalter Asche schmeckte, aber die Zähne durch den Rotwein so verfärbt wurden, dass man dachte, die fauligen Dinger wären kurz vorm Herausfliegen. Vielleicht konnte der Traubensaft etwas gegen meine Nervosität tun, die seit heute Mittag von Stunde zu Stunde anstieg. Langsam bezweifelte ich, ob meine Beiträge intelligenter ausfallen würden als vor zwei Tagen auf dem Schulparkplatz.

Es war nicht wirklich weit bis zu seiner Wohnung. Der Abend war recht kühl, aber der klare Himmel hatte es gut mit mir gemeint, und ich war leicht frierend, aber ansonsten wohlbehalten bei ihm angekommen. Da ich nicht quer durch die ganze Stadt fahren musste, sondern nur ein paar Straßen weiter, waren die kreisrunden Schweißflecken unter meinen Achseln ausgeblieben, und meine Frische vom Duschen war weitestgehend erhalten. Ich hatte mich wesentlich weniger aufgebrezelt als bei meiner letzten Verabredung. Jan kannte mich bereits mit Zweigen in den Haaren, Dreckspritzern auf der Wange und völlig verschlafen nach dem Aufwachen. Wenn ich jetzt im roten Abendkleid vor seiner Haustür stünde, wäre der Erkennungseffekt gleich null. Da müsste ich schon eine Nelke im Knopfloch meiner Jacke oder zumindest eine Isomatte unter dem Arm tragen. Trotzdem hatte ich

Stunden vor dem Kleiderschrank verbracht und auch der Spiegel im Bad hatte eine Weile mein Gesicht ertragen müssen. Als ich mir noch einmal mit den Fingern eine Haarsträhne aus dem Gesicht strich und auf den Klingelknopf drückte, konnte ich ganz zufrieden mit meiner optischen Erscheinung sein.

Erik öffnete bereits im Schlafanzug. »Hallo, Frau Bernfeld. Ich darf im Gästezimmer schlafen. Da steht nämlich ein Fernseher, und Papa hat mir erlaubt, die ›Drei Fragezeichen‹ anzuschauen. ›Das Geheimnis der Geisterinsel‹ heißt der Film, und da dürfen die Kinder nach Südafrika, weil sie von Peters Vater eingeladen werden.«

»Ist schon gut, Erik, jetzt lass unseren Gast doch erst einmal herein.«

»Hallo, junger Mann, das klingt wirklich ganz schön spannend. Gibt es da auch ein Spukschloss auf der Insel? Wie das bei uns im Wald, in dem die Möbel und das Geschirr zum Leben erweckt wurden?«

Erik schüttelte mit dem Kopf. »Das glaub ich kaum. Aber ich kann es Ihnen ja am Montag in der großen Pause erzählen.« Und weg war das kleine Ausrufezeichen.

Ich war gar nicht dazu gekommen, ihm mein Gastgeschenk zu geben. Jan erzählte mir kurze Zeit später, dass er seinen Sohn nicht viel fernsehen ließ und so ein Film dadurch zu einem besonderen Erlebnis wurde. Und wenn er dann noch vom Bett schauen und dabei einschlafen konnte, war es das große Glück des kleinen Mannes.

Mein Gastgeber nahm mir die Jacke ab und führte mich in das Wohnzimmer, in dem der Tisch schon recht vielversprechend gedeckt war. Ich hatte keine Ahnung, ob die Aufregung meine Kehle nicht so zugeschnürt hatte, dass an Essen gar nicht zu denken war.

Lächelnd hielt Jan mir ein Glas Sekt entgegen. »Ich hoffe, das ist in Ordnung? Ich würde so gerne mit dir auf die gelungene Klassenfahrt anstoßen. Sie hat nicht nur mir gut gefallen. Ich hatte den Eindruck, die Kinder waren sehr glücklich in diesen Tagen.«

Sie hatte ihm gut gefallen? Hatte Jan eben gesagt, dass er die vier Tage schön fand? Ich jubelte innerlich und stieß glücklich strahlend mit ihm auf diese Erkenntnis an.

Meine Nervosität war bald verflogen, die Nähe, die ich schon mehrfach im Wald gespürt hatte, kam schnell zurück und machte unsere Unterhaltung einfach und ungezwungen. Wir feixten und lachten, mal erzählte Jan von seiner Firma, die als Technologiezentrum dafür sorgte, dass Sonnenlicht in Energie umgewandelt werden konnte, dann wieder ich von meinen Freunden, vom Schwimmen und Radfahren.

Bootsmann hatte zur Begrüßung ein paarmal mit dem Schwanz auf den Parkettboden getrommelt, war aber zu faul zum Aufstehen gewesen und lag zufrieden schnaufend zwischen unseren Stühlen.

Jan hatte sich große Mühe beim Kochen gegeben. Es gab Rehrücken mit Wacholderbeeren in Strudelteig gebacken, dazu Rotkraut und einen frischen bunten Salat, dessen Soße ein absolutes Gedicht war. Wir aßen, tranken, redeten, lachten. So ohne Verantwortung für sechsundzwanzig Kinder und einen Hund, der schon im nächsten Moment wieder fort sein konnte, ließ es sich noch entspannter reden.

»Weiß dein Mann eigentlich, was für ein Riesenglückspilz er ist, Laura Bernfeld?«, fragte Jan plötzlich und sah mich lange und ernst dabei an.

Keine Spur war mehr zu erkennen von der fröhlichen und neckenden Art des Mannes, der mich bis jetzt so wunderbar leicht und kurzweilig durch den Abend geführt hatte.

Dieser Stimmungswechsel irritierte mich. Gleichzeitig kroch ein Kribbeln zurück in meine Bauchgegend, als wollte es mich warnen: Vergiss nicht, dass du einem wunderbaren Exemplar der Spezies Mann gegenübersitzt. Vergeig es nicht!

Bei Florian hätte ich jetzt kokett meine Locken nach hinten geworfen, mit den kräftig getuschten Wimpern geklimpert und irgendwas Witziges gesagt wie: »Nein, weiß er nicht, aber ich kenne dafür seinen Kontostand. Und der ist richtig gut.« Oder so. Aber bei Jan? Und Witziges wollte der ganz gewiss im Moment nicht hören. Dachte er wirklich, ich wäre verheiratet? Oder wollte er auf diese Weise herausfinden, ob ich einen Partner hatte? Und wenn, würde es ihm etwas ausmachen?

Während solche und ähnliche Fragen in meinem Kopf herumschwirrten wie die Fliegen um Bootsmanns Haufen, sah mich Jan weiter an, ruhig und besonnen, und wartete auf eine Antwort von mir.

»Ich bin nicht verheiratet«, sagte ich nach einer Weile.

»Am liebsten würde ich dich jetzt fragen, warum eine so bezaubernde Frau noch nicht vor dem Altar gestanden ist und ob du in einer Beziehung ohne Trauschein lebst. Aber erstens ist dieser Satz – so richtig er auch ist – abgedroschen und verbraucht, und zweitens geht es mich ja leider auch nichts an.«

Er schaute dabei so aufrichtig, so unglücklich und hilflos, dass ich trotz des ernsten Themas lachen musste. In gewisser Weise fand ich diesen abgedroschenen Satz wunderschön und ich beantwortete ihm gerne, was er wissen wollte.

»Ich hatte bisher überhaupt kein Glück mit den Männern. Und bevor ich weiter an Leute gerate, die nicht wirklich an mir als Person interessiert sind, gehe ich lieber weiter alleine durchs Leben. Naja, richtig allein bin ich ja nicht, da sind ein paar tolle Freunde, die schon dafür sorgen, dass ich nicht vor Selbstmitleid und Langeweile eingehe. Und du? Die Trennung von deiner Frau ist einige Jahre her, wenn ich mich richtig erinnere?«

»Ich hatte vor zwei Jahren kurzzeitig eine Freundin, die aber nicht damit klarkam, dass ich schon ein Kind habe. Das gibt es eben gratis dazu.«

Später schaute Jan nach seinem Sohn, der selig schlummerte. Als er die Treppe wieder hochkam, schenkte er mein Weinglas ein weiteres Mal voll.

»Komm mal mit, ich möchte dir etwas zeigen.« Er öffnete die Terrassentür, die in ein kleines Stückchen Garten hinausführte, das ziemlich verwildert und im Grunde völlig belegt war von einem großen blauen Trampolin. Das wurde offensichtlich viel genutzt, denn die Nähte waren ausgefranst und der Reißverschluss in der Mitte völlig kaputt. Hier musste eine Frau mit Nadel und Faden ran. Ach, was hieß hier »eine« Frau! Nähen konnte ich zwar nicht wesentlich besser als kochen, aber ich würde das schon hinbekommen!

Es war kalt draußen. Jan legte vorsichtig den Arm um meine Schulter, der mich vor dem kräftigen Wind schützen sollte. Daraufhin ging sein Blick nach oben und meine Augen folgten ihm. Aber ich sah nichts Ungewöhnliches, nichts, weshalb er mich nach draußen geholt haben könnte.

Fragend sah ich ihn von der Seite an. »Verrätst du mir, was du mir zeigen willst? Ich kann nichts entdecken.«

Jan sah weiter in den Himmel, seine Stimme kam mir noch tiefer und weicher vor als sonst. »Das ist es gerade, Laura, hier in der Stadt sieht man gar nichts. Kein Sternenzelt, das mit einem ganzen Lichtermeer übersät ist. Erinnerst du dich? Auf unserer Lichtung im Wald? Hunderte von Lichtjahren sind die Planeten von uns entfernt und trotzdem so strahlend und schön. Ich möchte wieder mit dir in die Natur hinaus.« Er nahm mich enger in seine Arme und wandte seinen Kopf zu mir. »Würdest du mit mir bis zu den Sternen reisen?«

Dann standen alle Gestirne, Planeten und sämtliche Sonnensysteme auf einmal still. Und in dieser Stille um uns herum zog mich Jan noch enger an sich heran, legte seine großen, kräftigen Hände zärtlich auf meine Wangen und küsste mich so sanft, dass tatsächlich die Erde aufhörte sich zu drehen. Dieser Kuss vereinte zwei Seelen, die so zusammengehörten wie die Bäume zum Wald oder die Ameisen zu ihrem Hügel.

Ich konnte mein Glück kaum begreifen. Jan erwiderte meine Zuneigung und Liebe, er fühlte sich auf die gleiche Weise zu mir hingezogen wie ich zu ihm.

Jans Lippen lösten sich ganz langsam von meinen, seine Hände hielten weiter mein Gesicht. Dann sah er mich einfach nur an, wohl wissend, dass er alle Zeit der Welt hatte.

»Auf dich habe ich mein ganzes Leben gewartet, Laura Bernfeld. Ich liebe dich.«

Die Sterne über uns, ob man sie nun sehen konnte oder nicht, waren mir noch nie so egal gewesen.

21

Pünktlich um 14 Uhr hielt Florians Auto vor meiner Haustür und der Fahrer gab mir durch ein akustisches Signal zu verstehen, dass er zur Stelle war. Eigentlich tat er das jedes Mal nur, um mich ordentlich zu piesacken. Flo wusste ganz genau, wie schrecklich ich es fand, wenn man in der geschlossenen Ortschaft zur Begrüßung oder Verabschiedung kräftig auf die Hupe drückte und damit die komplette Nachbarschaft aus dem Bett rausschmiss oder bei was auch immer störte. Es bereitete ihm einen Riesenspaß, mich damit zu ärgern, und demonstrativ wurde bei jeder Gelegenheit dreimal laut gehupt, auch oder gerade wenn ich schon längst auf dem Weg zu ihm war. Mit Florian war es nicht viel anders als mit meinem Bruder Peter, der auch noch nie eine Chance ausgelassen hatte, seine kleine Schwester zur Weißglut zu treiben. Aber auch ihm konnte ich nie richtig böse sein, knuffte ihm höchstens meinen Ellbogen zwischen die Rippen und schaute etwas empört über so viel Dreistigkeit. Mehr aber auch nicht. Und meine Revanche ließ eigentlich nie lange auf sich warten.

Aber heute war ich die Großmut in Person. Der gestrige Abend hatte mich so milde gestimmt, dass mein Freund heute absolute Narrenfreiheit genoss – aber das sagte ich ihm natürlich nicht.

Der Abend mit Jan war einfach wunderschön gewesen, nein, wir hatten nicht miteinander geschlafen, auch wenn ich sicher nichts dagegen gehabt hätte. Ich war für alle Fälle mit der angemessenen Wäsche ausgestattet gewesen. Letzten Endes war es aber ohne diesen

Abschluss in den Kissen noch tausend Mal schöner gewesen: Wir hatten uns geküsst, geredet, wieder geküsst und uns vorgestellt, hinter den Häusern leuchteten all die Sterne am Himmelszelt nur für uns allein. Es war so romantisch, so perfekt, dass keine Steigerung mehr möglich gewesen wäre. Ein Höhepunkt im Höhepunkt war wohl kaum nötig.

Jan hatte kein Geheimnis aus seinen Gefühlen gemacht, und ich war es nicht müde geworden, in seine gütigen Augen zu schauen, während er mir seine Liebe gestand. Ich war so fasziniert von der Tatsache gewesen, dass unsere beiden Herzen tatsächlich im Einklang schlugen. Vor lauter Glückseligkeit war es mir überhaupt nicht in den Sinn gekommen, ihm im Gegenzug meine bedingungslose Zuneigung zu gestehen. Aber das war nicht weiter tragisch. Zum einen konnte er mit Sicherheit spüren, was ich für ihn empfand, zum anderen würden wir ganz gewiss noch viele Momente erleben, in denen ich ihm die magischen drei Worte sagen konnte.

Aus meinem Gesicht war das leicht debile Grinsen, mit dem ich bestimmt sogar geschlafen hatte, nicht wegzubekommen. Florian, der noch nicht einmal ahnte, was sich in den letzten Tagen ereignet hatte, sah mir die gute Laune auf den ersten Blick an. Ich hatte kurz überlegt, ob ich das süße Geheimnis noch eine Weile für mich behalten sollte, nachdem Suse so ernüchternd und eigentlich völlig bescheuert reagiert hatte.

Aber ich konnte in Erwägung ziehen, was ich wollte, geschafft hätte ich es ja doch nie im Leben. Kaum war die Autotür geöffnet, sprudelte ich über vor Begeisterung und die Worte aus meinem Mund. Der Weg zu Brittas Reihenhäuschen reichte bei weitem nicht aus, um Florian nur ansatzweise begreiflich zu machen, wie traumhaft dieser Mann mit der Gitarre eigentlich war.

»Hallo Laura, hey Flori-Dori!« Begeistert über diesen unverhofften Ausflug zu den Tieren, hüpften die Kinder in den Golf und schnallten sich brav auf den Hintersitzen an, was sie bei ihren Eltern nie freiwillig taten. Britta musste normalerweise mit Engelszungen auf sie einreden, um sie halbwegs gesichert von A nach B zu chauffieren.

»Ihr seid wahre Engel, ihr beiden! Die sind im Moment so überdreht und machen alles, was sie tun, in einer Wahnsinnslautstärke. So laut, dass ich permanent mit Ohropax lebe, um nicht durchzudrehen.«

Ich musste lachen. Lammfromm saßen die beiden Gauner im Auto, als könnten sie ihren Eltern nur Freude bereiten.

»Jetzt macht ihr euch einen gemütlichen Nachmittag, Thomas und du. Vor sieben sind wir garantiert nicht zurück. Felix und Erwin werden glücklich und mit ungesundem Zeug vollgestopft wieder abgegeben, du musst sie dann nur noch ins Bett stecken.«

Britta winkte uns nach, bis wir um die Ecke gebogen waren. Das tat sie wohl weniger, weil ihr der kurzzeitige Abschied so schwerfiel, sondern vielmehr, um sicherzugehen, dass die beiden Jungs auch wirklich weg waren. Dick und Doof, wie Britta sie manchmal etwas gehässig nannte und damit nur auf Erwins pummelige Statur anspielte – dumm war definitiv keiner von beiden –, strahlten mit mir um die Wette.

»Floho, machst du coole Musik an?«

Bis zum Mundenhof verwandelte sich Florians Auto in ein Partymobil sondergleichen, drei der Insassen fuchtelten wild zum Beat in der Luft herum und grölten englische

Wörter, die es nicht wirklich gab. Herrlich! »Solange du glücklich sein wirst, wirst du viele Freunde zählen« – wenn sein Schiff nicht gerade von den Galliern kleingehauen wurde, hatte Pirat Dreifuß kluge Lebensweisheiten parat. Ich schien so ansteckend zu sein, dass wir alberten und lachten. Sogar die Dromedare musterten uns irritiert.

»Flori und du, ihr seid wieder unsere Eltern, und wir machen die ganze Zeit Quatsch und nerven euch. Wie in Stuttgart vor ein paar Wochen.«

Toller Vorschlag, Felix, eigentlich war nur unsere Mama-Papa-Spielerei ein wirkliches Rollenspiel. Quatsch machen und nerven war nun wirklich nichts Neues für die Jungen und musste nicht extra gespielt werden. Aber bitte! Flos und meine Aufgabe bestand eigentlich nur darin, uns an den Händen zu halten und wie ein ganz normales Ehepaar durch den Zoo zu laufen, wobei viele »normale« Pärchen wohl schon nach ein paar Jahren Ehe nicht mehr verliebte Blicke wechseln würden. Aber so war das Spiel. Florian und ich gaben uns die größte Mühe, den Erwartungen der Kinder gerecht zu werden.

Die Sonne schien mild und wärmte unsere glücklichen Gesichter, als wir bei Radler und Eis in der Gartenwirtschaft des Tiergeheges saßen. Ich hatte mir einen großen Salat dazu bestellt. Eine kleine Vitaminspritze konnte mit Sicherheit nicht schaden, zumal ich jetzt wohl vermehrt auf gesunde Haut und eine frische Ausstrahlung achten musste. Was war es schön, verliebt zu sein! Und zu wissen, dass Jan genauso empfand, war unbeschreiblich. Vielleicht würde ich irgendwann mit ihm und seinem Sohn durch den Tierpark laufen und wir würden uns beim Schieben des Kinderwagens abwechseln.

»Lasst den Mund zu, Jungs, da ist eine Wespe«, rief Florian geistesgegenwärtig, als der Kinderbecher noch andere Leckermäuler anlockte.

Mein Flo würde auch einen tollen Papa abgeben, wenn er endlich begriff, worauf es in einer guten Partnerschaft ankam: dass man sich vertrauen konnte, sich respektierte und wertschätzte. Und nicht, wieviel Geld jemand verdiente und ob der Partner ein Hunde- oder doch eher Katzenliebhaber war. Das war nun wirklich völlig nebensächlich. Ha, aber bei Jan und mir passten sogar die kleinsten Details: Er hatte einen Hund und ich mochte die Vierbeiner auch unheimlich gern. Vielleicht hatte das doch etwas zu bedeuten …?

So oder so, Eva und er schienen auf einem guten Weg zu sein. Auf meine Frage, wie es bei den beiden laufe, antwortete er nur mit »gut« und verriet durch sein zufriedenes Lächeln, dass hinter diesem einen Wort eine ganze Menge Gelassenheit und Harmonie steckte. Florians diesmal wohl gelingende Beziehung brachte mich gedanklich zu den Hochzeitsvorbereitungen des anderen Traumpaares und erinnerte mich an das Telefonat mit Suse.

Als die Kinder zum angrenzenden Spielplatz geflitzt waren, erzählte ich Flo von unserem Gespräch, das fast im Streit geendet hatte. Da er Su von meinen Geburtstagsfeiern und diversen anderen Aktionen kannte, tat es gut, in ihm einen Zuhörer zu haben, der die Situation richtig verstehen und einschätzen würde. Während ich ihm von ihrer Reaktion erzählte, wurde mir erst bewusst, wie enttäuscht und sauer ich tatsächlich war.

»Sie hat ja überhaupt keine Ahnung. Und irgendwie finde ich auch, dass sie mir ein bisschen mehr vertrauen könnte«, beendete ich meine Einschätzung unserer Situation.

Mein bester Kumpel nahm einen großen Schluck vom Radler, das er mir zuliebe in alkoholfreier Variante bestellt hatte, und verzog angewidert das Gesicht.

»Das willst du zwar jetzt ganz bestimmt nicht von mir hören, aber Suse meint es nur gut mit dir. Sie hat dir mit der Racheaktion bei deiner letzten Bettgeschichte geholfen und will dich einfach nur davor bewahren, das nächste Mal die ganze Stadt plakatieren zu müssen. Ja, vielleicht ist sie ein bisschen übers Ziel hinausgeschossen. Aber sie will dich sicher nicht verletzen.«

Flo als des Teufels Anwalt? Das kam mir tatsächlich überhaupt nicht entgegen. Aber es stimmte mich nachdenklich. Da mein Gespritztes deutlich mehr Geschmack hatte und ich später nicht fahren musste, bestellte ich mir noch ein Getränk und sah Flo fragend an.

»Bloß nicht noch so ein Gepanschtes. Ich will weiterleben, selbst mit einer komplizierten Freundin wie dir.«

Hmmmpf. Unter Umständen hatte ich wirklich etwas überreagiert. Die Begeisterung über diesen Mann war einfach so groß gewesen und die Verliebtheit so frisch, dass ich wirklich keine Kritik oder Suses Bedenken zulassen wollte. Ich nahm mein Handy, und als Flo auffordernd nickte, schrieb ich ein paar versöhnliche Zeilen.

»Mama, können wir jetzt endlich weiter? Paaapa! Uns ist es langweilig!«

Bis wir verstanden hatten, dass wir damit gemeint waren und hier aufgefordert wurden, wieder in die Elternrolle zu schlüpfen, dauerte es eine Weile. Ich beruhigte mich innerlich, dass ein Baby im Kinderwagen, das Jan und ich über das Gelände schieben würden, noch nicht so nervig rufen konnte, und zahlte unsere Rechnung. Ein Bier, das noch nicht einmal geschmeckt hatte, sollte Flo auch nicht bezahlen müssen.

Auf dem Rückweg hielten wir bei der Imbissbude unseres Vertrauens und sorgten dafür, dass sich Britta tatsächlich nicht noch in die Küche stellen musste. Als Florian und ich die Kinder daheim ablieferten, konnten sie kaum noch die Augen offen halten. Im Auto sitzend streckte ich den Daumen in die Höhe, wie ich es vom römischen Kaiser in der Arena kannte, um Britta zu zeigen, dass alles gut geklappt hatte und wir auch zufrieden mit dem Tag waren. Dann schaltete ich »meine« Sitzheizung ein, schloss die Augen und wanderte aus dem Tierpark in Richtung Wald …

22

Für den Weg zu meiner Schule brauchte ich an diesem Morgen sage und schreibe zehn Minuten weniger als üblich. Ich trat so beschwingt und energiegeladen in die Pedale, dass ich flussaufwärts wahrscheinlich schneller war als die Dreisam auf ihrem Weg bergrunter durch die Stadt. Aber war es ein Wunder? Zwar hatte ich Jan, mit dem ich am Samstag die Telefonnummern ausgetauscht hatte, gestern Abend nicht mehr erreichen können, aber das tat meiner guten Laune keinen Abbruch. Wie lange war es her, dass ich zu zweit durchs Leben gegangen war, Probleme gemeinsam gelöst und Urlaube zu zweit genossen hatte! Und ein Mann mit solchen Schultern würde mir alle Wege ebnen, da war ich mir sicher. Vielleicht könnte er sogar dafür sorgen, dass mein Rektor die Kolleginnen an einer anderen Schule befummelte?

Genau der kam nämlich auf mich zu, schmierig wie eh und je.

»Frau Bernstein, meine Liebe, war es schön im tiefen Wald? Hatten Sie keine Angst im Dunkeln? Ich hätte doch mitkommen und mich um Sie kümmern sollen.«

Iiiiihhhh, uuuuaaaahhh! Ich musste fast würgen, aber erstaunlich gelassen ging ich an ihm vorbei, murmelte ein »alles gut« und verschwand in meinem Klassenzimmer. Konnte mir doch völlig egal sein, was er von mir dachte, mein Arbeitgeber war das Land Baden-Württemberg. Die Rastler-Ära war zu Ende. Jawohl.

Da am letzten Freitag keine Zeit dafür geblieben war, nutzte ich die erste Unterrichtsstunde für einen allgemeinen Austausch über die Erfahrungen im und um das

Waldcamp herum und freute mich sehr darüber, dass es ausnahmslos so gut angekommen war. Ein Kind meinte sogar, Jan sei der netteste Mann und ich die tollste Lehrerin der Welt und dass wir ein wunderschönes Paar zusammen abgeben würden.

»Gefällt Ihnen der Jan denn nicht?«, fragte Dirk frech und grinste zu Erik in die letzte Reihe, der wahrscheinlich schon längt von unserer Begegnung im heimischen Wohnzimmer erzählt hatte.

Hmmmpf. Um die Neuigkeit zu verbreiten, brauchte ich wohl keine Plakate in ganz Freiburg. Und auch keine Gertrud. Konnte mir eigentlich auch egal sein. Hallo? Seit wann war Gelassenheit mein zweiter Vorname? Ich lachte, zwinkerte Erik einmal leicht verschwörerisch zu und lenkte das Thema in eine andere Richtung.

Zwischen den Unterrichtsstunden schaute ich verstohlen auf mein Handy, ob sich Jan auf irgendeine Weise gemeldet hatte. Obwohl mir natürlich bewusst war, dass sein Alltag mit der Sonne und ihrer Energie wie gewohnt weitergehen musste und er deshalb nicht ständig irgendwelche Liebesbotschaften schicken konnte, wäre mir jetzt die Beleuchtung der Sterne deutlich lieber gewesen. Unser letzter Kuss war bereits fünfunddreißig Stunden her. In meiner neuen Zeitrechnung und ihrem Bezug auf die astronomischen Elemente im Wald kam das etwa einem ganzen Zeitalter gleich. Ich vermisste diesen Mann schon, wenn er zum Kühlschrank ging, um eine neue Weinflasche zu holen. Hmmmpf. Während ich bei Oliver Taktieren für unbedingt notwendig gehalten hatte, um mich rar und damit höchst interessant zu machen – das hatte ja *wunderbar* geklappt – hielt ich das bei Jan nicht für notwendig. Er fand mich begehrenswert, daraus hatte er kein Geheimnis gemacht. Und er würde mich nicht für weniger liebenswert halten, wenn ich den ersten Schritt tat und mich bei ihm meldete. Da war ich mir sicher.

In der zweiten großen Pause verzog ich mich in das kleine Nebenzimmer und schrieb ihm eine Nachricht: »Lieber Sterndeuter, was macht die Sonne? Gelingt es dir, ihre Strahlen einzufangen? Wann fängst du mich wieder ein? Ich vermisse dich. Deine Laura.«

Schnell packte ich das Smartphone weg, als Schritte näher kamen, die Tür aufging und Gertrud ihren neugierigen Kopf in den Raum streckte. Das fehlte gerade noch, dass die schon wieder Bescheid wusste.

»Ach, du bist hier. Ich hab mir schon gedacht, wo steckt sie denn, die Gute? Im Lehrerzimmer gibt es Hefezopf, weil doch die Antonia gestern Geburtstag hatte. Kommst du?«

Seufzend stand ich von meinem Stuhl auf und folgte dem Drachen zu den anderen Kolleginnen.

Obwohl ich jeden Tag die weite Strecke zu meiner Schule mit dem Fahrrad zurücklegte und so täglich ein gewisses Sportpensum erfüllt wurde, ließ meine Ausdauer zu wünschen übrig. Dies hatte ich bei unserer Wanderung zu den Wasserfällen bemerkt: Schon beim kleinsten Anstieg war ich gehörig ins Schnaufen gekommen. Vielleicht lag es ja daran, dass ich beim Radfahren momentan eher auf das Lösen diverser Männerfragen fixiert war als auf das sportliche Training. Höchste Zeit, die Lungenflügel etwas zu strapazieren. Also packte ich meine Schwimmsachen und radelte zum Sportbad, das mit seinem abgegrenzten Bereich ideal fürs Bahnenkraulen war. Ich musste mir nicht bei jedem Meter Sorgen machen, es könnte ein

Halbwüchsiger »megacool« in mein Kreuz springen, um kichernden Mädels zu imponieren.

Völlig erschöpft, aber irgendwie stolz darauf, den inneren Schweinehund überwunden zu haben, überlegte ich im Anschluss, ob ich den kleinen Schlenker über Jans Wohnung machen sollte, entschied mich aber letztlich dagegen. Ich wollte ihm ja nicht schon am Anfang unserer Beziehung auf die Nerven gehen. In der Regel spreche ich nicht so schnell davon, aber in unserem Fall glaubte ich, dass wir tatsächlich schon eine Beziehung hatten. Kurz erinnerte mich die Warterei auf ein Lebenszeichen von Jan an die Nacht mit Oliver. Ich hatte danach genauso sehnsüchtig auf mein Telefon gestarrt und darauf gewartet, dass es »die Welt retten« würde. Dass Tim Bendzko in seinem Song alles andere tun würde, damit er nur nicht zu seiner Freundin musste, war für mich ein Rätsel. Ich würde alles stehen und liegen lassen, um Jan endlich wiederzusehen. Aber innerlich war ich wesentlich ruhiger als in der Geschichte mit Oli. In diesem Fall konnte ich mir einfach sicher sein, dass keine Freundin aus dem Nichts auftauchen und Ansprüche stellen würde. Aber warum meldete er sich nicht? Hatte er sich in der Kälte des Waldes eine Grippe eingefangen, die ihn zur Bettruhe zwang? War er gerade beruflich so eingespannt, dass für anderes keine Zeit blieb? Mit Erik war alles in Ordnung, den hatte ich ja den gesamten Vormittag erlebt. Hmmmpf.

Um mich abzulenken und weil es sicher kein Fehler war, auch mal reumütig vor ihrer Tür zu stehen, schlug ich den Weg zu Suse und Hendrik ein. Meine Freundin hatte sicher einige Macken, mit denen man zurechtkommen musste, aber nachtragend war sie ganz bestimmt nicht.

»Ha, dich hätte ich heute eh noch angerufen«, begrüßte Suse mich an der Tür und schob mich ins Wohnzimmer, in dem es aussah, als hätte Bootsmann nach Futter gesucht.

Der Tisch, der Boden, sogar die Fensterbank war weiß und rot geschmückt. Suse hatte das Motto »la vie en rose« gewählt und dadurch die Blume der Liebe in den Mittelpunkt gerückt.

»Guck dir mal alles an und sag ganz spontan, also so aus dem Bauch heraus, welcher Tischschmuck dir am besten gefällt. Also nüchtern betrachtet. Wenn alle zehn Gläser Sekt intus haben, sind die Tische eh wurscht.«

Lachend musterte ich ihre Vorschläge. Su brachte es wie immer auf den Punkt. Und solange das Essen gut war, konnte es mir ziemlich egal sein, ob drei Kerzen und zwei Vasen den Tisch schmückten oder umgekehrt. Aber Suse schien es mit Sicherheit nicht egal zu sein und so machte ich mich an die Arbeit. Letzten Endes entschied ich mich für eine schlichte, aber elegante Version mit Rosenblättern und goldenen Fäden durchwobenen Stoffen. Meiner Freundin schien diese Entscheidung zu gefallen, denn sie klatschte begeistert in die Hände und strahlte, wie es nur eine heiratswillige Frau zustande bekam.

»Henny, sie hat sich für den Königshof entschieden!«, schrie sie in den hinteren Teil der Wohnung, in den sich ihr Verlobter zurückgezogen hatte.

Wahrscheinlich, um dem ganzen Hochzeitswahnsinn zu entkommen. Die armen Männer! Wenn einer trotz allem am Altar noch Ja sagen wollte, dann musste es wahre Liebe sein, davon war ich schon bei Brittas Hochzeit fest überzeugt gewesen.

Nach zwei Stunden, in denen wir fast alle Tischkärtchen gebastelt und über Strumpfband und Blasenpflaster gesprochen hatten, zog ich meine Jacke an, verabschiedete mich lautstark von Henny und ging zu meinen Schuhen, die ich im Vorraum der Wohnung stehengelassen hatte.

»Und dieser Vater von der Klassenfahrt? Gibt es was Neues?«

Traurig schüttelte ich den Kopf, während ich den zweiten Schuh zuband.

»Ich hab ihm heute Vormittag eine Nachricht geschrieben, aber er hat sich daraufhin noch nicht gemeldet. Ich vermiss ihn so.«

Jetzt musste ich aber aufpassen. Nur weil Jan gerade anderweitigen Verpflichtungen nachging, musste ich nicht in Tränen ausbrechen. Meine beste Freundin erkannte trotzdem, wie es um mich stand. Tröstend nahm sie mich in die Arme und strich über meine Haare, die nach dem Schwimmen nun langsam trocken waren. Ich war ihr dankbar, dass sie sich Kommentare wie »Ich hab es dir doch gleich gesagt!« oder ein simples »Siehst du!« ersparte. Ihre Meinung zu diesem Thema kannte ich ja bereits.

Aber was, wenn sie recht hatte? Wenn Jan am Sonntagmorgen gemerkt hatte, dass ihm der Sekt und Wein zu Kopf gestiegen waren und er Dinge gesagt hatte, die er nicht wirklich so meinte? Und jetzt war es ihm unangenehm, und er ging mir gezielt aus dem Weg? Ein mieser Kerl wie Oliver war er ganz bestimmt nicht, sonst hätte er die Situation ausgenutzt und mich in sein Bett gelockt. Das wäre nach der romantischen Himmelschau ein Leichtes gewesen.

»Ach Suse, ich bin so verunsichert. Warum meldet er sich nicht zurück? Nein, sag nichts. Ich will deine Antwort gar nicht wissen.«

»Wart mal ab«, versuchte Suse mich aufzubauen, »morgen steht er mit Blumen vor deiner Tür.«

Ich war so unglücklich, dass mir noch nicht einmal ein passendes Asterixzitat zum Abschied einfiel. Ich drückte meine Freundin noch einmal kurz und lief zu meinem treuen Drahtesel, der nicht mit Butterbroten und Gemüsesticks gefüttert werden musste.

Hmmmpf.

Zwei weitere Tage vergingen, in denen ich alles Mögliche anstellte, um endlich mit Jan reden zu können. Das Mobil- und Festnetz seiner Wohnung verdrehte wahrscheinlich schon die Augen, wenn es eine Verbindung von meinem Anschluss annehmen sollte.

Es war mir nicht peinlich. Natürlich lief ich ihm hinterher und ich konnte Suse verstehen, wenn sie mich beinahe stündlich per WhatsApp an meine Würde als Frau erinnerte. Sie hatte leicht reden, mit dem Mann des Lebens an ihrer Seite, der bald im schnieken Anzug vor dem Altar stehen und ihr erwartungsvoll entgegensehen würde, wenn sie am Arm ihres Vaters den Gang der Kirche entlangschritt. Ich wollte meinen mittelmäßigen Kindern eines mittelmäßigen Mannes später nicht eingestehen müssen, dass ihr Vater – und sie damit auch – eigentlich überdurchschnittlich toll ausgefallen wäre, wenn ich für mein Glück nur ordentlich gekämpft hätte.

»Na, Erik, geht's dir gut? Und dem Papa?«, fragte ich nach einer Unterrichtsstunde so beiläufig wie möglich, als ich an seinem Tisch vorbeikam, um kräftig durchzulüften.

Der Junge klatschte sich mit der flachen Hand auf die Stirn und ließ dabei ein undefinierbares Stöhnen hören.

»Äh, bin ich doof! Papa hat mir einen Brief für Sie mitgegeben, den ich schon seit gestern in der Postmappe mit mir rumtrag. Ich hol ihn schnell.«

Er nestelte an seinem Schulranzen herum, zog einen Umschlag aus seinem Schnellhefter hervor und überreichte ihn mir mit einem schiefen Grinsen.

Mit klopfendem Herzen nahm ich ihn entgegen und steckte das kostbare Papier in die Außenseite meiner Schultasche. Auf dem Rückweg von der Schule würde ich mir ein stilles Fleckchen an der Dreisam suchen und den Brief lesen, auch wenn ich vor freudiger Erwartung fast platzte. Es wunderte mich nicht im Geringsten, dass Jan diesen fast altmodischen Weg gewählt hatte, um mit mir Kontakt aufzunehmen. Im Zeitalter von E-Mail, Twitter und Facebook waren es meistens Rechnungen, die meinen Briefkasten beehrten. Dass er seinen Sohn als Boten einsetzte, zeigte mir, wie er mich in seine kleine, vom Schicksal gezeichnete Familie aufnahm.

Das Herz schlug mir bis zum Hals, als ich an einer besonders schönen Stelle des Flusses vom Rad stieg, es vorsichtig auf das weiche Gras legte und zu den Steinen hinunterkletterte, an denen das Wasser gluckerte und plätscherte. Hermann Hesses Siddharta hatte bestimmt an einem eindrucksvolleren Strom gesessen, aber ich wollte ja auch keine Erleuchtung finden, sondern nur die Zeilen lesen, auf die ich mehrere Tage inständig gehofft hatte.

Ich liebte diese Stelle, die den freien Blick zum Schwarzwald ermöglichte, dessen Berge imposant und mächtig wirkten. Gleichzeitig hatte die ungemähte Wiese entlang des Ufers etwas so Romantisches und Zartes an sich, dass sie mir als Kulisse wie geschaffen vorkam.

Ich legte meine Jacke auf einen der flacheren Steine, setzte mich und öffnete erwartungsvoll den Umschlag. Seine Handschrift auf dem Briefbogen war markant, unheimlich männlich und traf mich schon bei der Anrede mitten ins Herz.

Liebe Laura!

Die vier Tage mit Erik, den anderen Kindern und Dir waren ein Traum, aus dem ich am liebsten nicht wieder erwacht wäre. Du bist eine hinreißende Frau, wunderschön, einfühlsam und authentisch. Mit Dir könnte ich mir vorstellen, alt zu werden. Du machst eine normale Wanderung, ein einfaches Würstchengrillen zu einem außergewöhnlichen Erlebnis, das mein Leben heller macht als der Sonnenstrahl unseren Erdteil.

Ich danke Dir für das unbeschreibliche Gefühl, für eine kurze Zeit glauben zu dürfen, wir könnten eine Zukunft miteinander haben.

Moment mal! Was hieß denn hier »für eine kurze Zeit«? Der Brief hatte wunderbar begonnen, nahm aber jetzt eine Richtung, die mir irgendwie gar nicht gefiel. Mit klopfendem Herzen las ich weiter.

Ich bin Dir nicht böse, dass Du mich angelogen hast, bin auch nicht wirklich enttäuscht, nur einfach tieftraurig. Aber es war wohl mein Fehler. Es hätte mir klar sein müssen, dass eine Frau wie Du jemanden an ihrer Seite hat. Das hast Du auch verdient. Hab ein glückliches Leben, genieße jedes Kinderlachen und jede Zärtlichkeit. Dein Mann ist ein Glückspilz, das steht außer Frage.

Ich bitte Dich nur um eines: Halte Dich aus meinem Leben fern. Ruf mich nicht an und vor allem benutze meinen Sohn nicht für Deine Zwecke. Bald geht er auf eine wei-

terführende Schule und unsere Wege werden sich dadurch nicht mehr kreuzen.

Ich habe nicht die Kraft, ein weiteres Mal meine Liebe zu verlieren.

Ich wünsche Dir alles erdenklich Gute.

Jan

Verwirrt las ich den Brief noch mehrere Male. Ich verstand überhaupt nichts von dem, was er da in den wenigen Zeilen schrieb. Das war kein Liebesbrief. Das war ein Abschiedsbrief par excellence. Er machte mit mir Schluss, bevor es überhaupt richtig angefangen hatte. Und warum? Weil ich einen Mann hatte?

Da lief aber was ganz gehörig schief. Irgendjemand musste ihm diesen Bären aufgebunden haben. Aber wirkliche Feinde hatte ich doch gar nicht, höchstens Oliver, der Rache für die Rache nahm. Aber der konnte nichts damit zu tun haben, denn woher hätte er denn von Jan wissen sollen? Alle Namen und Personen, die nur im Entferntesten für diese gemeine Tat in Frage kamen, verwarf ich ziemlich rasch wieder. Niemand von ihnen konnte mich wohl so wenig ausstehen, dass er oder sie versuchen würden, den Mann meines Lebens zu vergraulen. Ganz kurz hatte ich auch an Suse gedacht, die mich vor einem weiteren Fehler bewahren wollte. Aber selbst wenn sie gewusst hätte, an welchen Vater ich mein Herz verloren hatte – so weit würde sie nicht gehen, das konnte ich mir einfach nicht vorstellen. Und Erik? Könnte es sein, dass er geahnt hatte, mich nun öfter in seinem Wohnzimmer sitzen zu sehen, und das verhindern wollte? Theoretisch wäre das nicht nur denkbar, sondern tatsächlich auch gut möglich. Wie leicht konnte Erik etwas von einem Mann in meinem Leben erzählen, den es tatsächlich nicht gab? Aber Erik mochte mich doch!

Ich konnte nicht sagen, wie lange ich auf meinem Stein gesessen hatte, unfähig, zu einer Lösung zu kommen. Ich schaute dem Wasser zu, wie es sich kontinuierlich flussabwärts bewegte, ohne sich von Geröll, Ästen und anderen Hindernissen auf seinem Weg aufhalten zu lassen. Die Steine in meinem Weg schienen mir riesig, unüberwindbar. Vielleicht sollte ich doch lieber nach der Erleuchtung suchen? Wie lange hatte Hesses Hauptfigur dafür am Fluss gesessen? Die Zeit hatte ich wirklich nicht, Erleuchtung hin oder her. Es handelte sich um ein Riesenmissverständnis, das ich aufklären musste, bevor es zu spät war. Ich musste die Hindernisse aus dem Weg räumen, um meinen Weg mit Jan weitergehen zu können.

Entschlossen steckte ich den schon fast mysteriösen Brief ein, stieg über das Geröll zurück und fuhr den weiten Weg zu Jans Wohnung, obwohl ich davon ausging, ihn um diese Uhrzeit nicht daheim anzutreffen. Ich sollte recht behalten. Erik blieb nach dem Unterricht in der Ganztagesbetreuung, und Jan war mit Sicherheit bei seiner Arbeitsstelle. Auf seinem Handy meldete sich die Mailbox, und da ich nicht wusste, wie seine Firma hieß und in welcher Straße der Stadt ihr Sitz war, hinterließ ich eine kurze Nachricht im Briefkasten. Darin bat ich Jan, sich so bald wie möglich bei mir zu melden, und versprach, dass es sich nur um ein großes Missverständnis handeln konnte.

Es war nach 20 Uhr, als ich erneut mein Rad von der Kette befreite und zu seiner Wohnung fuhr. Ich nahm an, dass Jan schon wegen seines Sohnes inzwischen zu Hause gewesen war und meinen Zettel im Briefkasten entdeckt haben musste. Wenn der Prophet nicht zum Berg kam, dann musste eben der Berg zum Propheten. Diese Weisheit hatte ich nicht aus meiner Asterix-Collection, aber es war viel Kluges in diesem Satz enthalten. Jan war sich wohl so sicher in der Vermutung, ich wäre bereits vergeben, dass er keine Kraft hatte, selbst um unser Glück zu kämpfen. Dann würde ich das eben für uns tun. Wenn es ein Mann wert war, dann mit Sicherheit der Serienarzt und Förster.

Nach dem fünften Klingeln machte ich auf dem Absatz kehrt, obwohl ich mir sicher war, dass sich etwas hinter dem Küchenrollo bewegt hatte. Jan ließ seinen Sohn am Abend garantiert nicht alleine, und so vermutete ich, dass er es gewesen war, der hinter dem Fenster gestanden hatte. Wie groß musste seine Verbitterung sein, mir noch nicht einmal die Gelegenheit zu geben, alles richtigzustellen? Ich hatte mehrfach seinen Namen gerufen. Ich hatte gerufen, dass ich alles erklären könne. Ich hatte weinend um fünf Minuten gebeten. Aber das Haus blieb still und die Tür geschlossen.

Ich hievte mich auf den Sattel meines Hollandrades. So antriebslos und niedergeschlagen hatte es mich wohl noch nie durch die Gegend befördert. Wie konnte man in nur wenigen Minuten um Jahrzehnte älter und um fünfzig Kilo schwerer werden? Oder fühlte ich mich nur so, weil mich der Stein auf meinem Herzen so penetrant nach unten zog? Mit ihm würde ich wenigstens direkt untergehen, wenn ich jetzt vom Rad steigen und meiner Situation im Fluss ein Ende setzen würde. Aber zu meinem Leidwesen entsprachen solche Pläne so gar nicht meinem Naturell. Suse, Britta, Maike, sie alle hatten sich schon in den schwärzesten Stunden ihres Lebens an den widerlichsten Selbstmordphantasien gelabt. Besonders Su konnte äußerst theatralisch werden, wenn es darauf ankam. Einige filmreife Szenen hatte ich mit ihr schon erlebt, bei denen jeder halbwegs kluge Schauspieler nach einem Stuntman verlangt hätte. Suse konnte auf Brückengeländern stehen und eine Rede halten. Zum Beispiel. Ich wäre viel zu ängstlich.

Wenn ich schon beschließen sollte, mein Leben einfach wegzuschmeißen, dann würde ich wohl einen Tod wählen, von dem ich tatsächlich noch etwas hätte. Ich würde beispielsweise essen bis zum Platzen, oder trinken, bis die Leber streikt. Oder ich würde so lange in der Welt herumfliegen und mir die tollsten Fleckchen der Erde ansehen, bis ich bei einem der vielen Flüge rein statistisch gesehen abstürzen müsste. Normalerweise wollte ich nämlich nicht fliegen, aus Angst, ich könnte abstürzen und mein Leben wäre vorbei. Von wegen »Nur Fliegen ist schöner«. War auch nicht alles wahr, was da bei Asterix so gesagt wurde. Noch nicht einmal darauf war Verlass!

Ich war fast froh, als ich merkte, wie sich zu meiner Trauer ein bisschen Wut zu mischen begann. Wut auf Jan, dass er sich – von wem auch immer – einen solchen Bären aufbinden ließ, anstatt mir zu vertrauen. Wut auf mein Schicksal, das es so schlecht mit mir meinte und mir den Mann meines Lebens sofort wieder nahm. Und Wut auf Asterix, dessen Aussagen vielleicht mal etwas kritischer betrachtet und hinterfragt werden mussten.

Bevor ich aber den aufkommenden Zorn in Energie umwandeln konnte, die mein Rad vielleicht etwas dynamischer angetrieben hätte, bremste ich abrupt und blieb augenblicklich stehen. Ich verengte die Augen zu einem Spalt, um auf die Entfernung schärfer sehen zu können. Etwa dreihundert Meter von mir entfernt saß ein Pärchen eng umschlungen an der Böschung zur Dreisam – der männliche Teil des Gespanns kam mir mehr als bekannt vor.

Behutsam legte ich mein Fahrrad an die Seite des Weges und blieb im Schatten eines Baumes stehen, um in Ruhe nachdenken zu können. Zwar wurde es langsam dunkler, doch man konnte noch gut sehen – und gesehen werden. Das konnte ich jetzt wirklich nicht riskieren, bevor ich nicht genau wusste, wie ich mich nun verhalten sollte. Würde ich jetzt rauchen, dann würde ich mir diese fünf Minuten Bedenkzeit gönnen, ehe ich etwas unternahm. Und ich hätte jetzt auch bedenkenlos wieder mit dem Rauchen angefangen, schließlich musste ich bei meinen Selbstmordgedanken kein Lungenkarzinom fürchten. Das war ja mit meinen anderen Möglichkeiten durchaus vergleichbar. Und ob ich nach Aschenbecher schmeckte, oder nicht, spielte in meiner erbärmlichen Lage auch keine Rolle.

In Ermangelung eines Glimmstängels ging ich auf das turtelnde Paar zu. Vielleicht hätte sich in den fünf Minuten, in denen ich geraucht hätte, mein Gehirn zugeschaltet. Zielstrebig stiefelte ich zu Oliver hin, der mich erst erkannte, als ich schon fast vor ihm stand.

In der Horizontalen sah ich wahrscheinlich anders aus. Arschloch.

Irritiert sah er mich an, seine Schnalle neben ihm riss die riesigen Kuhaugen weit auf.

»Aha, ist schon die Nächste auf dich hereingefallen? Welche Lügenmärchen hast du der denn aufgetischt?«

Ja, ich weiß, ich hatte mich längst an Oliver gerächt und wir waren mehr als quitt. Aber als ich ihn da sitzen sah, schon wieder jemanden im Arm, konnte ich es einfach nicht ertragen. Ich war nicht eifersüchtig. Gott bewahre! Ich weinte ihm tatsächlich keine Träne nach. Aber die Tatsache, dass so ein Arschgesicht nie lange alleine blieb, während ich eigentlich chronisch verlassen wurde, ließ mich innerlich brodeln. Der Frust, der sich den Tag über bei mir angestaut hatte, entlud sich nun, ob berechtigt oder nicht. Mit Hirn oder ohne.

»Sag mal, hast du sie noch alle?« Wütend war Oli aufgesprungen.

»Kennst du die, Thorsten? Das musst du dir doch nicht sagen lassen!«

Thorsten. Klar. Ich wandte mich dem Kuhauge zu, um auf ihren qualitativ hochwertigen Beitrag zu antworten.

»Abgesehen davon, dass dein Thorsten Oliver heißt und ich gar nicht wissen will, welche Show er hier wieder abzieht, sag ich dir mal eins, so von Frau zu Frau: Der ist ein absoluter Griff ins Klo, und wenn man keine Gummihandschuhe anhat, ist diese sanitäre Anlage noch widerlicher. Einfach beschissen.«

Kuhauge sah erst mich lange an, dann ihren Thorsten. Die Ohrfeige klatschte mit Schwung an dessen linke Wange und hinterließ einen unschönen weißen Abdruck auf seinem glattrasierten Gesicht, der selbst bei diesen Lichtbedingungen gut zu erkennen war. Dann drehte sie sich um und lief in Richtung Innenstadt den Radweg entlang.

Na, das musste ich ihr lassen: Sie war eine Frau, die nicht lange fackelte. Dann hätte sie sowieso nicht zu Thor… äh, Oli gepasst.

Dessen Hirnwindungen schienen auf Hochtouren zu laufen. Als er schließlich erkannt hatte, dass sein Betthäschen gerade ins Feld hoppelte, anstatt mit ihm in die frischbezogenen Laken, gab er mir einen kräftigen Stoß gegen die Schultern, zischte ein »Dreckshure« und lief schnell hinter seiner Begleitung her.

Derweilen versuchte ich mein Gleichgewicht wiederzuerlangen, ruderte wild mit den Armen, wie bei Asterix die Normannen, die versuchten, von den Klippen zu fliegen. Aber dass ich so schnell abstürzen würde, sogar ganz ohne Flugzeug, hätte ich nicht für möglich gehalten. Ich verlor die Balance. Mit einem lauten Schrei stürzte ich die Böschung hinunter und landete, begleitet von einem lauten »Platsch«, im aufgewühlten Wasser der Dreisam. Schnaufend und strampelnd versuchte ich, die Situation unter Kontrolle zu bekommen. Der Fluss war lausig kalt und der Stoff meiner Kleider saugte sich mit Wasser voll, sodass sie unendlich schwer wurden. Da brauchte ich keinen Stein mehr, der mich nach unten zog. Nachdem ich mehrere Male auf dem glitschigen Grund des Flusses ausgerutscht und erneut abgetaucht war, fand ich schließlich mit meinen Füßen Halt und watete ans Ufer. Meine Zähne schlugen aufeinander, mein ganzer Körper zitterte vor Kälte. Ich fror wirklich erbärmlich.

Hätte ich nur eine Zigarette gehabt! Also vorhin. Nicht jetzt, frierend in nassen Kleidern.

»Erst denken, dann handeln«, pflegte meine Mutter mit erhobenem Zeigefinger und ebensolcher Stimme zu sagen. Mein rechter Arm, auf den ich gefallen war, schmerzte höllisch. Ansonsten schien alles dran und weitestgehend heil geblieben zu sein. Ich lief zu meinem Fahrrad, hob es vom Boden auf und schob es in Richtung Wohnung. Zum Fahren war ich zu zittrig.

Was würde jede vernünftige Frau in meiner beschissenen Lage machen? Sie würde stundenlang weinen, frustshoppen und sich beim Stammfriseur eine neue Haarfarbe samt Schnitt verpassen lassen. Oder sie zumindest föhnen lassen. Aber abends um neun?

Wenn die instinktive Handlungsweise einer Frau nicht möglich war, dann musste es eben die männliche Variante sein. Der Supermarkt bei mir an der Ecke hatte bis zehn geöffnet und bot alles, was ich jetzt in meinen Fahrradkorb laden musste, um diesen Abend irgendwie zu überstehen. Mit Chips und Bier bewaffnet bezahlte ich und hinterließ eine große Pfütze Dreisamwasser an der Kasse als Andenken.

Ich spürte den misstrauischen Blick der Kassiererin noch im Nacken, als ich den Supermarkt längst verlassen hatte und die Treppe zu meiner Wohnungstür hinaufstieg. Hier hatte Britta vor etwa drei Wochen gesessen und sich die Augen ausgeheult. Warum hatte Thomas die Chance bekommen, das kuriose Missverständnis aus der Welt zu schaffen, und ich nicht? Ich wählte noch mehrere Male Jans Nummer, dann öffnete ich das erste Bier.

Dann das zweite. Das dritte. Das vierte.

Hmmmpf.

23

Ich tat etwas, was ich oft in Erwägung gezogen, aber nie tatsächlich gemacht hatte: Ich meldete mich für den letzten Tag der Woche krank.

Und das war ich auch. Fast tot. Gestorben an einem gebrochenen Herzen.

Und an einer kollabierten Leber, obwohl ich nicht wirklich wusste, ob es das medizinisch tatsächlich gab. Aber meine kollabierte mit Sicherheit, denn ich fühlte mich so elend wie Mama, wenn sie keine Aufgabe zu erledigen hatte. Mindestens.

»Aber liebe, gute Frau Bernstein, das hört man sofort, dass es Ihnen nicht gutgeht. Brauchen Sie jemanden, der den Fieberwickel frischmacht?«

Dieser schmierige Wurm machte sich sogar an einen ran, wenn man auf dem Sterbebett lag. Ich hatte aber keine Energie, angemessen zu kontern, und legte nach einem knappen »Danke« den Hörer zurück auf die Gabel.

Obwohl der Kopf zu explodieren drohte, überschlugen sich meine Gedanken. Ich hatte zwischen jedem zweiten Schluck Jans Nummer gewählt und irgendwann verstanden, dass ihn meine Rechtfertigung tatsächlich nicht interessierte. Der Würfel war gefallen.

Ich würde seinen Entschluss respektieren müssen. Er schien tatsächlich nie um Frauen kämpfen zu wollen. Erst hatte er Eriks Mutter dem Nachbarn überlassen, dann zugesehen, wie sie nach Guatemala gepilgert war. Objektiv betrachtet stand es mir wohl nicht zu, über seine damaligen Beweggründe zu urteilen, aber wer war schon objektiv? Ich heute mit Sicherheit nicht. Der subjektive Schmerz in meinem gesamten Körper war so heftig, dass ich nicht wusste, wie ein normales, vielleicht sogar glückliches Leben jemals wieder möglich sein sollte.

Meinen Freunden und der Familie hatte ich ausnahmslos die gleiche Nachricht zukommen lassen. Ich schrieb, ich wäre für ein paar Tage verreist und Anfang der nächsten Woche zurück. Glückliche Paare zu sehen, würde meine Augen erblinden lassen. In Gedanken stellte ich meinen Totenschein aus: *… erblindet verstorben an gebrochenem Herzen und kollabierter Leber.*

Ich ließ den Rollladen so tief hinunter, dass kein Lichtstrahl in das Innere des Zimmers durchdrang. Ich hatte eh keine Solaranlage auf dem Bett. Pffff.

Langsam mischte sich zur Enttäuschung über den Verlust eines Mannes, der mein Leben schon in so kurzer Zeit zum Strahlen gebracht hatte, die Wut. Auf meinem Computer öffnete ich die Datei »Klassenfahrt«. Hier löschte ich alle Fotos, auf denen nur der Bruchteil seines Hemdes oder der Trekkingweste zu sehen war. Ich klickte alle durch und verspürte eine gewisse Genugtuung bei dieser Arbeit. Bis ich zu einem Bild kam, das mir den Atem raubte.

… erblindet erstickt mit gebrochenem Herzen und kollabierter Leber …

Jan hielt Bootsmann an der Leine, sein Gesicht zur Kamera gewandt. Er sah mich direkt an mit diesen liebevollen, gütigen Augen, in denen ich für immer versinken könnte. Der Weinkrampf schüttelte mich so heftig, dass ich vom Stuhl auf den Boden rutschte und dort zusammengekrümmt liegenblieb. Ich wimmerte wie ein kleines Kind.

Irgendwann musste ich eingeschlafen sein, denn als ich aufwachte, spürte ich jeden Knochen. … *erblindet erstickt mit gebrochenem Herzen, ebenso allen anderen Knochen und kollabierter Leber …*

Fast drei Tage vegetierte ich in meiner Wohnung, die lebenserhaltenden Maßnahmen auf das Nötigste beschränkt. Die Haare blieben ungeputzt, die Zähne ungekämmt. Oder umgekehrt? Ich hätte noch nicht einmal das richtig sagen können. Meinen Totenschein hätte man noch mit Attributen wie »verhungert«, »verdurstet« oder »vereinsamt« erweitern können. Und meine lebensbejahende, optimistische Denkweise, die mich schon aus vielen heiklen Situationen herausgeholt hatte, war gänzlich verschwunden.

Erst am Sonntagabend rappelte ich mich auf. So konnte es doch nicht weitergehen. Ich fuhr mit der Bürste durch mein Haar, das wirr vom Kopf abstand und leicht verfilzt zu sein schien, und sorgte für einen besseren Geschmack im Mund. Tatsächlich fühlte ich mich danach ein klein wenig lebendiger. Ich schlüpfte in Jeans und T-Shirt und zog den Rollladen hoch. Milde Abendsonne schien in mein Schlafzimmer. Ich sog die frische Luft in tiefen Zügen ein und beschloss, meinem Körper noch mehr Sauerstoff zumuten zu können.

Erst bei den Treppenstufen vor der Haustür machten sich Spuren der vergangenen Tage bemerkbar: Mein Puls war schwach, die Beine vom Bewegungs- und Nahrungsausfall schlapp und zittrig.

Wieder saß ich auf den Stufen vor meiner Haustür und musste erneut an Hermann Hesse denken, diesmal an seine »Stufen des Lebens«. Wenn ich hier auf den Stufen meines Lebens saß, war es kein Wunder, dass nichts aus meinen Plänen wurde, alt und bröckelig wie sie waren. Und überhaupt, ich wurde wohl auch langsam alt. Wenn einem keine Asterixzitate mehr einfielen, sondern Gedichte und Romane der gehobenen deutschen Literatur, dann war die Jugend endgültig vorbei. Laura, du Spießerin!

Mühsam erhob ich mich von meinem Platz und lief in Richtung Park, die ungewohnte Frischluft tief einatmend. Nur selten war ich hier zu Fuß unterwegs, auch das hielt ich eher für eine Freizeitbeschäftigung gesetzterer Leute. Und von Hundebesitzern.

Erik und Jan kamen mir entgegen.

Wäre ich doch auf den Stufen meines Lebens sitzen geblieben, dann hätte ich mir diese Konfrontation ersparen können. Warum wollte mich das Schicksal denn so quälen? Mein Totenschein war doch schon ausgestellt und wies mit Sicherheit genügend Gründe zum Ableben auf! Die beiden waren aber noch weit genug von mir entfernt, um die Richtung zu wechseln und einen anderen Weg einzuschlagen.

»Bootsmann, hiiiiierher! Hierher, Bootsmann!«

Bootsmann hatte aber keine Lust. Diesmal verfolgte er nicht die Spur eines Rehs oder eine Hasenfährte. Nein, das Vieh hatte ein ganz anderes Ziel im Auge: mich.

»Damit das Mögliche entsteht, muss immer wieder das Unmögliche versucht werden«, hatte Hermann Hesse mal gesagt.

Hallo? Ich versuchte das Unmögliche so dermaßen, aber mit wackeligen Beinen entkam man einem Siebzig-Kilo-Hund nicht wirklich. Welches Mögliche sollte da bitte entstehen?

Bootsmann war längst bei mir angekommen. Freudig mit dem Schwanz wedelnd streckte er mir seinen großen Kopf entgegen, um sich kraulen zu lassen. Die Hundebesitzer waren in der Zwischenzeit nachgerückt und hatten erkannt, bei wem sich Bootsmann die Streicheleinheit abholte.

Erik lief mir ähnlich begeistert entgegen. »Hallo! Frau Bernfeld! Sind Sie wieder gesund?«

Ich brachte keinen Ton heraus. Aus dem Augenwinkel sah ich Jan, der sich auf die Leine in seiner Hand konzentrierte und sehr beschäftigt tat.

Jetzt oder nie, Laura Bernfeld.

»Was hast du in dem Brief gemeint? Ich hätte einen Mann?«, platzte es aus mir heraus, noch ehe ich darüber nachdenken konnte, ob mich diese Frage das letzte bisschen Würde kostete.

Jan, der sich wohl zuerst dazu entschieden hatte, meine Anwesenheit zu ignorieren, sah mich nun wütend an. »Ich habe euch gesehen. Deinen Mann und dich. Und deine Kinder.«

So, jetzt war es raus. Jan atmete tief durch, es hatte ihn sichtlich Mühe gekostet, mir diesen Satz entgegenzuschleudern.

In meinem Kopf ratterte es. Und endlich konnte ich die Puzzleteile dieses grauenhaften Bildes zusammensetzen: Er musste uns am Sonntag im Tierpark gesehen haben. Florian, die Jungs und mich.

Liebevoll sah ich den Mann an, wegen dem ich zehn Stufen auf meiner Lebensleiter hinuntergerutscht war.

»Jan, das war nicht mein Mann. Und erst recht nicht meine Kinder. Florian ist seit vielen Jahren mein bester Freund, die Jungs waren von meiner Freundin Britta.«

Innerlich bereitete ich mich auf ein Happy End vor, auf einen Mann, der mir reumütig in die Arme geflogen kam.

Aber Happy Endings gab es wohl nur bei anrüchigen Thai-Massagen.

Erik verfolgte unseren Schlagabtausch mit leicht geöffnetem Mund, sein Blick ging wie beim Tennisschauen von links nach rechts und wieder retour.

Irgendetwas schien Jan so gar nicht zu beruhigen. Er kam nicht in meine Arme geflogen, sondern wendete sich zum Gehen. Über die Schulter sagte er einen Satz, der mir alles erklärte: »Und deswegen nennen euch die Kinder Mama und Papa?«

So gut es mein körperlicher Zustand verkraftete, lief ich dem Mann meiner Träume nach und wuschelte einmal über Eriks Haar, der so gar nichts zu kapieren schien.

»Jan, warte!«, rief ich vor Glück lachend und hielt ihn am Ärmel fest.

Widerwillig blieb er stehen. Der Musiker, der Geschichtenerzähler, der Sterndeuter, der Hundebesitzer und Packesel.

Das war die Chance, auf die ich seit Tagen gewartet hatte und nun nutzen musste.

So schnell wie möglich erzählte ich ihm alles: Brittas Situation und unsere Möglichkeit, ihr einen freien Tag zu bescheren, meine platonische Freundschaft zu Flo und natürlich auch das Vater-Mutter-Kind-Spiel, bei dem er wohl unfreiwillig Zeuge gewesen war.

Ich konnte zusehen, wie die Spannung in seinem Körper nachließ, seine Gesichtszüge wurden weicher und weicher. Langsam schien er zu verstehen.

Mein Musiker, mein Geschichtenerzähler, mein Sterndeuter, mein Hundebesitzer, mein Packesel – *mein* Traummann.

Zum ersten Mal seit Beginn unseres Gesprächs suchten seine Augen die meinen. Und was ich darin sehen konnte, entschädigte für alle gestorbenen Tode auf den Stufen meines Lebens.

Danksagung

Natürlich kommt mein Mann Andreas als Allererstes. Ich danke dir von Herzen, dass du so an mich geglaubt und jeden Abend meine schriftlichen Ergüsse vorgelesen hast, egal wie lang der Tag schon war (statt Rotwein!). Bei einem Hörbuch muss Laura unbedingt deine Stimme bekommen …

Meinen Eltern danke ich von Herzen für ihre Ratschläge und Korrekturen. Ich werde nie eure überraschten Gesichter vergessen, als ich euch im heimischen Wohnzimmer das Manuskript vorgelegt habe. Besonders danke ich euch fürs Mit-mir-Freuen. Ihr seid wunderbar! Und nein, Mama, du bist nicht wie Lauras Mutter!

Meinen Kindern möchte ich danken, dass sie mich ab und zu in Ruhe haben schreiben lassen. Vom Leiterspiel-Spielen und Kuscheln allein wird ein Buch eben nicht fertig!

Uli, Lisa, Antonia, Nicola, Robert – danke! Familie ist wie ein gallisches Dorf.

Danke dir, Bernd, für deine wertvollen Ratschläge und dass du als Mann Ü 60 gerne diesen Frauenroman gelesen hast. Ha! Von wegen Zielgruppe!!

Jetzt kommen eine ganze Reihe von Kolleginnen und Freundinnen, ohne deren Testlese-Qualitäten ich sehr lange auf Feedback hätte warten müssen: Moni, Bruni, Kerstin, Verena, Jen-Li, Daniela, Theres, Steffi, Christine, Erika, Patricia, Adi, Doris, Sabine & Oli, Babsi & Isi – beim Teutates, ich weiß es echt zu schätzen!

Laura hat Florian – Andreas H., ich habe dich!

Danke, Birgit. Besonders fürs tägliche Knalltüten- und Blaulichtschicken über WhatsApp!

Silke, danke, dass du die Rohfassung sogar auf dem Bildschirm des iPads gelesen hast – im Bett ja eher ein etwas ungemütliches Unterfangen.

Ihr seid mein Zaubertrank, Nada und Martin!

Kristina und Fausto, im Vergleich zu euch gehört Troubadix echt an jeden Baum gebunden. Danke für eure tatkräftige Unterstützung!

Sie, Frau Gupta, sind für mich der weiseste Druide (und jüngste. Und schönste. Aber das steht wohl außer Frage – wenn ich mir Miraculix so ansehe …). Danke!!!

Frau Hera Lind, wow! Welch eine Ehre, dass Sie das Buch und mich so bestärkt haben!